KB127062

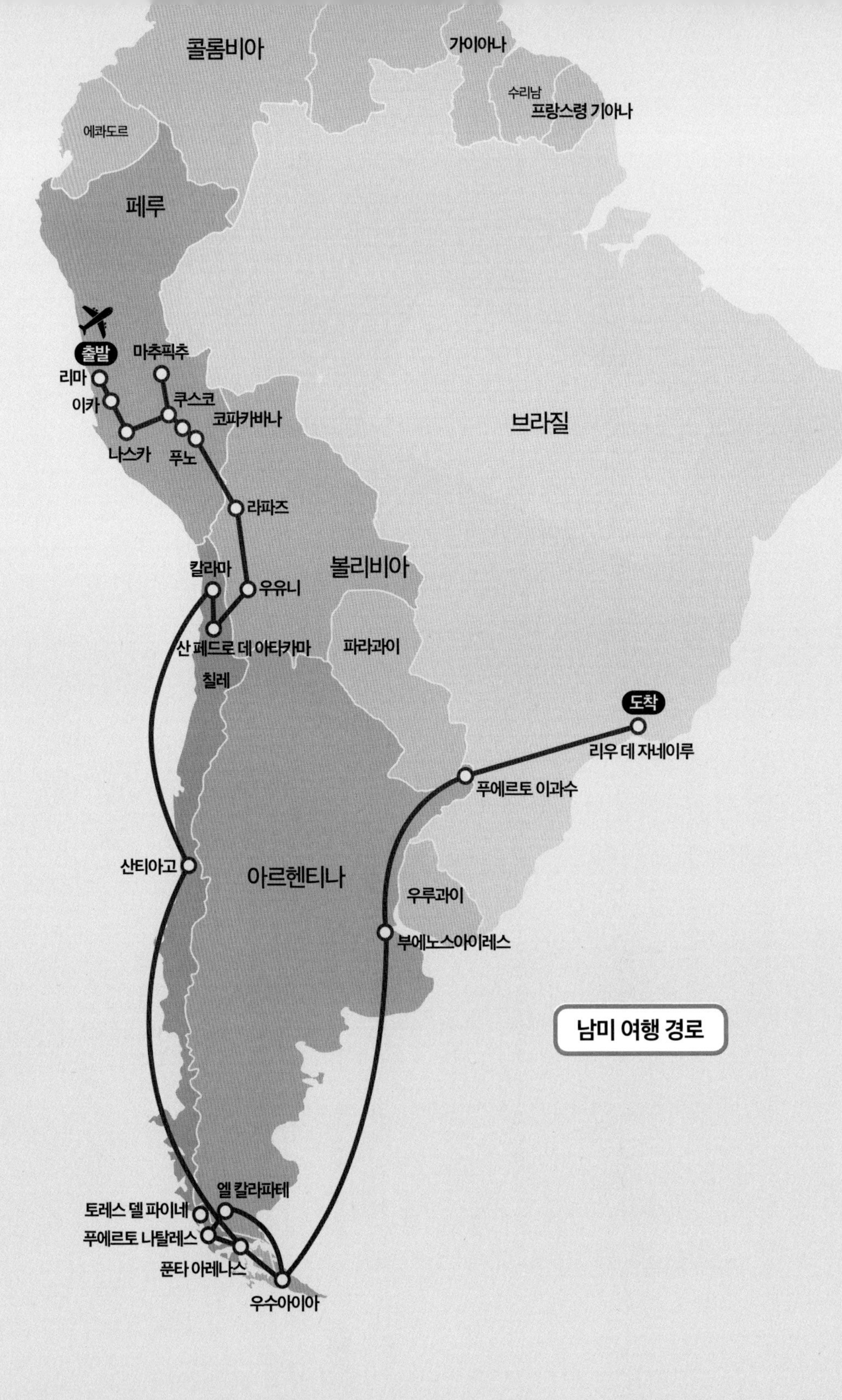

콜롬비아
가이아나
수리남
프랑스령 기아나
에콰도르
페루
출발
리마
이카
나스카
마추픽추
쿠스코
코파카바나
푸노
브라질
라파즈
볼리비아
칼라마
우유니
산 페드로 데 아타카마
파라과이
칠레
도착
리우 데 자네이루
푸에르토 이과수
산티아고
아르헨티나
우루과이
부에노스아이레스
남미 여행 경로
엘 칼라파테
토레스 델 파이네
푸에르토 나탈레스
푼타 아레나스
우수아이아

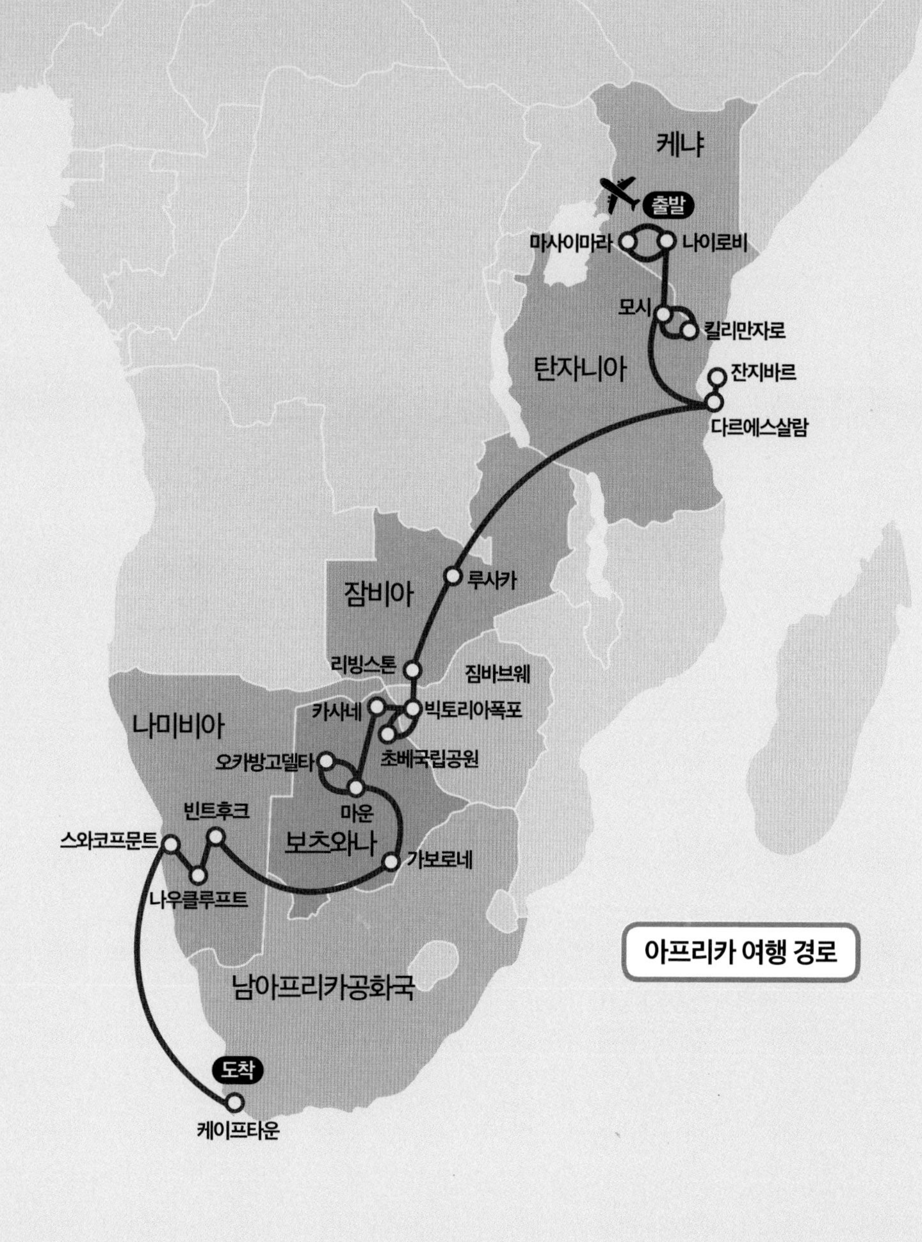
케냐
출발
마사이마라
나이로비
모시
킬리만자로
탄자니아
잔지바르
다르에스살람
잠비아
루사카
리빙스톤
짐바브웨
카사네
빅토리아폭포
초베국립공원
나미비아
오카방고델타
마운
보츠와나
빈트후크
스와코프문트
가보로네
나우클루프트
남아프리카공화국
도착
케이프타운
아프리카 여행 경로

러시아
메스티아
조지아
우쉬굴리
카즈베기
흑해
쿠타이시
카스피해
므츠헤타
텔라비
바투미
세키
트빌리시
시그나기
딜리잔
출발
아르메니아
세반
아제르바이잔
예레반
도착
바쿠
터키
이란

코카서스 여행 경로

내 마음에
세상을
담다。

일러두기

1. 책에 실려 있는 〈 〉의 시는 저자의 자작시입니다.
2. 코카서스 안내는 '론리 플라넷(lonely planet: Georgia, Armenia & Azerbaijan)' 참조
3. 기타 참조 '위키피디아(wikipedia)', '네이버'

내 마음에 세상을 담다。

| 후암(厚岩) 지음 |

이야기가있는집

추천사 1

박정찬

고려대학교 미디어학부 기금교수, 전 연합뉴스 사장

취미를 물으면 여행이라고 대답하는 사람이 많다. 그 말에는 과장과 거짓의 기미가 없다. 새로운 곳에 대한 체험과 낯선 사람들과의 만남은 늘 마음을 설레게 한다. 그래서 여행이라는 단어에는 꿈과 희망이 서려있다. 막 여행을 다녀온 이들의 표정을 보지 못했는가. 얼굴은 태양에 그을고 피로한 체취가 느껴지지만 눈빛은 아직도 낯선 산하를 더듬으며 생기를 띤다. 여정을 설명할 때면 그 감동이 얼른 압축되지 않아 머뭇거린다. 형언하기 어렵다. 보고 가슴에 담아온 하늘과 땅은 일정 시간 갈무리된 뒤 어느 날 고단한 생활에 찌든 마음속에 슬며시 들어와 힐링과 축복의 램프를 밝힌다.

함메르페스트라는 곳이 있다. 노르웨이 서북쪽 인구 1만이 안 되는 작은 도시다. 어릴 적 친구들과 지리부도를 놓고 '지명 찾기' 놀이를 할 때면 책의 가장자리나 페이지가 접히는 위치에 있어 잘 눈에 띄지 않는 지명을 고르곤 했다. 그 때 알게 된 지명이다. 몇 년 전 그곳을 직접 방문할 기회가 생겼을 때 이상하게 마음이 설레었다. 마치 자애로운 먼 친척 할머니의 시골 집을 찾아가는 느낌이었다. 여행은 그런 것이 아닐까. 이 책에도 가보기가 쉽지 않은 낯선 곳, 신비스러운 동네들이 곳곳에 나온다.

전례 없는 팬데믹이 전 세계를 잘라 놓았다. 막혀 있다는 한계상황에 떠나고 싶은 마음은 더 간절하다. 날개를 잃은 꿈과 희망은 고문을 당하고 있었다. 저

자를 만나 책 얘기를 들은 것은 코로나19가 한창이던 여름 어느 날이었다. 대학 같은 과에서 동문수학한 저자는 졸업 후 일찍이 사업에 뛰어들어 건설업을 해 온 절친한 사이이다.

점심 식사를 앞에 두고 정담을 나누던 중 칠순을 맞아 '작은 계획'을 진행하고 있다고 털어놓았다. 아프리카, 코카서스, 남미 등 3개 지역 여행기를 출간할 계획으로 원고와 사진을 정리 중이라고 밝혔다. 평소 말수가 적은 친구는 이날 따라 어린시절과 선친과의 관계 등 좀처럼 언급하지 않던 얘기들을 술술 풀어 놓았다. 울산 방어진 갯가 소년이 부산으로 진학하고, 서울로 올라와 학업을 마친 뒤 바쁜 업무 속에서도 5대주 6대양을 샅샅이 다니게 된 배경 설명을 겸했다. 수평선을 바라보며 먼나라 여행을 꿈꾸던 초등학교 시절 얘기를 할 때 그의 목소리에는 뱃고동 소리와 '모비딕'의 거친 숨소리가 묻어 나왔다.

되돌아보니 저자는 잘 드러내지 않았을 뿐 인문학도의 '페르소나'를 지니고 있었다. 친구들이 접해보지 못한 문학과 영화에 관한 촌철살인의 논평도 내놓았고, 신문에 실린 칼럼들에 대해서도 절묘한 비교를 했었다. 특히 몇 차례 함께한 여행에서 그가 들려준 해박한 지식과 설명에 슬그머니 열패감을 느끼기도 했었다. 언젠가 이스탄불에서는 동서교류사에 얽힌 '개인교습'을 받기도 했다. 교습을 받고 보니 성 소피아 성당의 돔이 더 웅장하게 보였다. 무엇보다 여행에 앞서 사전에 철저하게 학습하는 태도는 작심과 천착이 없이는 따라갈 수 없어 더욱 부러웠다.

미국의 역사학자 다니엘 부어스틴은 트래블Travel이라는 단어가 원래 '고생'을 뜻하는 라틴어 Travail에서 유래됐다는 점을 상기하고 관광[Tour]과 구별했다. 그에 따르면 관광은 대중소비사회에 진입하면서 편안함을 위주로 위험과 근심이 없도록 준비되는 상품이라는 점에서 고생과 모험을 각오하는 여행과는 애초부터 차이가 있다. 이런 취지에서 보면 저자는 전 세계를 샅샅이 뒤졌으며 청년들처럼 사실상 배낭여행을 했다는 점에서 진정한 여행가라고 볼 수 있다. 특히 책 속에 소개된 지역은 일반인들이 쉽게 가기 어려운 곳이라는 점에서 유익한 정보가 된다. 저자는 직접 찍은 수천 장의 사진을 정성껏 고르고 골라 이 책에 수록했다. 인간 시각의 연장이라고 할 수 있는 카메라는 찍는 사람의 철학을 반영한다. 저자의 프레임은 무언중에 인간과 세계를 따뜻하고 섬세하게 바라보는 그의 시선을 잘 드러낸다.

인류의 문학자산인 몽테뉴의 수상록과 셰익스피어의 희곡들은 수 세기 전 유럽을 휩쓴 팬데믹 속에서 탄생했다. 인류의 미래가 암울한 시기에 불후의 명작들이 탄생한 것은 역설적이다. 저자의 노력을 문학적으로 대문호들의 작품들과 견주는 것은 어렵다. 그래도 코로나 바이러스에 포획된 우울한 시간과 싸우며 두루 둘러본 이 세상 풍광과 인심을 평범하지만 섬세한 시각으로 정리한 문헌은 진정 소중하고 값진 기록으로 상찬하고 싶다. 많은 사람이 읽어 널리 그 생각과 귀중한 정보가 공유됐으면 좋겠다는 바람이다.

추천사 2

박보균

중앙일보 대기자, 전前 한국신문방송편집인 협회장

사진은 후암 삶의 최종병기다. 그가 양손에 카메라를 잡는다. 그 장면은 AK 소총보다 위력적으로 펼쳐진다. 그는 코카서스 지역 나라들도 다녔다. 그곳(아제르바이잔, 조지아, 아르메니아)은 과거 공산주의 종주국, 옛 소련 소속이었다. 군인들의 기본 무장은 AK 소총이다. 그는 그곳을 이렇게 설명한다. "전쟁과 평화로 점철된 역사 현장이다."

후암의 렌즈에 피사체가 꼼짝없이 잡혀 든다. 그 포착의 기량은 소총의 과녁보다 정밀하다. 총알에 박힌 목표물의 숨통은 끊어진다. 그의 사진들은 다르다. 사물은 복원, 재구성되면서 살아 움직인다. 책 속의 사진들은 거친 숨을 내뿜는다. 그 순간 독자들은 절묘한 경험을 하게 된다. 그의 사진 세상은 그렇게 전개된다.

작가는 바닷가 마을에서 소년기를 보냈다. 그의 회고는 감흥을 준다. "학교 수업 후 집에 오는 길에 아침에 매어놓은 염소를 보러 언덕으로 간다. …저 바다 너머에는 뭐가 있을까. …어른이 되면 바깥세상을 전부 여행해 보리라." 그의 그 시절 감수성은 바다 너머다. 그것은 도전과 진취 정신으로 진화한다. 그는 그 꿈을 실천했다. 사진으로 그것을 화려하게 연출했다. 사진 찍기는 삶의 지평을 넓혀준다. 그의 제2의 인생은 매력적이다. 독자들은 책 속에서 그 진수를 맛보게 된다.

작가의 다른 취미는 산행이다. 그는 주말마다 아차산(서울 중곡동)을 오른다. 그는 말한다. "산길을 걷다 보면 일상에서 벗어난 풍경을 담아 가고 싶은 충동을 느낀다." 그 말을 뱉는 순간 사진 찍기는 그의 본능으로 발산된다. 그가 보내준 아차산의 카톡 사진은 흥미롭다. 어떤 때는 잔잔한 수채화로, 어떤 때는 역동적인 영화 장면처럼 펼쳐진다. 책 속 사진들과 비슷한 이미지다. 나는 거기서 계절의 변화를 만끽한다. 그의 시선은 아차산 꼭대기에서 한강을 바라본다. 천호대교·암사대교가 그의 렌즈에 잡힌다. 한강은 바다처럼 넓은 강이다.

나는 기억을 떠올린다. 2006년 나의 중앙일보 편집국장 때다. 신문 1면 게재 사진은 사진부장과 함께 고른다. 사진 담당자들은 "결정적인 사진은 끊임없는 연마와 집념의 소산이다"라고 말한다. 후암의 기량 관리도 마찬가지다. 그의 접근법은 이렇다. 첫째, 구도가 잘 나오는 위치를 잡은 후 둘째, 숨을 멈추고 셋째, 가능하면 여백을 20% 정도 남겨둔다. 그의 다음 말은 노련미를 담고 있다. "산과 물이 함께 어우러지면 더 좋다. 집이나 인물 등이 있으면, 크기를 짐작할 수 있도록, 잘 보이지 않는 귀퉁이에 넣도록 한다." 그것은 그의 사진 미학이다. 독자들은 그의 책에서 촬영 노하우의 진수를 맛볼 것이다.

작가의 기량은 '애착'에서 출발한다. 그는 "멋진 자연이나 특이한 풍경을 보면 그냥 흘려보내기 아깝다"고 한다. 그 애착은 디지털 시대에 더욱 강화됐다. "요즘은 휴대전화 성능이 워낙 좋고 마음껏 저장할 수 있다. 옛날처럼 사진을 현상하여 보관하지 않아서 너무 편하고 좋다."

후암의 사진은 드라마로 다가온다. 그의 사진들은 그 자체가 '죽기 전 가봐야

할 곳, 가고 싶은 버킷 리스트'다. 그의 사진엔 자연과 인생의 풍광이 절묘하게 얽혀 있다. 동아프리카의 남쪽에 나미비아가 있다. 그 나라의 나미브 사막은 자연의 경이로움을 압축하고 있다. 그 앞에서 인간은 한없이 왜소해진다. "그곳의 듄Dune45 모래언덕과 데드블라이의 높다란 사구에 둘러싸여 말라붙은 호수와 가운데 고사목들의 기괴한 풍경은 압도적이다." 독자들은 그의 사진 속에서 그런 드라마를 실감할 것이다.

그는 듬직하다. 남을 먼저 챙기는 배려는 타고난 품성이다. 그러나 사진을 찍을 때는 다르다. 그는 욕심을 낸다. 더 멋진 장면, 자기만의 세상을 담기 위해서다. 그의 여정은 사진과의 동행이다. 그는 셔터를 눌러댄다. 그럴 때면 "으레 따가운 시선들이 뒤통수에 와서 꽂힌다. 이 여행 사진들은 그 구박의 산물이다." 그의 이야기는 웃음을 낳는다. "동유럽 여행 중에도 일행 한 분이 요청해서 찍어 줬더니, 사진이 맘에 든다면서 자주 부탁하더라." 독자들은 인간미 넘치는 훈훈한 사진을 만날 것이다.

추천사 3

이만훈
중앙일보 기자

주유천하周遊天下란 말이 있다. 글자 그대로 '세상을 두루 돌아다니며 논다'는 뜻이다. 그런데 여기서 재미있는 건 '논다遊'는 말이다. 아무 생각 없이, 혹은 어쩔 수 없는 사정으로 싸돌아다니는 건 한낱 '떠돌이'의 '시간 죽이기'일 뿐이다. 하지만 '논다'는 건 '즐기다'는 뜻을 내포할 뿐만 아니라 적극적 행위임을 암시한다. 따라서 천하를 돌아다니며 놀 때에는 어떤 의미에서건 목적이 있게 마련이다. 단순히 머리를 식히고 마음을 비우기 위한 것도 있을 테고, 무언가 감상하고 배우기 위한 것, 아니면 누구와의 동행을 통해 관계를 개선하거나 도탑게 하기 위한 것도 있을 게다. 어쨌거나 '주유'를 요즘 말로 하면 '여행'과 가장 가깝다. 주유가 여행보다는 '노는' 범위가 보다 넓은 느낌을 주긴 하지만 말이다.

나는 일찍이 '천권서千券書 만리행萬里行'에 뜻을 두고 살아왔다. 본디 무식하니 조금이라도 불명不明에서 벗어나려면 독서를 해야 하고, 책을 통해 깨달은 것을 다시 직접 발품을 팔며 확인하고 체화한다는 생각에서였다. 하지만 천성이 게으른 탓에 비록 '천권서'는 어찌어찌 이룬 듯싶은데 '만리행'은 이제껏 구두선口頭禪일뿐이다.

그런데 후암厚岩 형의 『내 마음에 세상을 담다』 상재上梓 소식을 들으니 새삼 더 부끄러운 마음을 감출 수 없다. 책 제목에서도 알 수 있듯이 형이야말로 천하를 주유했고, 그 고갱이를 추려 뽑아 저작물을 만들기까지 했으니 그저 존경스러

울 따름이다.

형이 그동안 '놀면서' 답지踏地한 곳이 케냐, 탄자니아, 잠비아, 짐바브웨, 보츠와나, 나미비아, 남아프리카공화국 등 아프리카 7개국(한 달)과 페루, 볼리비아, 칠레, 아르헨티나, 브라질 등 남미 5개국(한 달), 아제르바이잔, 조지아, 아르메니아 등 코카서스 3개국(25일) 등 3대륙 15개 나라이니 이것이 천하를 주유한 게 아니고 무엇이겠는가? 맹탕 돌아다니기만 했다면 이런 훌륭한 책이 나올 리 없다. 가는 곳마다 본 것의 의미와 역사와 느낀 점을 꼼꼼히 기록하고 사진까지 챙기는 부지런함이 있었기에 가능한 일이다.

어떤 여행가는 "가장 좋은 놀이는 공부이고, 가장 재미있는 놀이는 공부한 것으로 하는 여행"이라며 "호기심이 공부이고, 그것이 여행으로 이어진다"고 했다. 후암 형도 같은 생각일 게 분명하다. 그는 '아는 만큼 보인다'는 말을 금과옥조金科玉條로 여기고, 철석같이 믿기 때문이다. 책을 보면 얼마나 사전에 공부를 많이 하고 갔는지 금세 알 수 있다.

백세시대에 이제는 인생칠십고래희人生七十古來稀란 말이 당치도 않은 것 같지만 여전히 주위에선 환갑조차 살지 못하는 사람이 부지기수다. 그런 판에 형은 아직도 막걸리를 밥만큼이나 즐기면서도 끄떡없는 건강으로 고희를 맞이하고 훌륭한 책까지 펴내니 홍복이 따로 없다. 전생에 나라를 몇 개쯤 구한 게 틀림없다. 앞으로도 계속 건강한 몸으로 나머지 세상도 샅샅이 주유하고 속편을 내주길 기대한다.

들어가는 글

"세상은 한 권의 책이다.

여행하지 않는 자는 한쪽만 읽는 것이다."

- 아우구스티누스

바닷가에 사는 소년은 수업을 마치고 집에 오는 길에야 아침에 매어놓은 염소를 보러 언덕으로 간다. 염소가 풀을 더 뜯을 수 있게 자리를 옮겨주면 풀밭에 앉아 넓디넓은 바다를 하염없이 바라본다. 저 바다 너머에는 뭐가 있을까?

소년은 뱃멀미를 심하게 했다. 그래도 언젠 어른이 되면 바깥세상을 전부 여행해보리라 마음먹는다. 매일같이 그 자리에서 같은 꿈을 키우곤 했다.

아버지는 새벽에 일어나셔서 두 번씩 거름을 밭에 내고 나서야 우체국으로 출근하셨다. 한결같다. 형님들은 공부하러 외지에 나가 있고, 많은 밭일은 엄마와 누나들 차지다. 나는 동생과 함께 이웃집에 가서 돼지죽 거리를 수거해온다. 농번기에는 어려도 농사일을 거든다. 고양이 손도 빌릴 판이니…. 서툴더라도 김매고 거름 주고 추수하는 데 따라나서야 한다. 힘들기론 밭농사보다 논농사다. 밭일은 힘들면 잠시 주저앉아 쉴 수 있는데 논에서는 안 된다.

겨울 방학이면 아버지가 특별히 맞춤으로 만들어주신 예쁘장한 '내 지게'를 지고 누나들과 신작로를 걸어서 멀리 남목 뒷산 동축사 근처까지 나무를 하러 갔다. 보릿고개와 흉년, 가뭄과 태풍은 연례행사로 찾아왔다. 그때는 우리 모두 그렇게들 살았다.

아버지께서 늘 하시던 말씀이 있다.

"배꼽 밑에 채운 지식은 아무도 훔쳐가지 못한다."

"반포지효反哺之孝(까마귀 새끼가 자란 뒤에는 늙은 어미에게 먹이를 물어다 주는 것 같은 효성)"

"인간은 환경의 지배를 받는다(우리는 담 넘어 큰 골목까지 청소하라는 뜻으로 알았다!)."

"하고 싶은데 못하는 일이 있으면 그 일을 할 수 있는 친구를 사귀어라!"

하나 같이 평생 유효한 가르침이었다는 걸 칠십이 돼서야 깨닫는다.

원초적 어려움에서 탈출하기 위해선 공부를 열심히 하는 수밖에 없었고 그게 가장 자연스럽고 유일한 방법이었다. 결국 중학교까지는 고향에서 마치고 부산으로, 그다음엔 서울로 탈출하여 나름 애쓴 덕에 여기까지 왔다.

여행만큼 인간을 자유롭게 하고 호기심을 채워주는 게 있을까? 높은 산에 올라갈수록 하늘은 더 높아지고, 더욱 멀리까지 보인다. 그래야 더 먼 곳까지 가고픈 꿈이 생기는 법이다. 세상은 넓고, 가볼 곳이 정말 많다. 우리와는 전혀 다른 장소, 다른 기후, 다른 피부, 다른 언어, 다른 종교, 다른 역사, 다른 음식, 다른 문화, 자기들의 고유한 전통과 생활 방식으로 다르게 생각하고 산다는 것을 알게 된다. 그리고 얼마나 친절한 사람들이 많은지도….

인류의 고향 아프리카, 백인들의 고향 코카서스, 잉카인들의 고향 남아메리카. 이들 3개 지역을 여행하면서 보고 느낀 것을 미력하나마 사진과 함께 엮어서 책으로 만들게 되었다.

여행한 세상은 온통 전쟁과 평화로 점철된 역사 현장이었다. 특히 코카서스 땅은 끝없이 이어진 전쟁의 땅이다. 그러나 산세와 풍광은 웅장하고도 아름답다. 성서 창세기에 노아의 방주가 처음 닿은 땅, 아라랏트산이 있는 곳이다. 동서 교통의 요충지이고, 미남 미녀들이 얼마나 많고, 또한 친절한지! 페르시아에 '왕이 미치면 코카서스로 전쟁하러 간다. 하렘에 미인들을 채우기 위하여'라는 속담이 있을 정도다.

코로나19 팬데믹 시기에 어딜 가지도 못해 갑갑하던 차에 칠순 기념을 핑계로 널브러진 여행 사진도 정리하고, 나의 어릴 때 꿈도 되돌아보고 겸사겸사 저지른 일이다. 굳이 나름의 이유라면 자식들과 어린 손주들에게 나중에 어머니 아버지, 할아버지 할머니의 숨은(?) 이야기를 들려주고 싶어서다.

누구라도 가보지 못한 곳은 사랑하기 어렵다. 운 좋게도, 나는 여러 나라를 여행할 수 있었으니 더없는 행운이다. 서툰 솜씨지만 읽는 분들이 글과 사진을 보며 같이 여행을 다녀온 듯 즐겁게 보시고 재미를 느꼈으면 하는 바람이다.

우리 열 남매를 낳아주시고 길러주신, 하늘에 계신 아버님과 어머님께 감사드립니다. "요즘이면 저는 세상 빛도 못 보았습니다!" 부모님 다음으로 가장 신경을 많이 써주신 큰형님과 큰형수님께도 절절히 감사드린다.

인생살이 고단하여도 항상 돌아올 집이 있고, 마음 놓고 여행을 떠났다가도 돌아오면 반겨주는 이가 있어 너무 행복하다. 나의 영원한 집이 되어주는 안식처와 멀리 브라질에 가 있는 아들과 며느리 손주, 그리고 가까이에 있는 딸과

사위 손주의 응원에 감사한다.

나의 등산 바둑 골프 여행 친구이며, 금강경에 해박한 금강선사 최재실 군의 끝없는 격려가 없었으면, 감히 책 출판은 시작도 못했을 거다. 감사드린다. 친구인 중앙일보 대기자 박보균의 『성직자 꿈꾼 낭만 시인, 젊은 스탈린의 고향 고리를 찾아서』를 읽지 않았더라면, 코카서스 여행을 생각하지 못했을 것이다. 감사드린다. '3개 여행지역을 한 권으로 묶자'며 출판 방향을 잡아준, 항상 유쾌한 대학친구 중앙일보 이만훈 기자께 감사드린다.

바둑 둘 때마다 안동 숙모님이 빚은 술이라고 자랑하며 '조옥화 안동소주'를 지참하고, 여행 에세이 한번 내보라고 권하셨던 고 김형준 형님께도 감사드린다. 나의 대학 졸업식부터 시작해 아이들의 입학과 졸업, 결혼까지 사진을 찍어주고, 특히 내게 사진 구도 잡는 법을 가르쳐주신 고 이상돈 형님께 감사드린다. 마지막으로 원고를 꼼꼼히 읽고 책을 예쁘게 꾸며준 '이야기가있는집' 출판사에 감사드린다.

2022년 흑호의 해를 맞아

후암

목차

코카서스 3국

전쟁과 평화의 땅, 동병상련 코카서스

남미 대륙에는 12개 국가가 있는데 브라질, 아르헨티나가 남미 대륙의 대부분을 양분하고 있다. 대륙의 서쪽은 태평양, 동쪽은 대서양을 면하고 있으며 서쪽에는 안데스 산맥이 남북으로 길게 자리 잡고 있고, 동쪽에는 낮고 평탄한 고원이 있다. 서부와 동부 사이에는 아마존과 열대우림이 있으며 주변에는 평야가 펼쳐져 있다. 대륙이 워낙 광대하기 때문에 다양한 기후가 존재한다. 고산 기후인 안데스 산맥, 세계에서 가장 건조한 사막인 아타카마 사막, 아마존은 열대 기후이며 남극에 가까운 파타고니아와 티에라델푸에고 섬에는 빙하와 툰드라가 존재할 정도다. 빙하와 툰드라가 존재한다.

잉카 제국, 나스카 문명 등이 번성하였으나 유럽의 신대륙 탐험으로 19~20세기에 유럽 제국주의의 식민 지배 과정을 거쳐야 했다. 그 때문에 사용하는 언어는 물론, 지명과 인명에서 스페인과 포르투갈의 영향이 깊게 남아 있다. 주민 대부분은 메스티소Mestizo 같은 혼혈인이고, 유럽계 혈통의 백인과 노예의 후손인 흑인도 많다. 종교는 가톨릭이 지배적이며 언어는 스페인어와 포르투갈어가 널리 쓰인다. 주요 산업은 농업으로, 커피, 사탕수수, 카카오 등을 재배한다.

1부

남미 5국

신비로운 풍경과 진하게 남아 있는 역사의 흔적들

페루
볼리비아
칠레
아르헨티나
브라질

2014년 1월 1일~1월 30일

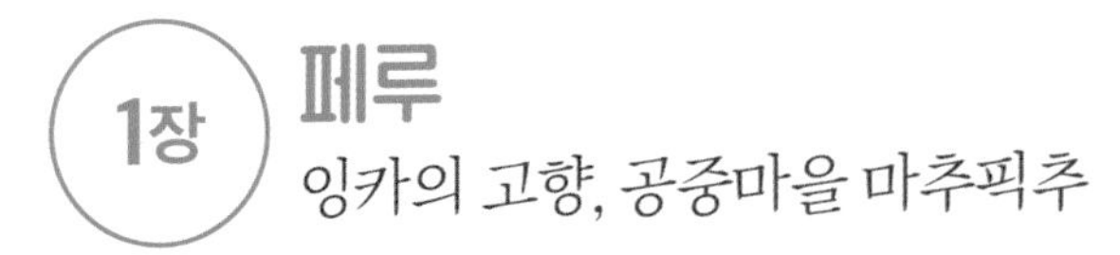

1장 페루
잉카의 고향, 공중마을 마추픽추

리마

우리나라에서 페루로 가려면 비행기를 최소한 한 번은 갈아타야 한다. 인천공항에서 미국 댈러스로 12시간 비행한 후 거기서 다시 페루 리마행 비행기를 탄다. 약 7시간 소요된다. 비행시간이 길어서 조금 힘들어도 늘 궁금해하던 곳을 향해 첫발을 내디딘 것이라 설레는 마음이 더 크다.

리마 공항에 도착하니 2014년 1월 1일 새벽 1시다. 새해 첫날을 남미의 안데스에서 맞이하는 귀한 경험을 한다. 호텔에서 망고로 아침 식사를 하고 리마 시내 구경에 나선다. 이번 여행은 자유배낭여행이다. 여행사에서는 비행기, 도시 간 이동 버스, 숙소만 정해주고 나머지는 여행자가 자유롭게 계획을 짜서 보고 먹고 즐기는 여행이다.

리마의 구시가지는 산 마르틴San Martin 광장에서부터 시작된다. 남미를 여행하다 보면 유명한 모든 곳에는 거의 '산 마르틴'이라는 이름이 붙은 광장이나 동상이 있다.

아르마스 광장

산 마르틴

산 마르틴 장군General San Martin(1778~1850)은 아르헨티나에서 스페인 군인의 아들로 태어났다. 7살 때 가족과 함께 스페인으로 돌아가 사관학교에 입학하여 군인이 되었다. 조국 아르헨티나와 파라과이, 그리고 안데스 산맥을 넘어 태평양 해안의 칠레, 페루까지의 광활한 지역을 스페인으로부터 독립시킨 불세출의 영웅이다. 처음에는 그도 스페인 군인으로서 영국, 포르투갈과의 오렌지 전투, 프랑스와의 나폴레옹 전쟁 등에 참여하여 혁혁한 공을 세웠다. 그러나 식민지 출신으로서 크리오요Criollo라는 2등 국민으로 차별받는 한계를 깨닫고 34세에 아르헨티나로 돌아왔다. 1814년부터 '아르헨티나 식민지의 한을 풀자!'라며 반스페인 독립군 사령관으로 활동한다.

안데스의 산자락 멘도사에서 성모님을 '군의 총대장'으로 삼고 군인들을 훈련시켜 '안데스 군대The Army of the Andes'를 결성했다. 이 군대를 이끌고 1818년 산티아고를 점령하여 칠레를 스페인으로부터 독립시킨다. 1821년에는 발파라이소항을 출발하여 리마를 점령, 페루까지 독립시킨다. 1822년에는 북쪽에서 내려오는 남미 독립의 젊은 영웅 시몬 볼리바르Simon Bolivar 장군과 에쿠아도르 구아야낄에서 라틴 아메리카의 운명에 대한 단독회담(마르틴은 군주제, 볼리바르는 공화제를 주장)을 한 후, "나는 내 과업을 완수했네, 뒤에 오는 영광은 다 자네 것일세. 나는 고향으로 돌아가야겠네"라며 리마로 돌아가 섭정직을 사임하고 멘도사 농장에 은거했다. 그러나 공화국 정부에서 집요하게 감시를 하자 프랑스로

리마의 옥수수 축제 풍경

망명하였다. 결국 그가 해방시켰던 땅에 두 번 다시 돌아오지 못한 채 72세 나이로 망명지 프랑스에서 생을 마감한다. 알프스를 넘어 로마로 진군했던 한니발 장군에 비견되는 불꽃같은 인생을 살았던 인물이다.

리마의 옥수수 축제

라 우니온 거리를 지나 아르마스 광장에 이른다. 1월 1일이라 곳곳에 아직 크리스마스 분위기가 남아있다. 흰색, 초록색의 높다란 원뿔꼴 장식대가 우리나라 트리와는 또 다른 느낌을 준다.

남미에 산 마르틴 광장만큼이나 많은 곳이 아르마스 광장Armas Plaza이다. 이곳은 스페인식으로 넓게 조성된 광장으로 군인 퍼레이드를 하던 곳이다. 아르마스 광장 둘레는 대통령궁, 정부청사, 관공서, 대성당, 산토 도밍고, 산 프란시스코 교회 수도원 등이 배치되어 있다. 전쟁 시에는 피난과 군대 보충, 무기 조달이 빨리 진행되도록 조성된 효율적인 공간인데 바로 스페인 정복자 피사로의 지시로 디자인된 것이다.

프란시스코 피사로Francisco Pizarro는 사생아로 태어나 교육도 제대로 받지 못했지만, 신대륙 원정에 참가해서 실력을 발휘해해 잉카제국을 멸망시키고(1533) 페루의 수도인 리마를 건설했다. 잉카제국의 수도였던 쿠스코Cuzco에서 식민지 물자를 수탈하여 본국 스페인으로 용이하게 보관·수송하고자 이곳 태평양 바다를 낀 절벽 위 리마로 옮긴 것이다(1535).

새해가 시작되는 첫날이어서인지 대통령궁 앞 넓은 도로 광장에서 올해의 옥수수 대풍을 기원하는 축제 행렬이 다양한 악기를 불며 춤을 추고 지나간다. 원

고층 빌딩을 배경으로 한 리마 해변

색의 인디언 전통의상과 망토를 걸쳤다. 남자는 붉은 색깔의 옷이 많고, 여성은 파란색이 많다. 선글라스, 모자에 장식한 옥수숫대와 잎, 얼굴에 쓴 붉은 색깔의 가면. 낯선 음악이지만 흥겹다.

안데스와 옥수수의 관계는 매우 오래됐다. 마야·잉카 신화에 '옥수수로 만든 인간이 오늘날의 인류가 되었다', '남자는 흙으로 만들었고, 여자는 식물로 만들었다'라는 등 나름대로 색다른 우주관을 가지고 있다. 이처럼 안데스 산맥을 둘러싼 지역에서 고산지대에서 제일 잘 되는 농작물, 인간에게 가장 밀접하고 중요한 생명수 같은 옥수수를 빼면 문화와 역사 얘기를 할 수 없을 정도다.

산 프란시스코 교회의 지하 공동무덤은 밖에서도 창살 너머로 보이는데 으스스하다. 교회 뜰에는 비둘기들이 완전히 점령하고 있다. 교회 뒤쪽 바깥에도 지

빈부격차를 보여주는 리마의 민둥산과 판자촌

하에 있는 무덤들이 보인다. 조그만 강 건너로 보이는 민둥산 꼭대기에는 십자가가 세워져 있고, 그 밑의 산동네에는 갖가지 색깔로 칠한 페인트 집들이 보인다. 골목 안쪽에 있는 또레 따글레 궁전Palacio Torre Tagle은 조그만 2층 베란다가 예쁘다.

시장은 휴일이어서인지 한산하다. 그래도 망고와 파인애플 주스로 목을 축일 수 있었다. 대통령궁 옆길에는 상의만 입은 백인 여인도 보이고, 군데군데 경찰들이 2인 1조로 30~40m 간격으로 돌아다니는데 길을 묻자 친절하게 잘 가르쳐 준다. 관광객 안전 도모를 위해 신경을 많이 쓰는 게 눈에 보인다.

택시를 타고 신시가지 미라플로레스 지역의 아담해 보이는 센트랄과 케네디 공원을 지나서 바닷가로 간다. 리마의 바다는 우리나라와 반대편에 있는 태평양이다. 바닷가는 흙으로 된 벽이 높다랗게 둘러 있다. 자연적으로 조성된 것은 아니고 15년 전 지진 쓰나미로 인해 피해를 크게 입은 이후에 만들어진 것이다. 바닷가에도 휴일이라선지 차가 많다. 친절한 기사 아저씨가 이곳에선 파르도 치킨집이 유명하다기에 거기에 가려다가 도로가 너무 혼잡하여 도저히 가지 못하고 방파제 입구 레스토랑Costa Verde에 내렸다. 애초 택시비는 15솔(약 6,500원)을 주기로 했는데 수고를 감안해 25솔(약 11,000원)을 냈다.

해안에는 자갈이 많고 수영하고 서핑하는 사람들이 군데군데 보인다. 방파제 끝 깃대 위에 붉은 깃발이 바람에 펄럭인다. 왼쪽으로 멀리 제주도 성산 일출봉과 비슷하게 생긴 섬도 보인다.

식당 식탁 위에 태극기도 보인다. 페루에 오면 전통 해산물 요리인 세비체ceviche 맛은 봐야지. 세비체는 생선살, 새우, 조개, 오징어를 식초에 버무린 샐러드 같은 음식이다. 새콤짭잘하다. 저녁은 닭고기, 소간, 감자튀김, 그리고 노란색의 잉카 콜라 한 잔(처음에는 이상했지만 달콤하여 먹을 만했다). 식사 후에 길거리 공연도 보고 아르마스 공원도 산책한다. 페루에 온 것이 실감 나는 밤이다.

정복자 피사로와 잉카제국의 멸망

프란시스코 피사로 Francisco Pizarro**(1471 or 1476~1541)**

보병 대령인 아버지와 천한 신분의 어머니 사이에 태어난 사생아였다. 성장기에 제대로 된 교육을 받지 못해 문맹이었다고 한다. 멕시코 아즈텍 왕국을 무력정복한 에르난 코르테스Hernan Cortes(1485~1547)와는 먼 외사촌 뻘이다. 태어난 날짜도 분명치 않은 돼지 키우던 소년이었으나 본국에서는 출세

할 수 없음을 깨닫고, 1509년 신세계 항해에 나선다.

파나마 다리엔의 총독인 발보아Vasto Nunez de Balboa(파나마를 처음 발견하여 스페인령임을 선포)와 함께, 파나마 지협을 횡단하는 태평양 항해에 동행(1513)하여 산 미구엘만에서 유럽인 최초로 태평양을 보았다. 마젤란이 1519년 스페인에서 출발하여 남아메리카의 끝 마젤란 해협을 지나 태평양을 횡단하여 필리핀에 도착하나 피살(1521)되고, 그의 부하들이 항해를 계속해 1522년에 세계일주를 완성한 것과 비교하면, 거의 7년이나 빠르다.

그 후, 발보아의 후임인 페드로 아리아스 데 다빌라Pedro Arias de Davila의 심복이 되어 발보아를 반역자로 몰아 체포·기소·처형(1517)하는 데 핵심 역할을 한다. 그 덕분에 파나마 시장에 임명된다(1519~1523). 1524~1526년 잉카 원정에는 실패하나 1528년 페루 서북부 해안에 도착함으로써 3차 원정을 결심한다. 피사로는 파나마로 돌아오는 길에 원주민의 풍습과 말을 배우도록 부하 두 명을 현지에 남겨두었고, 원주민 소년 두 명을 데리고 와서 나중에 잉카 황제와의 최종 협상에 통역원으로 활용한다.

얼마나 치밀한가? 어느 누가 그를 문맹인이라고 천시하겠는가? 마치 멕시코를 정복한 코르테스가 현지 여인 말린체를 애인이자 통역사로 이용하여 멕시코를 쉽게 정복한 것과 같다. 말린체는 코르테스의 아이를 가졌는데 코르테스가 자기 자식으로 인정하여 마르틴이라는 이름을 붙여주었다. 그리하여 말린체는 최초의 메스티소(백인 남자와 인디오 여자의 혼혈아)의 어머니가 되었다. 다른 인종과의 혼교는 라틴 아메리카 식민지의 지배 원칙이 되었다. 그러나 코르테스에게는 스페인 본처와의 사이에 똑같은 이름의 아들이 있었다. 나중에 두 이복형제는 만나서 함께 스페인 지배에 대항하여 크리오요와 메스티소에 의한 멕시코 최초의 반란을 주도하기도 했다.

피사로는 파나마 시장이 잉카 원정에 군대 파견을 거절하자 스페인 본국으로 가서 이사벨 여왕의 승락을 받고 '새로 발견되는 해안과 땅의 지배자 및 캡틴 권한'을 공식 인정받았다. 이에 1530년 피사로는 친척들과 동료 알마그로(그는 1차 페루원정 때 원주민의 화살에 맞아 애꾸눈이 되었다)와 함께 선원 180명, 말 27마리로 원정대를 꾸려 파나마에서 출발하였다. 그러나 길고도 험한 항해와 탐험에 지친 일부는 모든 것을 포기하고 파나마로 돌아가고 싶어 했다. 이에 피사로는 모래밭에 선을 긋고 "이 선을 넘는 그대들은 편안함과 황금을 얻을 것이다. 그렇지 않으면 가난을 얻을 것이다. 훌륭한 스페인인으로서 최선의 선택을 해라!"고 외친다. 그의 호소에 12명의 추종자가 이 선을 넘었고, 이들이 잉카제국을 무너뜨렸다.

항해를 계속하여 1532년 페루에 상륙했다. 잉카 황제 아타우알파Atahualpa를 카하마르카Cajamarca plaza에서 체포하고, "커다란 방에 금으로 가득 채우면 놓아주겠다"라고 하여 황제는 온 나라에서 몇 달에 걸쳐 금은을 모아 방을 가득 채웠다. 그러나 이듬해 황제를 처형하고 이어 잉카의 수도 쿠스코를 점령, 제국을 멸망시킨다(1533).

2년 후 태평양에 가까운 리마에 수도를 건설하였다(1535). 잉카 황제 처형 후 피사로는 겨우 10살이던 왕비 유판키Yupanqui를 쿠스코로 데리고 갔고, 5년 뒤 60대의 나이에 아들 둘을 얻었다.

한편, 피사로의 오랜 동지 디에고 알마그로는 잔인한 성격에 애꾸눈의 무뢰한이었다. 1534년 스페인 왕 카를로스 1세로부터 페루 남부 지배를 위탁받고, 1535~1536년에 걸쳐 칠레 북부지방을 원정했으나 실패하고 빈손으로 돌아왔다. 이에 쿠스코 정복 후 정복자들 간 맺은 협정(1535)에 따라 피사로에게 쿠스코 땅을 요구했으나 거절당하자 쿠스코를 점령한다. 이후 피사로 이복형제들과의 싸움에서 패하여 처형당하였다(1538).

이에 알마그로의 아들 엘 모조El Mozo가 20여 명의 무장군인과 함께 리마 궁에 침입하여 피사로를 살해하여 아버지의 한을 피로 복수한다(1541). 피사로의 유해는 리마 대성당 한쪽에 안치되어 있다. 이듬해 알마그로의 아들도 피사로의 부하와 친척, 이복형제들과의 전투에서 사로잡혀 처형당한다. 피사로의 이복형제 중 한 명인 곤잘로 피사로Gonzalo Pizarro(1510~1548)는 스페인 왕실에 대한 반역죄로 공개 처형당한다.

원정 정복자들의 '엘도라도 꿈'은 잉카제국을 멸망시킨 스페인의 해외 개척과 정복에는 성공을 거두었으나 정작 그들은 서로 권력과 노획물 배분을 두고 많이 차지하기 위해 목숨을 걸다가 '황금의 저주'로 막을 내린다.

인류 역사상 최악의 인종 학살

이미 바이킹 시대에 스칸디나비아 출신 선원들이 페로 제도, 아이슬란드, 대서양을 건너 그린란드, 뉴펀들랜드, 빈랜드(뉴펀들랜드와 미 본토 사이에 위치)에 정착해서 살았던 흔적들이 남아 있다. 이들 바이킹의 영웅 무용담은 바이킹 사가Saga로 전해지고 있다.

아메리카에는 이미 잉카, 마야, 아스테카 문명이 있었다. 콜럼버스가 아메리카 대륙 인근 카리브해의 구아나하니 섬, 히스파니올라 섬, 쿠바에 도착함으로써 아메리카와 우연히 만났을 뿐이다. 그는 죽을 때까지 이곳이 신대륙이라는 것을 알지 못했고 인도의 일부로 확신했다. 지리적으로나 위도상으로 봐도, 바이킹들에게 제일 가까운 곳은 북미 뉴펀들랜드이며 스페인에서는 카리브해의 아이티, 쿠바 등이 제일 가깝다. 항해 기술이 발달하면 언젠가는 자연스러운 만남이 될 수밖에 없었다.

콜럼버스가 기록한 것처럼, '칼의 용도도 몰라 칼에 손을 대보고 손을 베는 천진무구한 원주민들'에게 총과 대포로 제압하였으니 정복자 피사로는 적은 인원으로 그렇게 많은 영토와 적을 정복하여, 가히 세계사적 대기록으로 남는다.

정복자 간의 황금 다툼은 시작에 불과했다. 피사로의 정복 이후 거의 120년 동안(1532~1650) 라틴 아메리카 원주민인 인디오의 인구는 5,000만 명에서 500만 명으로, 10분의 1로 감소했다. 인구 감소는 전쟁과 가혹한 노동 때문이기도 했으나 가장 큰 원인은 정복자들이 가지고 온 세균(천연두, 홍역, 콜레라, 매독) 때문이었다.

콜럼버스와 거의 동시대 사람으로 쿠바 정복에 참가했으며 한때 콜럼버스가 상륙한 카리브해 히스파니올라 섬에서 인디오 노예를 고용한 대농장의 소유주였던 젊은 사제 바르톨로메 데 라스 카사스Bartolomeo de las Casas 신부는, 어느 날 그가 행한 노예 착취가 부정한 것이었음을 깊이 깨닫고, 모든 것을 포기하고 노예를 풀어주고, 스페인 사람들의 잔학성을 폭로한다. 인디언 원주민의 인권을 옹호한 최초의 유럽 선교자이며 역사학자였다.

그는『서인도 제도의 역사』에서 자신의 경험을 생생히 증언한다.

'나는 똑똑히 들었다. 산토 도밍고에서 바하마제도로 가는 배는 나침판 없이도 바다에 떠 있는 인디오의 시체를 따라 항해할 수 있다는 말을.'

'흙을 파내고 바위를 쪼개고 강물에 씻어내려고 사금 조각을 등에 지고 나른다. 그러나 무엇보다 고통스러운 것은, 광산에 물이 차면 물을 한 줌씩 퍼내어 광산을 건조시키는 것이다.'

'신대륙 태평양 연안을 처음 발견한 발보아가 개 먹이로 인디오를 던져주는

장면을 묘사한 그림이 있다. 얼마나 잔혹한 식민통치인가?'

'만약 천국에 스페인 사람들이 있다면, 나는 그곳에 가고 싶지 않다.'

(쿠바 인디언 추장 히타이가 말뚝에 묶여 화형당하기 전 남긴 말이다.)

〈잉카의 영혼들이여〉

아, 잉카의 억울한 영혼들이여
누가 있어, 그대들 눈물을 닦아줄 수 있으리오?

"오, 주여! Jesus Christ!"
더러운 정복자 피사로가 불러야 할 이름이 아니고,
그대들 영혼이 불러야 할 이름이었음을.

라스 카사스 신부는 아메리카 발견의 좋은 점만 부각하던 시기에 토착민 학대 등 부정적인 면을 처음으로 유럽 대륙에 알린 인물이다. 그는 원주민 인권 보호에 평생 헌신했으며, 훗날 라틴 아메리카 독립의 영웅 시몬 볼리바르는 그를 '라틴 아메리카의 선각자이며 우리의 영웅'이라며 존경을 표했다.

그는 몬테시노스Antonio de montesinos 신부가 1511년에 행한 "인디오, 이들은 인간이 아니란 말이오? 그들은 이성을 가진 사람들이 아니란 말입니까?"라는 연설을 인용하면서, 인디오의 인권을 외치고 농장과 재산을 버린 뒤 도미니크 교회로 돌아갔다(1524).

그러나 스페인 왕에게 보내는 '원주민을 위한 탄원서' 작성에서 결정적인 실수를 했다. 즉 "아메리카 원주민보다 육체적으로 훨씬 건강한 아프리카 흑인 노예를 사용하는 것이 낫다"라고 하여 흑인 노예에 대한 아이디어를 제공함과 동시에 흑인 노예의 정당성을 부여한 꼴이 되어버렸다. 그가 아메리카 원주민의 인권을 위해 평생 헌신했음에도 불구하고 두고두고 비판을 받는 이유다.

파라카스

태평양 해안을 따라 남쪽 파라카스Paracas로 내려간다. 온통 사막이라 흡사 이집트에 온 것 같다. 간간이 나무와 풀이 보이고, 해안 섬, 집들, 바닷가의 텐트, 난민촌 같은 휴양지 풍경이다. 가끔 3층 높이의 아파트 단지도 보인다. 가끔 보이

파라카스 선착장의 펠리컨

는 레스토랑과 주차한 차들이 있지만, 달나라 같은 산 언덕엔 풀 한 포기 안 보인다. 모래밭 곳곳에 임시 대피소처럼 막대 위에 나뭇잎으로 걸쳐 놓은 데도 있다. 어느 곳에는 푸른 잔디가 깔린 골프장도 보인다.

물이 조금이라도 흐르는 곳에는 어김없이 풀과 나무, 옥수수, 말과 라마 등 가축이 보인다. 바닷가에는 얼기설기 지은 2층 양계장 축사에 햇빛 가리개용으로 만든 듯한 검은 천과 통풍되는 비닐을 씌운 게 많이 보인다. 나무를 살리기 위한 피나는 노력이 곳곳에 엿보인다.

리마에서 4시간 정도를 달려 파라카스 해변에 도착했다. 바닷가 모래사장에는 사진 모델 같은 큰 펠리컨이 여러 놈, 물개랑 갈매기 모양의 돌을 파는 상인도 있다. 선착장으로 가서 배를 타고 바예스타Ballestas 섬 보호구역으로 간다.

바예스타 섬

내셔널 지오그래픽 채널에서 여러 번 봤던 곳이다. 구아노 섬은 수많은 물개, 갈매기와 섬 전체에 갈매기 똥이 하얗게 덮여있다. 벌꿀 오소리가 코를 땅에 박고 먹이를 찾는 듯한 형상도 있다. 배가 지나가는 뻥 뚫린 동굴은 오소리의 목 아래쯤에 해당할 것이다.

보호구역 섬 위에는 연구소와 숙소 건물이 있고 물품 하역용 구조물에는 도르래와 사다리가 물 위에까지 드리워져 있다. 물가의 돌, 모랫바닥에는 덩치 큰 물개들이 지천이고, 바위 위 평평한 곳, 경사진 곳에도 층층이 드러누워 있다. 세상의 모든 평화가 여기에서부터 시작되나 보다.

돌아오는 바닷길에는 하늘 높이 날던 갈매기들이 전속력으로 수직으로 낙하하더니 물속으로 꽂혀 들어간다. 바다 옆의 모래 산에는 엄청나게 큰 포크 모양의 선인장이 모래 위에 낸 자국처럼 선명하게 그려져 있다. 마치 뜬금없이 자동차가 내려와서 모래 위에 낸 자국처럼.

바예스타 섬으로 가는 배에서 본 선인장 모양

온갖 형상이 상상력을 자극하는 바예스타 섬

점심은 해안 레스토랑에서 시원한 맥주와 생선구이 샐러드로 해결한다. 생선에서 육고기, 채소까지 우리나라 것이 더 맛있는 것 같다.

이카, 와카치나 사막 오아시스

나스카 가는 길목에 와카치나 사막의 오아시스가 나타난다. 버기 차를 타고 넓디넓은 모래 바닥을 쌩쌩 달린다. 커다란 머플러로 얼굴을 가려 뜨거운 햇살과 모래를 막으면서도 난생처음 경험하는 사포질 보드를 타고 내려오며 스릴을 느껴본다. 아래쪽에는 넓은 연못에 푸른 물이 제법 많이 있고, 주위엔 나무와 집들이 빙 둘러 있다. 한 폭의 그림이다. 실크로드의 오아시스, 둔황의 명사산과 월아천을 옮겨 놓은 것 같다. 바람과 낙타만 빼면.

와카치나 사막 오아시스

나스카

숙소 들어가는 골목부터 보이는 깨끗하고 멋있는 벽화가 심상찮다. 벌새, 콘도르, 거미원숭이, 물고기 형상의 나스카 지상화를 그린 벽화다. 숙소 안내소 벽면에도, 술병에도 온통 벌새, 포도, 라마의 문양이다.

내일 밤에는 고산지대에 있는 쿠스코로 간다. 고산병을 예방하기 위해 서울 출발 전 병원장 친구가 챙겨준 약도 있지만, 혹시 몰라서 현지 약국에 들러 소로체soroche를 여분으로 샀다. 약국에서 맛있는 중국 음식점을 물으니 약사가 근처 가게까지 친절하게 안내해준다. 음식의 양은 배를 채우고도 남는다.

새벽에 닭 울음소리에 눈을 떴다. 이른 아침 숙소 근처 공원으로 나가니 늠름한 장군의 동상과 벤치가 보이고 거리는 깨끗하고 상쾌하다. 더위가 일찍 시작되어 아침인데도 과일 팔던 아저씨는 벌써 철수 준비를 한다. 몇 년 전에 지진이 일어나 전통적인 진흙집이 많이 파손되고 현대식 주거로 많이 바뀌었다.

메마른 사막에 있는 나스카 차우차야 마을의 공동묘지에 간다. 모래가 끝나는 가장자리에는 나무들도 제법 보이지만, 둘레 메마른 능선과 골짜기에는 모래가 가득하다. 좌측 높은 산 능선에는 모래가 대규모 사막을 이루고 있어 기이하다. 평지 사막에는 군데군데 돌에 하얀 페인트로 칠하여 길을 표시하고 있다. 땅바닥에 구덩이를 파고 진흙 벽돌을 두른 집도 보이는데, 막대 위에 거적을 올려놓은 말 그대로 그늘집이다. 사람이 사는 곳은 아니고 머리카락에 직물 옷을

차우차야 마을의 미라

차우차야, 산등성이에 덮힌 모래들

걸친 미라 2~3구, 옆에는 토기들이 놓여 있는 유적지다. 이곳은 워낙 메말라 습기가 없어 시간이 지나면 매장된 모든 것이 자연스럽게 미라가 된다.

중년의 여자 안내인은 자부심이 대단하다. 원주민 케추아어, 스페인어, 영어, 독일어, 이탈리아어, 일본어까지 6개 국어를 한단다.

또한 나스카인들이 안데스 설산에서 내려오는 지하수를 찾는 지하통로를 만들었을 것이라는 주장이 있어 당국에서 찾고 있다고 한다. 마치 중국의 실크로드, 신장의 사막 투루판에서 보았던 우물과 지하수로를 연결한 인수관개시설 카레스(해수면보다 100~200m 낮은 투르판 지형에서 위구르인들은 땅속 깊숙이 텐산의 눈이 녹아 흐른다는 것을 알고, 땅을 뚫고 지하수로를 연결하였다. 수로의 총 길이가 4,000~5,000km나 된다) 같은 시설인가 보다.

나스카 지상화

나스카 지상화를 가장 잘 보려면 경비행기를 타야 한다는데, 비행기가 작고 흔들려 멀미를 각오해야 한다기에 전망대에 가서 보기로 한다. 나는 멀미라면 정말 싫다. 1960년대 초, 초등학교 5학년 때인가. 시내 공설운동장에서 체육대회를 한다기에 구경하겠다고 난생처음 장거리를 마이크로버스(대형버스는 다니지 않을 때였다)를 타고 갔다가 얼마나 멀미를 심하게 했는지 모른다. 체육대회 구경은 고사하고, 집에 돌아가는 게 걱정되어 걸어가자고 친구를 꼬드겼다.

자갈만 깔린 신작로 길 옆에서 메뚜기를 잡기도 하면서 걸어갔다. 해가 서산을 넘어갈 때쯤에야 너무 힘들어서 염포 삼거리에서 마이크로버스를 탔다. 그러나 아니나다를까 조금 지나자 나는 멀미 때문에 반죽음이 됐다. 도저히 차를 더 타고 갈 수가 없었다.

“안 되겠다 친구야, 난 여기 내려서 걸어가마. 먼저 가거라!”

차는 떠나 버렸고 나 혼자서 걸어가야 했다. 다행히 주전으로 갈라지는 남목 삼거리에서부터 집까지 가는 길은 잘 알고 있다.

겨울방학이면 아버지가 만들어주신 조그만 나의 지게를 지고, 우리 누나들과 동네 누나들과 멀리 이곳까지 깔뚱거리 나무(죽어서 바짝 마른 나무줄기나 뿌리)를 구하러 다녔으니까.

가로등 하나 없는 컴컴한 밤길에 공동묘지도 지나쳐야 하는 길을 덜덜 떨면서도 뚜벅뚜벅 걸어갔다. 한참 지나서 밤 9~10시쯤에야 집에 도착했다. 엄마가 집 앞에서 걱정하며 서 계시던 그 모습이 아직도 생생하게 기억난다. 그 친구가 너무 고맙고도 그립다.

“친구야, 잘 있제?”

아무리 생각해도 17~18km 되는 거리를 초등학생들이 어떻게 걸어왔을까 싶

나스카 지상화

어 신기할 따름이다. 나는 아무래도 역마살을 갖고 태어났나 보다. 멀미는 이후 도회지로 나가서 고등학교를 다니면서 통학 버스로 단련되어 이젠 괜찮다. 그래도 멀미는 정말 싫다. 뱃멀미는 더더욱 싫고.

팬 아메리카Pan American Highway(남미 아르헨티나에서 시작하여 칠레 발파라이소, 서부 태평양을 끼고 북미까지 남북으로 종단하는 고속도로) 바로 옆 20m 높이의 철제 전망대에 올라가 나스카 지상화를 본다. 건조한 공기에 노출된 검은 색깔의 땅이라서 얕은 깊이의 골을 파내기만 해도 선명한 그림이 완성된다. 나스카 문명은 기원전 900년~기원후 600년까지 1,500년이나 번성했으며 그로부터 다시 1,500여 년이나 지났는데도 아직도 그림이 선명하다.

옆에는 나스카 지상화 연구에 평생을 바친 독일 여인 마리아 라이헤의 박물관이 있다. 박물관에는 다양한 지상화 사진과 연구 도면들이 벽면에 걸려 있다. 90세에 귀와 눈이 멀었어도 이곳을 지켰던 그녀. 살던 집 담장엔 꽃들이 둘러 피어 있고 단풍이 물든 뜰 한쪽 땅바닥에 묘비가 있다.

전망대

사막 한가운데 언덕에 올라가니 철분과 구리 성분으로 검붉고 기괴한 달나라 민둥산 같은 모습이 여기저기 보인다. 석양에 물든 지상화도 한 번 더 구경한다. 거센 모래 바람 속의 일몰은 맑은 공기로 인해 얼마나 붉던지.

〈나스카의 신비〉

선, 기하학, 동물, 물고기, 곤충,
우주를 향한 외계인의 암호인가?
먹을 것을 바라는 인간의 몸부림인가?

비를 기원하는 인간들이,
천상의 제사장에게 바치는 인간 공물,
죽음의 행진 길인가?

나스카 지상화를 내려다 보다.

나스카의 신비와 수수께끼는,

태평양 바람을 타고, 유유히 날으는 콘도르의 날개에 실려,

오늘도 안데스산을 맴돌고 있구나!

머나먼 마추픽추

밤새 마실 물과 과일을 준비하고, 볼리비아 입국서류를 미리 작성하고는 잉카의 옛 수도 쿠스코로 밤 10시에 출발한다. 버스터미널에서 좌석을 세미 까마(의자가 큼직하면서도 2/3는 넘어간다)로 업그레이드했더니 리무진보다 더 편안하다. 안데스는 평균 해발고도를 3,000~4,000m로 갈수록 고산 증세가 나타난다.

산 중턱에 버스가 잠시 쉰다. 토속 진흙집으로 된 간이매점에는 돼지고기, 옥수수, 감자 등을 봉지에 담아 10솔에 판다. 먹을 만하다. 근처에는 도망가지 못하게 허리나 목에 줄을 맨 돼지가 여기저기 풀을 뜯어 먹고 있다. 나스카 사막과는 풍경이 아주 딴판이다. 산도 높고 계곡도 깊어 수량도, 곡물도 풍부하다. 산허리를 감도는 안개도 멋지다.

나스카를 출발해서 15시간 걸려 오후 1시에 쿠스코에 도착하는 동안 버스에서 도시락을 3번 준다. 쿠스코는 '우주의 배꼽'으로 불린다. 시내에는 정복자 피사로의 탑도 보이고 도시를 둘러싼 산 중턱 유럽풍의 붉은 색 지붕들이 평화로워 보인다. 숙소에 큰 짐은 보관해 두고 마추픽추 여행에 가져갈 간단한 짐만 꾸린다.

로비로 내려갔더니 일행들이 내 생일이라고 케이크와 축하 노래와 박수도 받는다. 그라시아스! 아들이 인터넷으로 검색하여 알려준 한식당 사랑채가 숙소 바로 앞이어서 오랜만에 불고기와 김치찌개를 맛있게 먹었다.

마추픽추를 향하여 버스로 2시간 가니 오얀따이 탐보 기차역이다. 가파른 산허리에 돌계단을 만들어 땅을 개간하고 농사 짓는 풍경도 보인다. 안데스Andes라는 뜻은 유래에 대해서는 의견이 분분하지만 원주민 케추아어로 Anti(동쪽), 혹은 높은 산, 스페인의 Anden(계단식 경작)에서 따온 것이라 한다. 어느 것이든 모두가 그럴 듯하다. 기차는 단선으로 운행되는데 선로가 좁아서 그런지 좌우로 사정없이 비틀거린다. 마추픽추로 가는 길은 산세가 험하여 자동차로는 못가고, 우루밤바Urubamba강 옆으로 난 기차로 갈 수밖에 없다. 약 2시간 걸린다. 천정은 투명한 유리로 되어있어 시야가 훤하고 과자와 빵, 커피가 서비스로 나온다. 올라갈수록 계곡이 좁아져 물소리는 바로 옆에서 우렁차게 들리고, 바위에 부딪히는 붉은 황토색 물길은 무엇이든 삼켜버릴 기세다.

칼리엔티스 기차역

우루밤바강

마추픽추 마을 깔리엔티스 역에 내리니, 기차가 정지하면서 뿜어내는 연기와 매캐한 매연 냄새는 눈과 코를 찌른다. 나스카에서 마추픽추 마을까지, 버스와 기차 타는 시간만 모두 19시간이나 걸렸다. 아, 머나먼 마추픽추여!

마추픽추와 와이나픽추

마추픽추 마을에 도착했다고 해서 바로 유적을 볼 수 있는 것은 아니다. 마을 도랑 건너 버스를 타고 좌측에 우루밤바강을 끼고 가다가 다리 건너 구불구불

마추픽추와 뒤에 보이는 와이나 픽추이다.

와이나픽추

30분쯤 산길을 따라간다. 마추픽추(늙은 봉우리) 공중 산마을이 푸른 잔디와 돌만 남은 폐허로 비구름 속에 모습을 드러낸다. 1400~1500년경에 만들어졌다는 언젠가는 꼭 오고 싶었던 바로 그곳!

건너편 와이나픽추는 안개와 구름 속에 감춰져 거의 보이지 않는다. 라마들이 평화롭게 풀을 뜯어 먹고 있고 망지기 집, 서쪽 농경 축대 지역, 천문관측소, 상단부 돌이 네모로 튀어나온 기묘한 모양의 해시계가 보인다. 인띠와따나와 주 광장을 지나니 와이나픽추(젊은 봉우리) 입구다. 우린 원래 10~11시경 입장인데 사정하니 신상을 기록하게 한 후 입장시켜 준다.

길 따라 산 따라 하염없이 올라간다. 중간중간에 물도 흘러내리고, 야생화도 여기저기 보인다. 우측 골짜기로 우루밤바 강물이 보이고, 버스를 타고 올라왔던 구불구불한 길도 멀리 보인다. 산비탈 경계에는 돌로 신전을 곳곳에 쌓아 올렸는데 그 아찔함에 혀를 내두른다. 이 높은 곳에 돌은 어디에서, 어떻게 운반해 왔을까? 신전들은 절벽 모양과 일체하여, 똑바로 맞춰서 올려놓았는데 바로 아래는 천길 낭떠러지! 얼마나 많은 일꾼이 희생되었을까?

가파른 바윗길 좁은 통로를 지나니 더 먼 코스로 가는 안내판이 있고, 드디어 정상이다. 잠깐씩 구름이 걷힐 때마다 까마득히 아래로 마추픽추가 보인다. 건너편에는 멋지고도 푸르디푸른 산, 좌우 측에는 높다란 산과 계곡 강물. 절경이다. 와이나픽추에 올라와야만 마추픽추를 제대로 볼 수 있구나! 콘도르 형상으로 마추픽추를 만들었다는데 아쉽게도 안개 때문에 제대로 확인할 수 없다.

백인 처자들이 절벽에 걸터앉은 채 아찔한 포즈로 사진을 부탁한다. 정말 간도 크다. 내려오는 길에 안개가 일부 걷힌다. 한 중국 여인은 내리막길이 너무 가팔라 손을 땅에 짚고도 쩔쩔 맨다. 보슬비가 내려서 땅이 상당히 미끄럽다. 길 옆에 돌로 축대를 쌓아 만든 자투리땅에는 옥수수나 감자 농사를 지을 수 있겠다. 입구 안내소에서 출입자 명단에서 하산을 다시 확인한다. 입산을 통제하는 이유가 인원 통제 외에도 위험한 등산길 안전 확인도 있겠구나.

와이나픽추

마추픽추

다시 마추픽추다. 이번에는 왼쪽으로 둘러본다. 긴 석벽, 높은 돌길에 유난히 큰 돌 하나가 멋지게 놓여 있는 것이 눈에 띈다. 석축 솜씨가 정말 정교하다. 돌로 만든 수로 위에 물이 흐르고, 콘도르 신전과 태양의 신전을 지난다. 뒤돌아서 보니 안개구름이 걷힌 가파른 돌산 옆에 우뚝 솟은 와이나픽추의 높다란 크기에 깜짝 놀랐다. 다행히 안개구름이 산을 가려준 덕분에 저렇게 높은 줄 모르고 정상까지 갔다. 여기까지 와서 못 갔으면 얼마나 후회했을까?

〈마추픽추에서〉

이 높은 공중에, 웬 마을일까?
홀연히 버리고 사라진 수수께끼는?
185구 중의 109구가 젊은 처녀들 유골인 까닭은?
산비탈 조그만 계단 땅까지도,
배를 채울 만큼 넓어 보이지도 않는데,

태양신을 믿는 잉카의 종교성전이었겠지?
태양이 힘을 잃어 하늘 중간에 멈추는 날이면,
남은 자들도 모두 멸망할지니
하여, 인신 공양으로 아부하는…
아니면, 지상 권력 잉카의 영생을 위해서인가?

이제야 알았네! 나는,
마추픽추에 바람과 비와 안개와 구름이 왜 많은지를!

태양의 제단에 오르는 인간들의 공포와 비명과 눈물,

그리고, 아직도 원통해 구천에 가지 못한,

안데스 영혼들의 흐느낌이었음을.

하이렘 빙햄Hiram Bingham이 여기 오기까지,

사라졌다가 불쑥 나타난 불가사의,

잉카의 영원한 마음의 고향!

아직도 구천을 떠도는 저 영혼들을,

평안히 영면하게 구원해 주소서, 신이시여!

아쿠아스 칼리엔테스 마을로 돌아와 살아있는 자의 특권인 자유를 만끽하면서 시원한 맥주에 뚜르체(송어 튀김)로 배를 채웠다.

쿠스코

피사로가 200명도 채 안 되는 병력으로 쿠스코를 정복하고 리마로 수도를 옮기기 전까지 잉카의 수도였다. 잉카인들은 쿠스코를 세계의 배꼽, 우주의 중심이라 여겼다. 중앙아시아 카자흐스탄에 가면 알마티가 지구의 배꼽이라 하고, 폴란드는 바르샤바가 배꼽이라 말한다. 지구가 둥근 공처럼 생겼으니 모두가 배꼽이라 해도 된다. 과학적으로 둥근 공인데 어디인들 배꼽 아닌 데가 있겠는가? 인간이 있는 모든 곳은, 그 누가 그곳이 어디든 항상 지구의 배꼽이며 우주의 중심이다! 잉카인들이 힘의 상징으로 신성시하는 퓨마 형상의 도시를 만들었

쿠스코

다는데 쿠스코 도심에는 주홍색 계통의 지붕들이 산허리까지 많이 보인다.

이곳도 역시 아르마스 광장이 중심이고, 시작이다. 잉카의 왕궁과 신전을 헐고 새로 세운 대성당, 산토도밍고 성당, 코리칸차 성당, 성당에 있는 마리아, 아기예수상은 잉카인 피부색으로 친근감이 든다. 성당 앞 광장에는 예수 탄생을 기념하는 행사가 진행 중이다. 흰색 스카프의 성모마리아, 아기, 구유 위에 깔린 보자기, 머리에 하얀 천을 두르고 수염을 붙이고 흰색, 파란색, 나무색의 긴 망토 차림으로 막대를 들고서 라마를 한 마리씩 몰고 있는 동방박사 3~4명. 가톨릭 본가인 스페인보다 더 가톨릭적이고 순수한 이곳 쿠스코다.

단단하게 깔린 돌바닥 골목길들은 석벽들과 함께 잉카 시대 것으로 깨끗하게 잘 보존되어 있다. 그중에는 십이각형 돌도 있다. 어떤 골목에는 원주민 두세

쿠스코 골목길

명이 각자 비닐 위에 직접 만든 옷, 모자, 양말을 펼쳐 놓고 편안하게 걸터앉아서 발에다 실타래를 걸고는 뜨개질을 하고 있다. 지형이 분지이기 때문인지 매연이 바람에 실려 바로 날아가지 못하는지 시야가 희뿌옇다. 시장에는 과일들이 풍성하고, 거리에는 한국 차 티코가 여기저기 보인다.

아쉽게도 잉카에는 고유문자가 없었고 끈으로 만들어 표시하는 결승문자 키뿌khipu만이 있었다고 한다. 학자들이 여전히 연구 중이지만 완전한 해독은 안 된다고 하니 안타깝다. 몇 년 전 경기도 고양시에 있는 '중남미 문화원'에 두어 번 들렀는데 볼 만했다.

버스를 타고 산 속에 있는 염전, 살리네라스Salineras로 간다. 옛날 안데스 산맥이 바다가 융기해서 만들어졌기 때문에 산에 염전이 있는 것이다. 논에 물을 가둬서 뜨거운 햇살에 말리면 미네랄이 풍부한 소금만 남는다.

염전 가는 길의 풍경이 너무 멋있다. 차에서 잠깐 내려서 경치를 만끽하는데, 높게 솟은 검은 산 위에 하얗게 만년설이 쌓여 있다. 구름 사이로 성스러운 기운의 햇살이 우루밤바강 계곡 마을을 비춘다. 안데스의 신비와 영험은 지금도 내 가슴을 뛰게 한다. 움푹 팬 계곡 아래로 커다란 동심형으로 층층이 계단식 석축을 쌓아 각 고도에 적합한 농작물이 무엇인지 알아내려 실험하던 곳을 지난다. 산지라서 부족한 농지를 조금이라도 효율적으로 사용하려 한 고대 잉카인 지혜의 땅이다. 나무와 풀들이 너무 아름답다. 연두와 초록이 조합해서 상상 이상의 색깔을 만들어 낸다.

산속의 살레네라스 염전

모라이, 동심형 계단 농작물 실험 장소

멀리 보이는 설산

모라이에서도 멀리 해질녘의 북쪽 설산이 눈에 들어온다. 웅장한 산세와 깊은 계곡은 카자흐스탄의 대평원에 와 있는 느낌 그대로다. 돌아오는 길에 민속 의상인 알파치를 파는 곳에 들렀다.

띠띠까까 호수

쿠스코에서 밤 10시경 버스로 출발하여 뿌노Puno에 새벽 5시 도착, 7시간 걸렸다. 해발 3,800m에 자리한 띠띠까까 호수를 보기 위해서다.

띠띠까까 호수는 잉카인의 조상과 문명이 처음 시작된 신성한 땅으로, 남미에서 가장 높은 곳에 있는 호수이며 그 크기가 4,000m가 넘는다. 띠띠는 힘의 상징 퓨마를 뜻하고, 까까는 회색(호수)을 의미한다. 퓨마를 닮은 회색 호수라는 뜻인가 보다.

오늘은 띠띠까까 호수와 함께 우로스 섬과 따낄레 섬을 둘러보는 페루에서의 마지막 일정이다. 선착장에서 배를 타고 갈대 수로를 지나면 제법 큰 갈대섬 우로스Uros가 나온다. '토토라'라는 5~7m 키의 갈대로 엮어 만든 인공 섬인데, 이런 섬이 제법 많다. 바다같이 넓은 띠띠까까 호수에는 갈대가 정말 많다. 갈대 뿌리 부분을 큰 블럭으로 잘라서 물에 띄우고, 그 위에 갈대 줄기를 교차로 쌓아 덮어서 섬을 만든다. 물에 닿는 갈대는 썩기 때문에 새 갈대로 계속 덮어준다고 한다.

띠띠까까 호숫가의 뿌노 마을

우로스 섬

섬 위에는 갈대 묶음이 높다랗게 세워져 있고 옷가지들도 널려 있다. 인디오 부부들, 아기들과 라마와 함께 있다. 갈대짚 위 벌여놓은 좌판엔 옷, 모자, 양말, 갈대 배, 목걸이 등이 놓여 있고, 한편에 길게 머리를 땋은 어린 소녀도 엄마 대신 앉아있다. 관광객들이 빙 둘러앉으니 갈대섬 만드는 방법을 시연해 보인다.

물가에 갈대집이 있는데 안에 들어가 보니 모포와 주전자, 그릇, 벽면에도 옷가지들이 꾸겨져 있고, 바깥 갈대지붕 위에는 태양광 전기판도 얹혀 있다. 고도가 워낙 높으니 햇살이 세고 자외선이 강하다. 얼굴과 피부가 금방 거칠어질 것 같다. 고도가 높아 해가 지는 밤이면 추위가 심하다고 한다. 이들은 평소 육지에서 살면서 관광객에게 보여주기 위해 낮에만 들어온다고도 하는데 진위 여부는 알 수가 없다. 곤돌라 모양의 갈대 배는 긴 막대에 의지한 채 섬 주위를 한 바퀴 돈다.

따낄레Taquile는 뿌노에서 뱃길로 45km나 떨어져 있어 2시간 반이나 걸린다.

선착장에 내리니 마을 입구에 아치형 돌문이 세워져 있고 아치 중앙과 좌우로 상반신에 모자를 쓴 제주도 돌하루방 같은 석상이 반긴다. 마을로 올라가는

따낄레 마을 / 따낄레 섬 선착장

따낄레 섬 아이들

길에는 양떼들이 풀을 뜯고 있고, 밭에 있던 돌을 골라내어 제주도 밭처럼 경계를 만들어 놓았다. 밭에는 감자꽃, 붉은 양철집 담 옆에는 노란 꽃들도 보인다.

길 모서리를 돌면 전통 모자 츄요를 쓰고 뜨개질하는 남자들이 있다. 모자 색깔로 미혼인지 기혼인지를 표시한단다. 이들은 1년 정도 동거하다 아기가 생기면 결혼한다. 마을 운동장 같은 넓은 공간 옆에는 제법 큰 수공예 직물 가게도 있다. 현지 여인들은 긴 천으로 얼굴을 가려 햇살을 차단하려 애쓴다.

전망 좋은 집에서 점심을 하고, 탁 트인 그곳에서 넓은 호수와 점점이 떠 있는 섬들을 본다. 바위 저 끝에는 한 여인이 바람에 머플러를 날리며 꼼짝하지 않고 앉아 있다.

〈띠띠까까 호수에서〉

띠띠까까!

꼭 오고 싶은 데를 왔으니, 온갖 상념에 빠져든다.

언젠가 '띠띠까까에서 보내는 편지'를 한번 쓰고 싶구나.

누구에게?

태양신? 친구? 나? 하늘에 계신 엄마,아버지? 그냥?

사랑하는 아들 딸과 손주들에게 들려주고 싶은 이야기들.

우리들의 오디세이아를

떠나가는 선착장은 마을 서쪽에 있다. 배에서 보는 계단식 밭, 층층의 풍경은 인간들의 생존을 위한 위대한 증거다. 비록 이 섬이 한때는 죄수들의 감옥소이었을지라도.

돌아오는 선상의 뒤켠에, 현지 여인은 검은 스카프를 두르고 혼자서 무슨 상념에 빠졌는지 호수만 멍하니 바라보고 있다. 또 다른 중년의 남녀는 조금도 쉬지 않고 이야기에 열중이다. 때로는 심각하고, 때로는 히히닥거리면서. 갈대숲을 지나 등대 있는 호숫가에서 보는 석양의 뿌노는 평화롭고도 아름답다.

숙소 근처 시장 거리에 가서 중국 음식과 맛있는 철판구이까지 푸짐하게 먹었다. 내일도 먹으려고 망고, 사과, 처음 보는 열대과일을 넉넉하게 구입했다.

2장 볼리비아
메마른 고원의 반전, 우유니와 안데스 호수들

라파즈

오늘은 볼리비아의 수도 라파즈로 간다. 출발 준비를 하려는데 새벽에 전기가 나갔다. 1층 카운터에 가서 무슨 일인가 알아보니 일대가 모두 정전이란다. 3층까지 걸어 올라오는데 숨이 턱턱 막혀 이곳이 고산지대임을 실감한다. 망고와 다른 과일, 과자로 아침을 해결하고 내려가니 일반 버스가 호텔 앞까지 왔다.

출발!

왼쪽으로 호수를 끼고 볼리비아 국경까지 간다. 여기도 돼지들이 목에 줄을 걸치고 풀을 뜯어 먹고 있다. 호수쪽에 세워둔 페루 국경 표시 간판 디자인이 멋있다. Peru의 P자의 동그라미를 빙빙 여러 번 돌려서 U자의 끝까지 흘러간다. 입국신고서 글자가 깨알처럼 작아 잘 보이지 않아 고생했다. 어쨌든 볼리비아에 입국!

허기를 달래러 호숫가 백사장에 있는 식당으로 갔는데 라마 고기 맛은 질기고 별로다. 코파카바나Copacabana에서는 바다 같이 넓은 호수를 배로 건넌다. 호숫물 위로 비치는 먼 설산의 풍경이 장관이다. 선착장에는 볼리비아 해군기지가 있다. 칠레와의 전쟁에서 패배해 원래 볼리비아 땅이었던 아타카마 사막 땅을 빼앗겨 태평양에 접하는 통로를 잃게 되면서 내륙국이 되었다. 그래도 해군

페루 국경 표시

입국 신고

은 있어서 페루와 경계선인 띠띠까까 호수를 공동소유로 지키면서 언젠가 회복될 태평양 연안의 국경을 지키기 위해 훈련하고 있다.

볼리비아와 페루, 두 나라는 잉카 시대 이전인 12세기부터 띠띠까까 호수 연안에서 번성하였으며, 15세기에는 잉카제국에 편입되는 등 공통적인 역사와 문화적 배경을 가지고 있다.

볼리비아 나라 이름은 베네수엘라 출신인 남미의 독립 영웅으로 베네수엘라, 콜롬비아, 에쿠아도르, 페루, 볼리비아 등 5개국을 스페인으로부터 해방시킨 시몬 볼리바르Simon Bolivar에서 따왔다. 그 외에도 유명한 독립군 장군들의 이름을 딴 도시 이름이 많다.

볼리비아 해군기지

볼리바르

시몬 볼리바르Simon Bolivar(1783~1830). 그의 선조는 16세기 스페인 바스크 지방에서 베네수엘라로 이주했다. 볼리바르의 가문은 부유했으나 3살 때 아버지를, 9살 때는 어머니를 잃고, 흑인 유모를 친부모처럼 생각하며 자랐다. 16세 때, 상류 계급의 정해진 코스로 유럽 대여행(구세계 발견)을 떠났다. 왜소한 체격에 신경질적이었으나, 왈츠의 명수였던 그는 스페인에서 베네수엘라 출신의 젊은 여성과 사랑에 빠져 결혼하지만 아내가 1년도 못 되어 악성 열병으로 죽어 19세에 홀아비가 되었다. 그는 두 번 다시 결혼하지 않고 남미의 독립과 혁명에 몰두했다.

민주주의, 정의, 라틴 아메리카의 통일까지 그는 행동하는 낭만적 철학자였으며, 카리브해, 태평양, 페루의 고원까지 광대한 전쟁을 지휘했던 군사의 천재였다. 그러나 각국 독립 후, 이질적인 다양한 세력들은 볼리바르에게 등을 돌렸다. 그의 말처럼 "우리는 혁명을 위해서 몸 바치는 동안, 배울 시간이 없었다." 무정부주의, 파벌주의로 신생공화국들이 붕괴할 것이 두려워 통합이라는 명분으로 스스로를 '대 콜럼비아 대통령(페루, 베네수엘라, 콜럼비아, 에쿠아도르를 포함한 대통령. 볼리비아는 그의 측근인 2인자 슈크레를 대통령으로 임명)'으로 취임하였다. 이에 사람들은 그를 증오하고 심지어 암살까지 시도하였으며, 결국은 실패한 영웅이 된다. 그는 47세에 세상을 떠나기 전, 자기 묘비명에 쓸 말을 구술한다.

"아메리카는 이제 통치 불능이다. 마치 혁명에 몸을 내던진 사람이 바다를 경작하고 있는 것처럼."

신생 독립국인 페루와 볼리비아가 국가 연합을 꾀하자, 주변국들(칠레, 아르헨티나, 브라질, 페루 북부 등)이 바로 이웃에 강력한 연방 국가의 출현에 반발하였다. 결국 전쟁이 일어났으나(1836~1839) 페루-볼리비아 연합국이 패배하여 연합은 해체되고 볼리비아는 자국 영토 중 아마존강 상류 지역을 브라질에, 남쪽 지역 일부를 아르헨티나에 넘겨주어야 했다.

그 후 또다시 광물자원인 초석을 둘러싼 이해갈등으로 전쟁(1879~1883)이 일어나 칠레군이 태평양 해안 안토파가스타, 아리카, 타크나를 거쳐 페루의 수도 리마까지 점령하여 괴뢰정부를 수립한다. 전쟁 결과 페루는 타크나를 겨우 회복하지만, 볼리비아는 넓은 태평양 해안 지역과 아타카마 사막 지역을 빼앗겨 내륙국가로 전락한다.

반면, 칠레는 안토파가스타, 아리카 지역 등 칠레 영토의 3분의 1을 확보함으로써 전쟁 이후 엄청난 국부를 형성한다. 볼리비아의 태평양 해안 진출은 아직도 남미의 가장 골치 아픈 현안이다. 남미의 한-일 관계라고 할 수 있다.

체 게바라

체 게바라 Ernesto Rafael Che Guevara

아르헨티나 부에노스아이레스 의대 출신의 혁명 게릴라. 귀족 가문 출신에 장서가 3,000여 권이나 있는 집안 분위기 가운데 자라 시와 철학을 좋아하고, 네루다, 키츠, 칼 막스, 앙드레 지드, 카프카, 카뮈, 레닌, 엥겔스, 로버트 프로스트에 심취하였다. 불어와 라틴어에도 능했다. 1960년 쿠바 하바나에서 세기의 지성 사르트르와 만난 적이 있으며 이때 체 게바라에 감명받은 사르트르가 '우리 시대에 가장 완벽한 인간'이라고 칭송했다.

여행을 좋아하여 조그만 엔진을 붙인 자전거로 홀로 4,500km에 이르는 아르헨티나 북부 지방을 여행하고, 이어 친구 알베르토 그라나도스와 9개월에 걸쳐 남미 전역 8,000km를 여행하였다. 이때 쓴 『모터사이클 다이어리』로 뉴욕 타임스의 베스트셀러 작가가 되었고, 이 책을 기반으로 한 영화가 2004년 만들어진 적도 있다.

체 게바라는 가난한 자, 억압받는 자, 부익부 빈익빈인 가난한 안데스 민중의 삶을 보고는 "빈곤 문제를 해결하는 방법은 부자들의 부를 빼앗아 가난한 자에게 나눠주는 혁명밖에 없다", "인간의 질병을 치료하기보다는 본질적인 사회모순을 치료하겠다"라고 결심한다.

급진적 저항 게릴라로 활동하다 1959년 카스트로와 함께 쿠바의 바티스타 독재정권을 무너뜨리고 사회주의 정권을 세웠으며 쿠바 국가은행 총재와 장관을 역임한다. 그러나 6년 후 홀연히 카스트로에게 "쿠바에서 할 일은 끝났다"라는 편지 한 장을 남기고, 내전 중인 아프리카 콩고로 떠난다. 거기서 게릴라 활동을 하다 실패하고, 1년 후 탈출하여 다시 내전 중인 이곳 볼리비아에 잠입해 반정부 혁명 게릴라군으로 활동하던 중 체포되어 총살당한다.

그가 볼리비아를 택한 이유는 이곳이 남미의 지리적 중앙에 있고(남미 지도를 펼쳐보면 포르투갈어를 쓰는 브라질을 빼면 거의 중앙에 위치), 또한 5개 국가와 국경을 접하고 있어서, 혁명의 불씨를 남미 전역으로 가장 빨리 전파시킬 수 있는 곳이라고 판단했기 때문이다. 그러나 실패 후 39세로 총살당하고 32년이 지난 후에야 볼리비아 산타크루즈 근처 공동묘지에서 시신이 발견되어 제2의 고국인 쿠바 산타클라라로 돌아간다.

"인간은 물질보다 인간 존엄성에 더 굶주려 있다."

"나는 쿠바인, 아르헨티나인, 볼리비아인, 페루인, 에콰도르인이다."

순수 열정의 불꽃 인간! 폭력으로 세상을 바꾸겠다는 모험주의자이며, 순진한 혁명가! 반문화 반항의 상징!

가시 월계관 대신 검은 베레모, 목자의 긴 지팡이 대신에 긴 총, 긴 머리, 긴 턱수염의 체 게바라는 죽어서 더 유명해진 전사들의 그리스도다. "아버지, 별로 중요하지 않은 일로 아버지 곁을 떠나는 아들을 용서해주십시오."

할아버지는 아일랜드계이며, 할머지는 스페인 북부 바스크 지방 출신이다. 골수 공화주의자인 아버지는 "아들 체에게도 항상 아일랜드인 반항의 피가 흐른다"고 자랑스럽게 이야기했다. 천식 때문에 평생 고생했으면서도 학창 시절 럭비선수로 활약하고, 대화 중간중간에 천식으로 항상 '체'라고 해 동료들이 애칭으로 '체'라고 불렀던 그의 흔적이 이곳 볼리비아에도 아직 남아 있다.

라파즈

라파즈는 띠띠까까 호수 동남쪽 70km에 해발 3,650m 고지대에 있다. 1548년 스페인 정복자 멘도사Alonso de Mendoza(1471~1549)가 잉카제국의 마을 자리에 '평화의 성모'라는 이름을 따서 지었다. 이곳은 항아리 모양의 분지라서 높은 곳과 낮은 곳의 고도 차가 크다. 세계 제일의 은 광산지인 포토시Potosi에서 채굴한 은을 스페인 부왕청이 있는 리마로 운송하는 주요 교통로의 중간에 있다. 계곡은 해발 3,200m로 바람이 적게 불어 따뜻하고 오아시스처럼 수원도 지니고 있다. 따라서 운송에 필요한 물품 공급과 여행자 휴식이 용이해서 볼리비아 광물 착취의 거점으로써 지속적으로 번창했다.

라파즈 전경

그러나 포토시에 은이 고갈되자 1898년 경제적 중요도가 떨어지는 포토시 근처에 있는 수도 수크레Sucre에는 사법 기능만 남겨놓고 행정부, 입법부, 대통령궁을 라파즈로 옮겨 이때부터 라파즈가 실제적인 수도가 된다.

낮은 지대는 온화해서 부유층이 거주하고, 위쪽으로 올라갈수록 서민들이 자리 잡고 있다. 위쪽은 아래에서 불어오는 바람에 매연들이 날아오는 탓에 환경이 열악하고 또 춥다. 골목에 차 한 대만 지나가도 한참 동안 코를 잡고 고개를 돌려 숨을 쉬어야 한다. 고도가 높아 10m 정도만 오르막길을 걸어도 가슴이 답답하고 어지럽다. 매연과 고도 때문에 길을 가다가도 몇 번을 쉬어야 한다. 운동하기는 거의 불가능하니 뚱뚱한 사람이 많은 건 필연이겠구나 싶은 환경이다. 나는 몇 걸음만 걸어도 숨이 가쁜데, 이곳 사람들은 폐활량도 좋은가 보다.

라파즈에 오면 체 게바라가 왜 볼리비아를 선택했는지 그 이유를 금방 알 수 있다. 거대한 달동네, 심한 차량 매연, 높은 고도, 너무나 심한 빈부 격차, 싼 물가, 안데스 원주민 비율이 50%에 이른다. 마녀 시장, 니르로 시장, 새끼 라마의 미라, 동물 사체의 박제, 주술, 부적, 중절모에 긴 망토의 여인들, 너무 가난한

라파즈 골목 벽화

마녀 시장에 있는 새끼 라마의 미라

사람이 많다. 매연 속에서도 시내 구경은 해야지~.

실패한 독립 영웅 무리요Murillo가 처형당한 무리요 광장에 있는 비둘기 떼, 크리스마스 트리, 대성당, 대통령궁, 국회의사당, 하엔 골목 거리의 식민시대 건물들, 학생광장…. 그래도 마녀 시장으로 가는 골목길에서 본 2층 높이의 담벼락에 그려진 큰 악마의 벽화는 유쾌하고 좋았다. 긴 머리 잉카 여인이 상상 속의 동물(얼굴은 용, 뿔은 코뿔소, 눈은 카멜레온, 코는 돼지, 입은 개구리, 혀는 뱀, 이빨은 아마존강의 피라냐)의 혀로 묘한 웃음을 짓고 있다.

길거리에서는 과일즙을 낸 주스를 팔고, 만두같이 생긴 밀가루 반죽에 고추, 고기 등을 넣어서 구운 노란 색깔의 살떼냐(반죽을 붙인 부위는 까맣다), 라마 고기 스테이크도 맛있었다. 악어 고기는 시도해 보지 못했다. 한국 식당 꼬레아 타운의 반찬은 좋았고, 길거리 벽보에 한국 가수의 공연 포스터도 보인다. 한류가 여기 안데스 고원, 라파즈에까지 퍼졌구나.

뭐니 뭐니 해도 산 프란시스코 성당이 있는 넓은 광장이 라파즈의 중심이다. 광장에는 많은 사람이 빙 둘러앉거나 서서, 노래 연주에 심취해 있다. 화려한

무리요 광장

삼뽀나를 연주하는 인디오 여인

옷의 인디오 추장은 전통악기 삼뽀나zampona(길이가 다른 갈대를 잘라 붙인 팬플루트)와 께나quena(대나무로 만든 피리)를 연주하고, 멋진 복장의 범상치 않은 잉카 미녀는 삼뽀나를 연주한다. 추장 부인인가, 딸인가? 여기가 에게해였다면 헬레나를 뺏으려는 '안데스-트로이 전쟁'이라도 일어났겠구나! 타이타닉, 엘 콘도르 파사, 로미오와 줄리엣 등 귀에 익은 멜로디가 많다.

너무 애잔하게 들린다. 안데스의 슬픔이, 라파즈의 아픔이. 그리고 체 게바라의 염원이 께나에, 삼뽀나에 실려 바람을 타고 흩어진다. 연주 일행 중 젊은 아가씨가 CD를 팔러 돌아다닌다. 나도 3개 사고 화려한 복장의 연주자 옆에서 기념으로 사진도 한 장 담았다.

우유니 소금호수

라파즈를 벗어나면 칠레에 입국하기 전까지 안데스 고원에서는 통신 두절이라고 가족들에게 미리 알린다. 저녁 7시가 지나서 라파즈를 출발하여 우유니 소금호수로 간다. 비포장길에 밖이 잘 보이지 않으니 위험한 길인지도 모르고 자면서 간다. 새벽 2~3시경 산 중턱의 버스터미널에 잠깐 정차한다. 차가 서자마자 6~7세쯤 되는 소년이 '알 바뇨(화장실), 알 바뇨!' 하며 막대를 치면서 외친다. 12시간쯤 걸려 우유니 마을에 도착했다. 자다 깨다 하면서 와서 그런지 생각만큼 고생하지는 않았다.

식당에 들러 어제 준비한 빵과 요구르트, 사과 등을 따뜻한 물과 함께 식사하고서 한국에서 가져온 라면 스프를 커피처럼 타 먹으니 뱃속이 뜨끈하니 행복하다. 행복이 멀리 있는 것이 아님을 라면 국물로 다시 한번 확인한다.

잉카 원주민 청동상

우유니에서 2박 3일로 칠레 아타카마까지 볼리비아 안데스(알티플라노) 고원을 넘어가는 일정이다. 일단 우유니 마을부터 둘러본다.

쇳조각으로 만들어 붙이고, 귀 목 허리 손목에까지 쇠사슬을 두르고, 두 팔을 벌려 손가락을 하늘을 향하고 있는 거대 잉카 원주민 상이 눈에 띈다. 기차 바퀴 위에 둥근 통의 기차부품들이 활용되어 근처가 기차역임을 알린다.

시계탑 근처 시장과 공원에는 푸른 나무가 가득하고, 깃발과 총을 든 청년과 독립영웅들의 동상이 있다. 흰옷에 붉은 각반을 찬 군인이 청사를 통제하고 있다. 돌아온 장고가 중절모를 쓴 멋있는 벽화가 그려진 여행사 앞에서 여행자들이 지프를 기다린다. 햇볕이 따가워 사람들은 그늘만 찾는다.

알티플라노 고원은 비포장 지프 여행이다. 말 그대로 Alti(높은) Plano(고원)

기차 묘지

이다. 남미 지도를 펴면 태평양 연안 움푹 들어간 지점에서 볼리비아, 페루 동쪽의 안데스 고원에 있는 고도 4,000m, 남북으로 1,000km에 이르는 광활한 지역이다. 안데스가 형성될 때 산꼭대기 일부가 가라앉아 분지가 생겼고, 빙하기를 지나면서 얼음이 녹아 호수가 되었다. 북에서 남으로 갈수록 건조가 심해지는 지형이라 온화한 북쪽 띠띠까까는 담수호, 볼리비아에서 두 번째로 큰 포오포 호수는 거의 메말라 바닥을 드러낸 염수호, 더욱 건조한 남쪽의 우유니는 소금호수로 남았다. 이 지역은 아직도 태평양의 화산 띠 '불의 고리'로 지각이 불안정하여 화산, 지진이 자주 발생한다.

기차 묘지가 나타난다. 철길 위에 폐차된 기차들이 여기저기 서 있다. 폐차된 기차 위에 사람들이 올라가 기념 사진을 찍는다. 모래길 위에 철길을 따라 라마

우유니 소금호수

들이 한가로이 돌아다닌다. 꼴차니 마을에는 소금박물관이 있고 소금으로 만든 재떨이 그릇 등이 진열되어 있다. 바로 옆이 소금호수다.

비 오는 우기라서 끝없이 넓은 벌판에 물이 10~20cm 정도로 살짝 덮여 있다. 마침 볼리비아 텔레비전 방송국에서 취재를 나와 어떤 아가씨와 인터뷰한다. 웃으면서 여유롭게 대답하는 모양새가 보기 좋다. 옆에는 고릴라 가면을 쓰고서 어슬렁거리는 남자 스텝도 보인다.

우유니 호수 안으로 지프가 계속 전진한다. 호수 가운데 어디쯤에는 소금 구역으로 외벽에 라마를 그린 상징물을 만들고 있고, 한가운데에는 높다란 안테나 철탑 옆에 소금으로 만든 집이 큼직하게 지어져 있어 그 그늘에서 햇살도 피하고 식사도 할 수 있다. 그런데 가게 안 하나뿐인 화장실은 닫는 문이 없다. 근처에는 온 나라 깃발이 꽂혀 있는데, 한국인이라 그런지 큼직한 태극기가 제일 눈에 띈다.

끝없이 펼쳐진 소금호수는 바람이 없어 그야말로 명경지수다. 하늘의 구름과 태양이 그대로 물거울에 비친다. 태양의 반사 빛이 이렇게 셀 줄은 몰랐다. 선글라스 없이는 눈이 부셔서 도저히 눈을 뜨고 있을 수가 없다.

세 사람이 손을 나란히 잡고서 가운데를 중심으로 양옆의 두 사람이 호숫물을 짚으면 그 모양이 그대로 호수에 비쳐 여객선의 커다랗고 동그란 육각형 모양의 운전대가 된다. 호수에 떠 있는 지프의 사진 구도가 이렇게 멋질 줄이야. 즐겁게 우유니 기념 사진을 찍는다.

석양까지 보려면 시간이 제법 남았다. 발목까지 올라오는 단단한 장화를 신고 얼굴을 완전히 가리고 호수를 끝없이 걸어간다. 하늘과 맞닿은 거울 호수, 해질녘의 우유니는 진정한 장관이다. 그래서 다들 우기에 맞춰 찾으라고 추천하는구나. 바람이라도 불면 며칠 더 기다려서라도 호수가 잔잔해지면 다시 오려고 하는 그 이유를 이제야 알 만하다.

앞서 가던 일행의 차량 타이어가 펑크 나서 밤 12시경에야 숙소에 도착했다. 이곳은 전화가 없어 예약할 수 없고, 무조건 숙소 문을 두드려야 한다. 전깃불은 밤에 약 1시간 정도만 들어오는데, 이 시간 내에 샤워 등 전기가 필요한 모든 것을 다 해치워야 한다. 그래도 깜깜해지니 하늘의 별들이 쏟아질 듯 장관을 이뤄 한참을 바라본다.

안데스 설산, 호수, 바람

남쪽으로 내려간다. 끝없이 펼쳐진 달의 표면 같은 건조하고 기묘한 산과 언덕이 이어진다. 푸른 이끼가 낀 돌, 산봉우리에만 남아 있는 눈, 라마들이 집단으로 보이고, 땅 고르는 둥근 롤러, 지붕이 날아간 흙집, 붉은 흙길의 풍경이다. 도로는 단단하지만 매끄럽지는 않아 중간중간에 고인 물이 튄다. 콘도르의 비상하는 돌들도 보인다.

바람과 흙먼지 속에 호수들이 줄지어 나타난다. 카나파, 에디 온다, 온다, 차르코타, 블랑카. 호수에는 홍학들이 많지는 않다. 둥근 망루가 있는 호숫가의 햇살을 피할 수 있는 돌담 옆에서 물에 비친 하늘과 구름을 보면서 점심을 먹는다. 모랫바람에 수천 년 깎인 버섯바위도 있고 산 밑에는 작은 돌들이, 큰 돌들은 멀리까지 굴러와 널부러져 있다.

버섯바위

안데스 산과 호수

콜로라다 호수

해가 질 무렵에야 붉은 호수, 즉 콜로라다Laguna Cololada에 왔다. 호수로 들어가기 위해 25달러씩 줘야 했다. 원래는 무료인데 최근 들어 통행료를 받는단다. 그러나 차에서 내려 풍경을 보니 통행료 때문에 화났던 것이 싹 사라진다. 그만큼 환상적이고 또한 압권이다. 볼리비아에는 우유니 소금호수만 있는 줄 알았더니 콜로라다 호수도 너무나 멋지다.

넓은 호수 위에는 수많은 홍학, 붉은색, 흰색의 물 띠들이 겹겹이 호수에 늘어서 있고, 건너편 산은 우아한 자태로 중심에 떡 버티고 서 있다. 강가엔 이끼와 풀들, 모래 무덤의 사포 사막이 펼쳐졌다.

〈잉카의 바람〉

석양의 산바람은 얼마나 센지

콜로라다 호수에 물기둥이 선다

마치 토네이도 모래바람처럼.

잉카의 바람은 신의 빗자루

약한 것은 모두 쓸어 담는다

잉카 땅엔 질긴 것뿐이리.

흙벽 블록으로 조잡하게 지어 놓은 숙소지만 흙과 돌로 만든 침대에 물도 나오고, 1시간뿐이지만 샤워를 위한 전기도 들어온다. 마당에 놓인 허술한 식탁에서 와인을 곁들여 유쾌한 대화를 나누며 저녁 시간을 보낸다. 하늘의 수많은 별은 어젯밤처럼 쏟아질 듯 가득하다.

콜로라다 호수 근교 숙소

베르데 호수 전경

호숫가 라마 떼들

베르데 호수 옆 노천 온천탕

이렇게 누추하고 불편해도, 언젠가 다시 오고 싶게 만드는 매력의 안데스로구나. 무겁게 가지고 다닌 침낭은 사용할 일이 없다.

이튿날, 아침 일찍 출발하여 4,500m 고지의 산을 지나며 따가운 햇살 속에 한참을 가니 내리막길 황량한 벌판 수많은 구덩이에서 온천 수증기가 하늘 높이 솟구친다. 또 커다란 베르데 호수Laguna Verde 왼쪽 민둥산 아래 작은 노천 온천탕이 있어 사람들이 목욕하고 있다.

유독 몸집이 큰 수컷이 거느린 라마떼 30여 마리가 호숫가 풀을 따라 노천탕 쪽으로 한가로이 다가온다. 온천물은 넘쳐 호수로 들어가고, 모랫바닥에는 풀들과 꽃들이 쭉 피어 있다. 노출된 등뼈 모양으로 흘러내리는 산등성이 옆에는 흰색, 갈색, 붉은색 땅들이 기묘한 조화를 이루고 있다. 드넓은 벌판 모랫길로

황량한 안데스를 달리는 지프

볼리비아와 칠레 국경

꼭대기가 뭉텅 날아 가버린 5,900m 붉은색 사화산을 우측으로 끼고 지프가 하염없이 먼지를 날리며 달려간다. 드디어 칠레 국경에 닿았다.

볼리비아 국기가 걸린 작은 출입국 사무실이 있다. 여기서 동쪽 산맥 너머는 아르헨티나 땅이다. 볼리비아 안데스는 정말 멋진 곳이었다. 크게 기대하지 않았는데 그 이상의 감동을 안겨주었다. 여기까지 함께한 지프는 우유니로 되돌아가고, 우리는 칠레 버스에 탑승해 아타카마로 간다.

3장 칠레
천상의 비밀 정원, 토레스 델 파이네

아타카마 사막, 달의 계곡

칠레 북단의 사막 마을, 산 페드로 데 아타카마San Pedro de Atacama. 해발 2,400m가 넘는 고원지대에 있어 낮에는 햇볕이 따갑다. 공용침실 숙소에 일단 짐을 내려놓고, 오후 4시에 출발하는 '달의 계곡' 사막 투어에 나선다. 차창 밖으로는 텅 빈 벌판에 군데군데 언덕이 보이고, 붉은 모래 위에는 진흙으로 만든 폐허가 된 집들과 하얀 소금 덩어리가 뒹굴어 마치 광활한 달나라 계곡을 지나가는 듯하다. 발자국 하나 없는 모래 벌판에 내려서니 거센 바람이 나를 맞이한다.

아타카마 사막은 수백 년간 비가 내리지 않았다고 할 정도로 세상에서 제일 건조한 땅이다. 울퉁불퉁한 땅에 꼭대기는 뾰족하고 곳곳에는 운석의 흔적으로 만들어진 구멍들이 있다. 메마른 골짜기를 따라 얼마나 걸어왔을까? 저녁 햇살에 드리운 그림자가 묘한 느낌을 안겨준다. 이 따가운 햇빛에도 서양 여인들은 반소매, 반바지에 달랑 선글라스가 전부다. 우리는 긴팔 옷으로도 모자라 스카프와 모자 등으로 온몸을 칭칭 감았는데.

석양이 내리는 언덕에 올라 달의 계곡 전체를 조망한다. 50년 동안 비 한 번 오지 않았던, 풀 한 포기 없는 땅이라 황토만 흩날린다. 황량한 달나라 평원에 하얀 소금 모래가 날리며 어디엔가는 산맥을 이루고, 어디엔가는 널따란 지붕

달의 계곡 전망대

전망대에서 보는 달의 계곡

달의 계곡에 있는 원형벽

아타카마 사막

을 이루고 있는 기괴한 풍경이다.

건너편 전망대 언덕에 올라서 보니 그 또한 멋지다. 곳곳에 풍력 발전기도 돌고, 느닷없는 자연의 부름에 얼마나 가슴 졸였는지…. 이렇게 칠레로 넘어와서 보는 아타카마 사막이지만 원래는 스페인으로부터 독립한 이후 볼리비아 땅이었다. 칠레인들이 초석 광산 개발을 위해 이주하면서 분쟁이 생겼다. 영국인 소유의 칠레 광산회사에 볼리비아 정부가 세금을 부과하면서 1879년 '남미 태평양 전쟁'이 일어났다. 볼리비아는 페루와 연합해 싸웠으나 칠레에 패하면서 이 땅을 칠레에 빼앗겼고, 그 때문에 볼리비아는 내륙국으로 전락하게 되었다.

돌아오는 버스 안에서 어려 보이는 한국인 여학생을 만났다. 스페인어를 아주 잘하는데 알고 보니 대학 후배였다. 반가웠다. 즐거운 여행 되길!

마을은 작지만 관광객이 많아 꽤 번화하다. 식당에서 연어랑 맥주로 맛있게 먹었다. 한동안 고산증 때문에 못 먹었던 술이라 오랜만에 술술 잘 들어간다. 덕분에 밤길에 숙소를 찾아가는 데 고생 좀 했다.

산티아고

칠레의 수도이며 정치·문화·예술의 중심지인 산티아고로 간다. 산티아고행 비행기에서 보는 안데스 산맥은 아주 웅장하여 볼 만하다. 민둥산, 설산, 호수, 구름 그림자 등 다양한 자연의 모습에 눈을 뗄 수 없다.

산티아고 시내는 곳곳이 도로 공사 중이다. 날씨가 덥지만 아르마스 광장에서부터 도보로 구경을 시작한다. 모네다 대통령궁(1971년 피노체트 군부가 쿠데타를 일으켜 전투기로 대통령궁을 폭격하고, 아옌데 대통령이 마지막으로 대국민 방송을 하며 저항하다가 자결한 곳), 헌법광장, 잔디 위에 흐드러진 붉은 꽃들, 산책 나온 사람들, 그늘진 잔디에는 여학생들이 모여 토론들 하고 있다. 대성당에는 스테인드글라스와 멋진 천장벽화가 화려하고, 제단 위의 성모님과 아기 예수는 머리에 왕관을 썼다.

칠레 인구 약 1,700만 명 중에 600만 명이 산티아고에 살고 있다고 한다. 그런 산티아고에서 가장 활기차고 붐비는 곳이 누에바 요크(뉴욕 거리)와 아우마다 거리Paeseo Ahumada다. 거리에는 여기저기 음악 공연이 열리고 있다. 젊은이들은 바이올린을 켜고, 체스하는 사람도 많다. 사람들과 세련된 상점들, 노점상들 구경을 하며 지나친다. 수산중앙시장은 5시가 넘어서인지 문을 닫았다. 다리가 아파 마침 눈에 띈 중국 식당에서 채소, 새우, 조개가 들어간 메뉴를 골라 먹었다. 마트에 들러 와인과 맥주, 체리와 다른 과일을 샀는데 번화가답게 요금 계산대에 줄이 얼마나 길게 늘어져 있는지 한참을 기다린다.

숙소에서 와인을 한 잔 하면서 볼리비아에서 보내지 못한 사진들을 가족들에게 카톡으로 보냈다. 친구의 부친이 운명하셨다는 문자가 왔다. 여행을 같이 가자고 연락도 했었는데, 같이 왔으면 큰일 날 뻔했구나.

발파라이소~비나 델 마르

태평양 바닷가, 발파라이소Valparaiso와 비나 델 마르Vina del Mar 투어에 나선다. 호텔까지 승용차가 픽업하여 버스로 출발한다. 구릿빛 피부의 젊은 가이드 로드리게스가 우리 담당이다. 활달해 보인다. 고속도로로 한 시간 반 걸려 비나 델 마르에 도착했다. 긴 해안을 따라 남쪽의 좌측은 발파라이소, 우측은 비나 델 마르다. 발파라이소는 언덕 위 낡고 오래된 서민들의 거주지라면, 비나 델 마르는 새로 조성된 계획도시로 고급 아파트가 즐비하다.

베르가라Vergara 공원은 도시를 설계하고 조성한 사람인 베르가라의 별장이 있던 곳이다. 남국의 야자수와 울창한 나무들하며, 잔디와 하얀 건물들로 잘 가꿔져 있다. 역사 고고학 박물관에는 지진의 흔적도 보인다. 박물관 앞에는 3,700km나 떨어진 폴리네시아 이스터 섬에서 가져온 모아이 석상이 버티고 있다.

비나 델 마르 거리를 좀 더 걷다 보면 꽃시계와 카지노 건물이 보이고, 관광객들이 타는 마차도 늘어서 있다. 해안가 넓은 백사장에는 파도가 거세고, 철길처럼 뻗어 나온 구조물 위에 커다란 크레인이 있다. 백사장 벤치에는 아기 엄마는 젖을 물리고 남편과 나란히 앉아 한가로이 얘기하고 있다. 중세 유럽풍의 조그만 예쁜 집도 보이고, 그야말로 휴양지 느낌이다.

발파라이소는 '천국의 계곡'이란 멋진 뜻을 지녔다. 발파라이소 구경은 언덕

모아이 석상

위쪽에서부터 아래로 내려간다. 어디에서 나타났는지 검은 셰퍼드가 가이드를 보더니 꼬리를 흔들고는 앞장서서 길을 안내한다.

함석판으로 만든 서민의 집들이 이어지고, 골목골목 담벼락엔 형형색색 그림들이 등장한다. 에덴동산의 아담과 이브, 바위에 앉아 호숫물 속을 노려보고 있는 재규어(한입에 베어 버린다는 뜻), 말, 초현실의 나무, 흑백 인물화, 넓은 바다가 보이는 언덕의 집들과 사람들이 평안해 보인다.

언덕에서 바닷가로 내려가기 위해 7~8명이 탈 수 있는 발파라이소의 명물인 경사형 엘리베이터 아센소르를 탄다. 운행된 지 100년이 넘었는데도 멀쩡하다. 아래쪽 소또마요르 광장에는 칼을 든 검은색 동상과 대포가 전시되어 있다. 부두로 가서 유람선을 타고 항구를 한 바퀴 돈다. 방파제, 등대, 높다란 크레인들과 군함도 7~8척 보인다. 플로팅 독에서 수리하는 배도 보이고, 부표 드럼통 위

발파라이소 언덕의 집들과 벽화

에는 물개들이 한가로이 누워 있다. 바다에서 보는 항구는 아늑하기만 하다. 동승자 중에 중국인 노부부와 아들이 다정하게 서로 챙겨주는 모습이 보기 좋다.

100년이 넘은 엘리베이터 아센소르

발파라이소는 독재자 피노체트Pinochet의 고향이다. 1973년 피노체트 총사령관과 군인들이 발파라이소에서 거사하고 전투기로 산티아고 모네다 대통령궁을 폭격했다. 아옌데는 자결하고 인민전선 정부는 전복된다. 그 후 17년 동안 피노체트의 무자비한 철권 통치로 3,000명 이상이 학살되거나 실종되고, 10만 명 이상이 가혹한 고문을 받았다. 오죽하면 축구경기장은 양심수들을 학살한 뒤 화장장으로 쓰였다고 한다. 칠레에서 일어나는 모든 것은 피노체트의 허락을 받아야 했다.

1988년 집권 연장을 놓고 국민투표를 하였으나 실패한다. 그러나 피노체트는 1998년까지 군 통수권자 역할을 지속하면서 국가안전보장회의를 존속시켰고, 아울러 우리 유신헌법의 국회의원 '유정회'처럼 자신이 칠레 상원의원 약 20%(47명 중 9명)를 임명 가능토록 하여 국정에 계속 관여한다. 뒤에 그는 "내가 한 모든 일은 조국 칠레를 위하여 한 일이니 용서해다오"라고 말하였으나, 2006년 91세 임종 시 피해자들이 자신의 시신을 훼손할까 두려워 가족에게 화장할 것을 유언으로 남겼다. 그럼에도 불구하고 피노체트는 GDP가 남미 평균에도 미치지 못했던 칠레를 친시장 경제로 변경하여 고성장 경제발전을 이루어내면서 남미에서 가장 부유한 나라로 만든 성과도 남겼다.

소또마요르

발파라이소 항구

발파라이소 항구의 해군 군함들

민중 시인, 네루다

발파라이소에는 노벨문학상을 수상한 시인 네루다의 집이 있다. 피노체트의 쿠데타 5일 뒤, 전립선암으로 치료받던 파블로 네루다Pablo Neruda는 산티아고에서 영면한다.

철도 기관사인 아버지와 교사인 어머니 사이에서 남부 마울레Maule지방에서 태어났다. 그러나 출생 후 한 달 만에 엄마를 잃었다. 아버지와 함께 데무코Temuco로 이사하였고, 아버지의 재혼으로 이복형제들과 함께 자랐다.

10살 때부터 시를 쓰기 시작했다. 라틴 아메리카 민중의 소박하고 눈물겨운 삶과 사회적 약자, 버려진 영혼들, 가난한 사람들 편에서 노래한 민중 시인이다. 외교관, 공산당 입당, 아타카마 사막 광산 지역이 있는 타라파카·안토파가스타 상원의원, 스탈린 평화상 수상, 칠레 공산당 대통령 후보였으나 사퇴하고, 아옌데를 야당 단일후보로 추대하여 사회주의 정권 탄생에 공헌하고 스페인 대사를 역임했다. 1971년에 노벨문학상을 수상했다.

중후하게 잘생긴 얼굴에 끊임없이 여인들을 좇아다닌 것으로도 유명하다. 산티아고 사범대학 불어교육과 재학 중에는 여학생과의 사랑을 노래한 시집을 냈고, 과부가 운영하던 하숙집에서 성적 쾌락에 탐닉했으며 숱한 동거와 3번의 결혼과 이혼까지 끊임없이 여인들과 염문을 뿌렸다. 그리고 여행을 너무 좋아하는 타고난 보헤미안이기도 했다.

2010년, 칠레 광부 30여 명이 거의 70일 동안 무너진 갱도 속에서 버틸 때 네루다의 시를 읊조리며 견뎌냈다고 할 정도로 칠레의 국민시인이다. 체 게바라가 볼리비아에서 게릴라 활동 중 잡혀 처형당했을 때 네루다의 시집을 유품으로 가지고 있었던 것도 유명하다.

발파라이소 전경

네루다의 자서전 부제처럼 '사랑하고 노래하고 투쟁한' 저항의 시인이었다.

〈산티아고 돌아오는 길〉

절벽 아래 바다는 내 고향 등대

파도를 너무 사랑해

이슬라 네그라에 묻히길 갈망한 시인을

무심한 파도는 아는지 모르는지.

푸에르토 나탈레스, 토레스 델 파이네

산티아고 공항을 출발한 비행기는 푸에르토 몬트Puerto Mont에 잠시 기착했다가 남극에 가장 가까운 공항인 푼타 아레나스Punta Aenas에 도착한다.

남극에 가까워질수록 안데스 설산들은 더욱 하얗게 보이고, 빙하 호수의 색깔은 하늘과 구름과 눈에 대비되어 더욱 새파랗다. 비행기 창가에서 계속해서 펼쳐지는 산과 계곡, 바다와 호수 그리고 피요르드 해안을 하염없이 바라본다. 이제야 바람과 구름과 비와 빙하의 땅, 파타고니아Patagonia로 넘어온 것이 실감난다.

파타고니아는 위도 40도 이남으로 남미 최남단에 있으며 칠레와 아르헨티나 남부의 폭이 좁아지는 긴 삼각형 지역에 위치하고 있다. 즉 칠레 푸에르토 몬트부터 아르헨티나 콜로라도강을 잇고 남단 우수아이아Ushuaia가 있는 비글 해협까지를 파타고니아라고 한다. 칠레 쪽은 비가 많아 빙하도 많고 이름난 국립공원이 많다. 아르헨티나 쪽은 강수량이 적은 스텝 초원 지역이라 소와 양을 방목하는 목장이 많다.

푼타 아레나스에서 다시 버스로 북쪽으로 3시간을 달려 푸에르토 나탈레스Puerto Natales에서 짐을 푼다. 푸에르토 나탈레스는 풍경이 아름답고 한적한 동네다. 2층 건물 앞에 어린 자매 둘이서 자전거 하나에 앞뒤로 타고 돌아다닌다. 아이의 밝은 미소는 보는 사람을 언제나 기분 좋게 만든다.

내일 갈 토레스 델 파이네Torres del Paine 국립공원 투어 일정에 대해 운전해 줄 숙소 주인아주머니의 설명을 들은 뒤 슈퍼마켓에 들러 과일, 빵, 요구르트를 챙겼다. 비가 부슬부슬 내리고 날씨도 으스스하다. 하루에 봄, 여름, 가을, 겨울을

산티아고에서 탄 비행기

비행기에서 보는 파타고니아 설산

백야

모두 경험하는 듯하다. 동네를 돌아다니다 고심 끝에 선택한 식당의 쇠고기와 해물 수프 맛이 독특하고 좋았다. 가고 싶은 곳, 먹고 싶은 것을 마음대로 고를 수 있어 너무 좋다.

밤 11시인데도 백야 현상으로 하늘이 훤하다. 멀리 대형 칠레 국기가 빗속에서 펄럭이고 있다. 변덕스러운 파타고니아의 날씨가 내일은 좀 좋아야 할 텐데, 걱정하며 잠을 청한다.

아침 일찍 출발한다. 호수 넘어 산허리에 구름이 머물렀다 벗어났다가 한다. 넓고 푸른 호수와 산봉우리가 눈이 시리도록 아름답다. 풀밭에는 라마를 닮은 구아나코guanaco가 보인다. 감사하게도 날씨가 점점 맑아지고 멋진 빙하 호수들이 나타난다.

그란데Grande강의 빙하 폭포 수량은 엄청나서 바닥에서부터 무지개가 올라온다. 하얗고 노란 야생화들, 고사목, 들풀, 몇 겹의 호수 물길들. 땅에 거의 붙어 있는 모양이나 색깔, 맛이 블루베리와 비슷한 칼라파테 나무 열매도 따먹었다. 칼라파테에 얽힌 전설처럼 한 번 더 올 수 있으려나?

삐오에Pehoe 호숫가에서 보이는 꼭대기에 눈을 얹은 바위산은 '푸른 탑'이라는 뜻을 가진 꾸에노스 델 파이네Cuernos del Paine다. 파타고니아에서 최고의 경치로 꼽는 곳 중 하나다. 하늘, 구름, 눈, 호수, 풀, 꽃, 돌과 호수에 있는 섬과 집을 연결하는 다리까지 어우러져 그야말로 장관이다. 내셔널 지오그래픽에서 '죽기 전에 꼭 가봐야 할 50곳'에도 선정되었다고 하더니 그동안 세계 여러 곳을 다녔어도 이렇게 멋진 곳은 처음인 것 같다. 이 감동에 어떤 말이 어울릴까? 두보 선생께 물어볼까? 아마 '백문이 불여일견!'이라 하겠지! 너무나 멋진 풍경은 사진을 찍는 대로 작품이 된다. 장엄한 풍경을 눈에 담으며 호숫가를 걸어본다.

그란데강

야생 짐승의 배설물이 여기저기 널려 있고 갈대숲 너머 호수에는 흰색과 회색의 고니와 오리 떼가 수없이 떠 있다.

그레이Grey호수로 이동한다. 호수의 흔들다리 아래는 물살이 세고, 다리를 건너면 숲길에 고사목들이 나타난다. 예전에 불이 난 흔적이다. 그레이호수에는 유람선 선착장이 있고, 호수에는 푸른색의 유빙이 여럿 떠 있다. 산 입구에 있는 빙하와 만년설에서 떨어져 나오는 것들이다.

호수 쪽에는 자갈들로 둑을 이루고 둑 아래쪽도 호수다. 사람들이 둑을 걸어 건너편까지 간다. 호수는 바람에 파도 물결이 제법 인다.

돌아오는 길에 들린 이름 모르는 호수와 산의 풍광도 너무 아름답다. 삐오에

토레스 델 파이네 국립공원

호수의 동생쯤 되나 보다. 하늘엔 콘도르인지 독수리인지 모를 커다란 새가 10여 마리 날고 있고, 거칠어 보이는 땅에는 구아나코가 떼 지어 풀을 먹고 있다. 그런데 어찌 된 영문인지 어미와 새끼 한 마리가 철조망을 사이에 두고 이산가족이 되었다. 새끼 녀석은 배가 얼마나 고픈지 철조망 사이로 머리를 내밀고서 어미젖을 빠느라 정신이 없고 어미 표정은 무슨 일이 있냐는 듯 편안해 보인다. '철조망의 뾰족한 철침이 새끼의 목을 찔러 상처라도 내면 어쩌지?' 하고 내가 더 걱정이 된다.

차창으로 보이는 능선에는 바위로 된 병풍들이 동그랗고 평평하고 가끔 삐죽하게 이어지고, 길가에는 하늘하늘한 들꽃과 풀밭이 끝이 없이 이어진다.

토레스 델 파이네 국립공원

그레이호수 선착장 / 그레이호수

구아나코

토레스 델 파이네 국립공원 풍경들

숙소에 오니 저녁 7시, 거의 12시간이나 돌아다녔다. 어제 갔던 맛있는 그 집에 다시 찾아가 같은 음식을 한 번 더 먹는다. 돌아오는 길가에 커다란 밀로돈 Milodon(곰을 닮았는데, 두 팔과 두 다리를 벌리고 있는 거구의 초식동물) 상이 당당하게 서 있다.

4장 아르헨티나
뜨거운 탱고와 칼라파테 빙하가 공존하는 나라

엘 칼라파테

아침 일찍 바닷가로 산책하러 나가니 물은 잔잔하고 갈매기와 검은 물새들이 해안가에 촘촘히 박아 놓은 말뚝에 앉아 편안하게 휴식을 취하고 있다. 나도 벤치에 앉았다. 바다 건너에 보이는 아득한 저 산이 어제 우리가 갔던 지상 최고의 비경 토레스 델 파이네다. 이번 여행은 정말 잘 왔구나! 항상 꿈꾸었던 곳을 내 눈으로 직접 보다니 감개무량하다.

볼리비아 입국비자에 필요한 황열병 예방주사도 맞고, 이것저것 준비하느라 바빴다. 틈틈이 보아두었던 중남미 책도 스무 권은 된다. 꿈꾸던 풍경을 실제로 와서 보니 정말 잘한 것 같다.

이제 자동차로 국경을 넘어 아르헨티나의 엘 칼라파테El Calafate로 간다. 칠레 아저씨와 결혼한 아르헨티나 주인아줌마는 짐 싣는 카트를 차 뒤에 하나 더 달고는 씩씩하게 운전도 잘한다. 칠레 국경을 통과하고서 한참을 가니 아르헨티나 산타크루즈Santa Cruz 주 입국장이다. 온 들판에 하얀 클로버꽃이다.

아르헨티나에 들어서자 황량한 초원에 간간이 양들이 보이기 시작하고, 멀리 평평한 능선이 이어달리면서 꼭대기에 눈을 인 뾰쪽한 높은 산맥과 그 아래 호수도 큼직하게 보인다. 칼라파테에 거의 다 왔나 보다. 나탈레스에서 6시간 걸

나탈레스 해안가

렸다. 가끔 부는 거센 돌풍이 이곳이 파타고니아 지방이라는 것을 상기시킨다. 엘 칼라파테 시내 도로 중앙에는 나뭇가지가 여러 갈래로 나오는 큰 나무들이 많이 보이고, 골목에는 기념품 가게들이 즐비하다. 여러 사람이 함께 차를 빨아 먹는 둥그런 볼Bowl에 긴 빨대를 꽂은 마떼 차를 판다. 빙하와 폭포 사진이 인쇄된 머그잔도 많다. 여행사 창가에는 모레노 빙하, 엘 찰텐과 피츠로이 산, 토레스 델 파이네의 멋진 사진들이 붙어 있다.

시내에서 좀 떨어진 곳에 있는 식당 라 따블리따에 갔다. 파타고니아 목동 가우초들이 즐기던 어린 양고기 바비큐인 아사도asado(소·양 등의 내장을 제거한 후 갈비뼈 부분을 양념해 통째로 꼬챙이에 꽂아 바닥 숯불가에 빙 둘러 여러 마리를 걸어 놓으면

칼라파테 유빙, 빙하

천천히 익는다)를 먹어볼 요량이다.

오늘은 로스 글라시아레스Los glaciares 국립공원으로 빙하투어를 하러 아침 일찍 나선다. 선착장 가는 길, 넓디넓은 아르헨티노 호숫가에는 예쁜 집들과 새들도 많이 보인다. 선착장에서 쾌속 유람선을 타고 웁살라 빙하Upsala Glacier, 스페가찌니 빙하Spegazzni Glacier, 모레노 빙하Moreno Glacier를 먼 곳에서부터 차례로 둘러보는 코스다.

다행히 날씨가 맑고 쾌청해 시야가 탁 트였다. 호수 양옆은 검은 산, 돌, 나무, 풀들만 보이더니 갈수록 산이 높아지고 꼭대기에 눈이 쌓여 있다. 1시간쯤 달리니 유빙이 나타나기 시작하더니 엄청나게 큰 언덕만 한 크기의 유빙들이 돌

모레노 빙하

아사도

아르헨티노호수

고래 모양, 버섯 모양, 삐죽삐죽한 산 모양 등 온갖 모양으로 떠다닌다.

파란 유빙들의 색깔이 신비롭다. 배가 움직이면 유빙의 색깔이 또 다르다. 블루 사파이어 같은 유빙이 저렇게 아름답다니!

갑자기 나타나는 하얗고도 파란 성벽, 엄청나고도 커다란 얼음벽! 웁살라 빙하였다. 웁살라 빙하는 로스 글라시아레스 국립공원에서 가장 큰 규모의 빙하다. 이렇게 가까이서 보게 되다니! 3층 높이의 큰 유람선도 웁살라 빙하 앞에서는 하잖고 작은 까만 아궁이 정도다.

〈파타고니아의 노래〉

간간이 무너져 떨어지는 얼음 성벽,
들어갔다가는 다시 솟구치는 물보라!
굉음 그리고 파도,

수백만 년 간직했던,
구름과 비와 바람 이야기를!
굉음 한 번에 그냥 사라진다

아~ 허무함인가 찬란함인가?
아니면, 허무하기에 더욱 찬란함인가?

웁살라 빙하의 감동이 채 가시기 전에 만난 칼라파테 최고의 하이라이트, 모레노 빙하! 이런 멋진 날씨에 보게 되다니 정말 감격스럽다. 켜켜이 쌓인 빙하

빙하 투어에서 본 빙하

의 양과 역사야 윱살라 빙하가 상대가 안 될 정도로 압도적이겠지만, 인간의 눈 앞에 펼쳐지는 극적인 무대장치와 이벤트로는 모레노 빙하의 임팩트가 굉장하다. 50m 이상의 웅장한 높이로 펼쳐진 빙하의 벽, 빙하가 갈라지는지 쩌적 하는 굉음, 그리고 쫘광 하는 소리와 함께 작은 조각이나 덩어리가 무너지는 모습 등 눈으로 보는 것 이상으로 청각적 경험으로도 오감을 압도한다.

빙하 조각이 떨어져 굉음을 낼 때마다 환호한다. 일생에 몇 번이나 이런 경험을 할 수 있을까? 돌아오는 선상에서 보는 해질녘의 모레노는 벌새가 꿀을 빨듯이 뾰쪽한 산 정상에 부리를 댄 구름이 끝없이 길게 늘어져, 호수의 하얀 물살과 멋진 조화를 이룬다

저녁은 고기와 맥주로 맛있게 먹고, 샤워 후에 여유롭게 말벡 와인을 맛본다. 한국보다 훨씬 저렴한데도 맛이 너무나 좋다.

우수아이아~세상의 끝

오늘은 최남단 우수아이아Ushuaia에 가는 날이다. 숙소에 짐을 맡겨두고 느긋하게 칼라파테 시내를 돌아다닌다. 깔끔한 꽃들이 놓여 있는 골목, 일본인 남편과 한국인 부인이 운영하는 식당에서 초밥을 먹었다. 나는 식성을 타고났는지 어디를 다녀도 가리는 음식이 없고 맛이 없는 게 없다. 전에 터키 여행 갔을 때 친구가 "자네한테 맛없는 게 뭐가 있을까?"라고 묻기도 했다.

식당 벽에는 엘 찰텐, 피츠로이산의 사계절 사진이 걸려 있다. 대지에 이끼, 풀, 단풍이 있는 배경의 우뚝 선 피츠로이 바위산도 있고, 호수에 비친 산, 눈 덮인 대지에 동트는 햇살, 그리고 달 지는 하늘에 황금빛으로 빛나는 사진도 있다.

피츠로이 사진, 엘 찰튼

〈피츠로이 풍경 사진〉

추위 속에 여러 밤을 하염없이 기다리다
떨리는 가슴의 저 순간
숨도 멈추고 셔터를 눌렀으리라.

그는 '佛法(불법)'을 찾아가는 '구도자',
아니면, 빛의 속삭임을 찾아 헤매는
'인상파 순례자'가 틀림없으리라.

우수아이아로 가기 위해 칼라파테 공항으로 간다. 공항 입구에 세계지도가 큼직하게 그려져 있고, 좌측 맨 아래 모서리에 'You are here! Calafate(당신은 칼라파테에 있다)'라는 글자가 보인다. 내가 한국에서 이렇게나 먼 남반구에 와 있다니 기분이 묘하다. 이제 칼라파테보다 더 아래쪽, 남미대륙의 최남단으로 내려간다. 항공편이 아니면 버스로는 20시간은 걸리는 거리다.

우수아이아Ushuaia는 흔히 '세상의 끝'이라 불리는 곳이다. 날씨는 차갑지만 거리는 깨끗하다. 멋진 첨탑교회, 삼각형의 굴뚝, 창가에는 꽃들, 작은 유리 창문에도 테두리 장식을 하여 동화 속의 집 같은 분위기다. 어느 집 창가에는 꽃을 장식하였고, 옆집 벽에는 줄을 잡고 내려오는 사람도 그려놓았다. 거리의 파란 잔디밭에 핀 다양한 꽃들은 여행자를 기분 좋게 만든다. 항구에는 땅바닥에 얹힌 난파선이 음산한 구름과 바람에 펄럭이는 거리의 깃발과 석양과 함께, 멋진 사진 구도를 만든다. 부둣가 근처에는 '우수아이아, 세상의 끝Ushuaia, fin del mundo'이라고 쓰인 간판도 보인다.

칼라파테 공항 표지판

우수아이아는 남미 대륙에서 떨어져 나온 섬이여, 파타고니아 지역의 남단 끝이다. 티에라 델 푸에고Tierra del Fuego 주의 주도이며 가장 큰 섬이다. 세계 최남단 항구도시이며 남극으로 가는 해상 교통의 거점으로 남극행 여행객의 90%가 이곳을 거쳐간다. 멀고도 외진 폭포와 숲으로 가득한 늪지대, 빙하호의 척박한 땅, 아르헨티나 본토 죄수들의 유형지였던 곳이다. 서쪽과 남쪽은 칠레에 둘러싸여 막혀 있고, 찰스 다윈Charles Darwin이 탑승했던 영국 해군 측량 탐사선 비글호가 지나간 비글 해협Beagle channel을 앞에 두고 있으며 동쪽으로 나아가면 대서양에 연결된다.

이곳 공항의 정식 명칭은 우수아이아 말비나스 아르헨티나인데(영국령 포클랜드 제도를 말비나스라 부름), 유람선 선착장 게시판에도 '영국이 1833년부터 말비나스Malvinas 군도를 불법 점유하고 있다'라고 알리고 있다. 영국과의 포클랜드 전쟁Falkland Islands War(1982)에 대한 언급은 없다.

우수아이아 항구의 난파선

여기서는 해산물, 특히 게 요리를 맛보는 게 필수다. 도미토리에서 알려준 가게로 찾아갔더니 문을 닫았고, 그 근처의 손님이 많은 식당을 찾아 킹크랩과 해산물을 맛있게 먹었다. 그래도 조금은 아쉽네.

어제 가족들한테 보낸 칼라파테의

우수아이아

멋진 사진들이 이제야 전송 완료되었다고 뜬다.

비글해협

비글해협 투어에 나선다. 최남단이라서인지 좀 춥긴 하지만, 날씨도 좋고 파도도 높지 않다. 쾌속 유람선이 잔잔한 바다를 잘도 나아간다. 영화에 나와서 더 유명한 빨갛고 하얀 등대와 여러 섬이 나타난다. 섬 중앙에는 얼굴과 부리는 붉고 몸통은 검은, 아주 큰 새 두 놈이 차지하고 있고, 나머지는 가마우지가 수없이 많은데, 하얀 구아노에 대비되어 더욱 새카맣다. 물가에는 바다사자들도 보이는데 수컷의 몸통은 암놈의 네댓배는 되어 보이고, 갓난 새끼들이랑 열댓 마리 정도 되겠다. 옆 섬에는 노란 바위 사이로 푸른 풀들이 보여 다소 기이하다.

따뜻한 오리털 패딩 덕분에 찬 바람도 즐기면서 대서양 쪽 펭귄 섬으로 간다. 선상에 나온 한 노신사도 나처럼 이 섬 저 섬 사진을 열심히 찍어댄다. 벨기에 국적의 이탈리아인이라는데, 은퇴하고 혼자서 세계여행을 맘 내키는대로 다니는 중이란다. 작년에는 칼라파테, 뉴질랜드 북섬을 다녀왔고, 내년에는 남섬에도 갈 예정이란다. 어제 부에노스아이레스에서 왔는데 그곳은 또 무지하게 덥단다. 인생을 제대로 즐기시는구나 싶어 부럽다.

펭귄 섬에는 바닷자갈과 근처 푸른 초지 위에 수많은 펭귄들이 모여 있다. 펭귄 보호를 위해 섬에 내리지는 못하고 선상에서 볼 수 있도록 배를 육지 가까이 대어준다.

비글해협에서 돌아오는 길에 보는 등대, 섬, 항구, 설산과 검은 구름은 음산하면서도 무언가 나타날 것만 같다. 불현듯 고등학교 지리 시간에 친구랑 세계지

비글해협 등대

비글해협 섬들

바다사자들

도를 펴놓고 멋있는 지명들을 열심히 찾아 외우던 때가 생각나서 얼핏 웃음이 난다. 동경하던 미지의 땅들! 밀포드 사운드, 베르겐, 세인트헬레나, 산티아고, 발파라이소, 비글 해협, 리우데자네이루, 케이프타운, 다마가스카르, 알렉산드리아, 상트페테르부르크, 사마르칸트…. 그때 되뇌었던 많은 곳을 이제는 대부분 가보았다. 그래, 꿈을 꾸면 언젠가는 이루어진다. 꿈은 꾸는 자의 것이다.

남쪽 바다에서 온 친구가 있다. 나는 그 친구를 고등학교 입학하기 전부터 알았다. 당시 입학시험에 선택 과목이 상업, 농업, 공업, 수산이 있었는데 수산을 선택하는 학생은 대부분 바닷가 출신이다. 수산을 선택하는 수험생이 많지 않아 수험표 순서를 맨 뒤편에 한 교실에 배정한다. 입학 시험날 점심을 먹고 난

후 교실에 앉았는데, 수험생 중에 유난히 눈빛이 초롱초롱한 친구가 눈에 띄었다. 수험표를 보고 이름을 기억했는데, 발표하는 날 명단을 보니 내 이름 바로 뒤에 친구 이름도 붙어 있었다. 그럼에도 고등학교 다닐 때는 같은 반을 한 번도 하지 못했다. 졸업 후에야 친해졌는데 알고 보니 취미도 비슷했다. 등산, 바둑, 골프, 여행, 회, 막걸리, 군대도 똑같이 방위다. 심지어 뱃멀미하는 것까지. 한번은 자주 어울리던 친구 J가 나에게, 남쪽 바다 친구에게 전화가 왔는데 "남쪽 지방의 모 골프장 본부장으로 인사발령 나서 가게 됐다"라면서 하는 말이 "네가 제일 좋아할 거라고 하더라" 한다. '아니, 뭐라고? 무슨 이런 조화가 다 있나. 고맙다, 친구야!' 한동안 골프에 푹 빠져 지방 출장 갈 때면 친구 덕분에 명문 골프장 많이 다녔다. 둘이서 여행도 많이 다녔다. 여행 중에 얼굴 붉힌 일도 없었다. 아직까지는…. 바다가 엮어준 인연이다.

우수아이아에 사는 교민인 다빈이네 집에서 킹크랩을 마음껏 먹는다. 어제 저녁에 조금 아쉬웠던 마음이 말끔히 해결된다. 그 집의 할머니, 딸(다빈이 엄마), 다빈이랑 함께 사진도 한 컷! 할머니는 여기 정착한 지 40년, 청년인 손자 다빈이도 여기서 태어났다고 한다. 먼 이국땅에서 열심히 사시는 모습이 보기 좋다(나중에 아들 놈도 친구들이랑 이곳에서 마음껏 먹었단다. 다빈이네랑 찍은 내 사진도 보여주면서…).

부에노스 아이레스

아침을 먹고 공항으로 갔더니 아르헨티나 항공에서 일방적으로 9시 45분 출발을 오후 1시로 연기하고는 끼어든 백인 단체여행객을 다른 항공 연결 핑계로 먼저 탑승시킨다. 아르헨티나 백인 인구 비율이 90% 이상이라더니 이것이 동양인 괄시, 백호주의인가?

그나마 점심 식사하라고 버스를 내어줘서 알려준 시내식당을 찾아가니 12시에 오픈한단다. 항공권을 예약·발권한 시내사무실에 들러 격렬한 항의를 한 후에야 공항으로 돌아와서 공항 구내식당에서 점심식사 서비스를 받고 500페소를 돌려받았다.

이런 소동을 겪고 부에노스 아이레스 공항에 도착하니 이미 저녁 6시였다. 이동에만 하루가 꼬박 걸렸다. 부에노스 아이레스 시내로 들어오는 도로는 엄청나게 넓고 녹지와 나무가 많아 깨끗하다. 높다란 오벨리스크가 늠름하게 서 있고, 에바 페론의 이미지 실루엣이 하얀 건물(나중에 알아보니 보건성 건물이었다) 외벽에 그려져 있다. 밤에 전등이 켜지면 마이크를 들고 'Don't cry for me, Argentina(나를 위해 울지 말아요, 아르헨티나)'를 노래하는 에비타를 볼 수 있단다. 한인 식당에 가서 염소 보양탕을 먹고, 마침 현지 가이드를 하는 분을 만났는데 가봐야 할 곳과 내일 저녁 탱고 공연도 소개해주더니 예약까지 해준다.

탱고의 항구, 라 보카

바닷가 중심도로에 이 지역 출신의 화가 베니토 퀸켈라 마르틴Benito Quinquela Martín 동상이 있고, 주변 아담한 2층 건물들의 색깔이 가지각색이다. 삼각형 2층 건물 앞 도로에는 탱고를 가르치는 전문 댄서와 사진 찍기가 한창이고, 건물 내에 들어가니 부에노스 아이레스의 여러 기념품이 다양하다.

카미니토Caminito 골목에는 항구의 가난한 이들이 배를 만들다 남은 철판, 페인트를 모아 집을 지어 총천연색이다. 형형색색의 페인팅으로 그린 벽화는 다양한데 모두 베니토 퀸켈라 마르틴이 그렸다고 한다. 웃통을 벗고 줄을 당기는 선원들의 벽화, 아기 예수를 안고 있는 앉은 자세의 성모조각상, 작은 운동장에도 긴 발가락만 큼직하게 그린 벽화, 뒷골목 가게 앞에도 탱고 의상에 모자 쓴 조형들이 많다.

탱고는 스페인과 이탈리아에서 온 항구 노동자들이 외로움과 향수에 젖어 정

라보카 거리 풍경

열과 에로틱한 춤으로 춤추는 척 껴안고, 거칠고 빠르지만 유연하고도 절도 있게, 환희와 슬픔을 춤과 음악으로 표출한 것이다. 이곳에서 파리의 살롱으로 건너가 유럽에서 선풍을 일으켰다. 유럽의 왕과 고위층 신하와 대신들은 '야만인의 춤'이라고 금지하기도 했지만, 힘든 하층민들의 문화가 이젠 세계적 명품이 되었다.

길거리 탱고 공연

매주 일요일 산뗄모 노천시장이 열리는 데펜사Defensa 거리로 간다. 중세 유럽풍의 건물들, 푸른 색 돔이 이국적인 러시아 정교 교회가 보이고, 강가 인공수로에는 새롭게 단장된 상업지역에 깨끗한 건물들이 쭉쭉 뻗어 있다. 식당 한 곳에 들어가 맥주와 파스타, 만두, 연어 튀김을 맛보았다.

레꼴레타 공동묘지

이곳에 '에비타(작은 에바라는 뜻의 애칭)'가 묻혀 있다. 아르헨티나는 에비타 감성으로 상징된다. 세상의 끝, 이수아이아 바닷가 공원에도 에비타 조각상이 있었다. 하얀색 스카프로 머리를 두르고 여러 여인에 둘러싸여 있는 모습이었다.

에바 페론, 풀 네임은 마리아 에바 두아르테 데 페론Maria Eva Duarte de Peron이다. 프랑스 땅 바스크Basque 출신 이민자 농장주인 아버지와 스페인 땅 같은 바스크 출신 이민자 어머니 사이에서 5남매 중 넷째로 태어난 사생아다. 한 살 때 아버

에비타의 무덤 앞 묘비

지한테 버림받고, 엄마는 옷 수선, 형제들은 식당보조로 일하며 가난에 교육도 제대로 받지 못하고 아버지의 교회 장례식에 참석조차 허락 받지 못했다.

15세에 탱고 가수를 유혹해 부에노스아이레스로 진출, 단역과 조역을 맡는 이류 영화배우로 전전하다가 미모를 바탕으로 라디오에서 성공한다. 1944년 24세 때, 지진 희생자 자선 모임에서 당시 노동건강 장관인 48세의 후안 페론Juan Domingo Peron 대령을 만나 결혼한 후 퍼스트레이디, 더 나아가 실질적인 권력의 2인자가 된 야심 찬 여인이었다.

최하층민의 인생 역정은 미모와 더불어 가난한 자, 노동자들에게 동질감을 불러일으켰다. 노동계급의 대변자였으며 여성의 권리와 참정권을 확립시키고, 여성 페론주의당 창당, 사회보장제도, 노조 활성화 등의 활동으로 가난한 이들의 애정과 지지를 받았다. 한편, 노동자를 위해 라틴 아메리카 제일의 비옥한 땅과 목축지의 풍족했던 희망의 나라를 거덜 냈다는 평가도 받는다.

34세라는 젊은 나이에 암과 백혈병으로 세상을 하직했을 때, 그녀는 전국민의 애도를 받고 성녀로 추앙받았다. 한 달간 지속된 장례식은 애도와 꽃으로 뒤덮였다. 시신은 그녀의 유언대로 레닌처럼 방부 처리된 뒤, 일반 국민이 볼 수 있도록 노동 총본부 건물에 2년간 전시되었다. 그러나 1955년, 쿠데타로 실각한 페론은 황급히 도망가느라 에비타의 시신 뒤처리에 신경 쓸 겨를이 없었다.

후임 군사정권은 국민의 에비타 향수 부활을 염려하여 시신을 탈취해 이탈리아 밀라노의 작은 공동묘지에 묻혔다가, 우여곡절 끝에 스페인 마드리드에 망명 중이던 페론에게 인계된다. 1973년 죽은 에비타의 후광으로 페론이 다시 대통령에 당선되었으나 이듬해 사망하고, 부통령이던 페론의 세 번째 부인 이사벨Isabel Peron이 대통령직을 승계하면서 에비타를 두아르뜨떼 가족의 공동묘지에 안치했다. 그녀가 죽은 지 24년이나 지난 후였다.

이곳 레꼴레타 공동묘지는 아르헨티나의 부자, 명문가들이 선호하는 곳이다. 그래선지 곳곳에 십자가, 예수님 제자들 조각상이 빽빽이 들어서 있다. 그들은 마치 이집트의 파라오들처럼 지상의 부와 권력을 지하 세계 하데스Hades에도 가져갈 수 있다고 믿는 것 같다. 오늘도 수많은 사람이 에비타를 그리며 좁은 골목길, 창살 쳐놓은 묘 앞에 꽃을 놓고서 기도하고 있다. 가난한 자와 사생아, 고아들을 애틋하게 돌보았던 성녀, 탱고 땅의 신데렐라, 라틴 아메리카의 무지개

레꼴레타 공동묘지

여인, 파란만장의 여정을 끝내고 부디 평안히 영면하시길.

공원 입구 큰 나무 아래에서 팝콘과 물을 파는 아저씨의 포장마차에도 에비타 사진이 걸려 있다. 서로 먹으려고 날개를 퍼덕이며 싸우는 비둘기들에게 팝콘과 땅콩을 맘껏 던져주며 즐거워한다. 마치 에비타처럼.

〈체 게바라와 에비타〉

너무나 순진함에, 너무 잘 생겨서 흠인,
바스크~아르헨티나의 두 남자와 여자

지상에서 가장 비루하고, 더 이상 빼앗길 게 없는
괄시받는 빈자들을 위하여,

더 나은 세상의 꿈과 희망과 믿음과 해방을 몸으로 설파하며,
기꺼이 자신을 버린, 전사 그리스도와 성모 마리아여!

택시를 타고 숙소로 돌아왔는데 요금이 35페소 나왔다. 그래서 100페소짜리 지폐를 줬는데, 기사 아저씨가 순식간에 지폐를 바꿔 10페소짜리를 받았다며 오리발을 내민다. 황당하고 말도 안 되는 일이 벌어졌다. 말도 잘 통하지 않고 연세 많은 할아버지여서 당할 수밖에 없었다. 이런 일을 에비타가 알게 되면 슬퍼할텐데.

저녁에 탱고 공연 극장에서 쇠고기, 와인과 맥주를 곁들여 식사하고서 춤과 노래를 감상했다. 2층까지 총 900석으로 아주 넓다. 여인의 멋진 다리가 한껏

높이 올라가고 내려오는 동작이 얼마나 빠르고도 절도 있고 우아한지 춤을 잘 모르는 나도 절로 박수를 보낸다. 탱고가 이렇게 관능적인 춤인지 미처 몰랐다. 유럽 왕실에서 야만인의 춤이라고 금지한 이유를 알 만하다. 청소부로 분장한 나이 지긋한 아저씨는 혼자서 바닥 청소를 하다 말고는 빗자루를 잡고도 파트너와 물 흐르듯 춤을 추는데, 기가 막힌다!

탱고 공연

탱고 공연

오늘은 산마르틴 광장, 5월 독립기념광장, 대통령궁, 바로 옆에 붙어있는 지하철, 그리고 대성당으로 간다. 이곳 대성당은 프란치스코 교황이 바티칸 입성 전에 대교구장을 하셨던 곳이다.

대성당 현관에 현재 교황님의 실물 크기의 사진이 놓여 있고, 성당 한쪽에는 남미 독립 불세출의 해방자 산 마르틴 장군의 유해가 아르헨티나 국기를 휘감고 큰 제단 위에 안치되어 있고, 입구에는 제복 차림의 군인 두 명이 총을 들고 지키고 있다.

1492년 콜럼버스의 신대륙 발견 이후, 스페인과 포르투갈이 이 넓고 광활한 라틴 아메리카를 300년 넘게 지배해온 사실은 놀랄 만하다. 제국에 대한 관습이나 충성심, 타성을 생각하면 독립은 더욱 놀랄 일이다. 혁명이 분출된 1810년의 인구 분포는 1등 국민인 이베리아 반도에서 태어난 지배계급 스페인인보다

에비타가 노래하는 모습이 있는 광장

산 마르틴 유해가 있는 제단

는 신세계에서 태어난 유럽인의 자손인 2등 국민인 크리오요가 더 많았으며 유색인종의 인구 비중이 제일 높았다.

당시 세계는 유럽에 퍼진 계몽주의 사상과 함께 미국 독립전쟁(1776), 프랑스 혁명(1789~1794)이 연달아 일어났고, 그리고 나폴레옹이 영국을 고립시키려 대륙 봉쇄령을 내렸는데도 이를 어긴 포르투갈(1807)과 스페인(1808~1814)을 침공하여 왕을 유폐시키는 사건이 연이어 일어났다. 그 이전인 1776년, 스페인 국왕은 본국과 남미 등 식민지로부터 예수회 수사들을 추방시키는 중대한 결정을 한다.

표면상으로는 1766년 종려나무 주일에 일어났던 스퀼라체 폭동이 예수회의 선동 때문이라는 비난이었다. 하지만 그 내면에는 교회와 함께 특권을 나눠 가질 수 없으며, 더 나아가 교황청으로부터의 독립이 목적이었다. 이런 상황에서 이베리아 식민제국 본국의 붕괴와 왕의 유폐로 인한 갑작스러운 힘의 공백은, 필연적으로 왕권에 대치한 현지 가톨릭 예수회 수사들과 엘리트층 크리오요를 자극했다.

그들은 식민 현실과 역사, 본국과 멀리 떨어져 있다는 지리적 이점과 함께 공화제의 물결은 '크리오요 국가 건설'로 확장되었다. 특히, 당시 시대 조류를 타고 권력을 잡은 나폴레옹의 자유주의, 진보주의는 계몽된 젊은이들에게 '우리도 할 수 있다, 불가능이란 없다'라는 꿈을 꾸게 하였다.

그에 앞선 1806년, 영국이 이곳 라플라타강 연안에 무역 교두보를 세우려는 목적으로 부에노스아이레스를 침공하였다. 이때 스페인군과 부왕은 도망가고, 산티아고 리니에르가 이끄는 지방민병대가 영국군을 몰아냈다.

이 극적인 장면은 다음 해에도 일어났다. 스페인에 항상 승리를 거두었던 그 무적의 영국군을 민병대가 무찌른 것이다. 이런 승리로 인해 그들은 본국 스페인도 무찌를 수 있다는 자긍심을 가지게 되었다. 이런 시대적 상황에서 산 마르틴, 볼리바르 같은 남미 독립영웅들이 출현한 것이다.

바스크 지방 출신 후손들

남미의 출중한 인물 중에는 유독 바스크 지방 출신 후손들이 많다. 볼리바르, 에바 페론, 체 게바라가 그러하다.

바스크Basque는 피레네산맥 서부 지역을 말하는데, 스페인 북서부 지방에 265만 명, 프랑스 남서부에 35만 명이 흩어져 살고 있으며, 대서양 쪽 비스카야만에도 바스크족이 있다. 기원전 1세기 로마의 이베리아반도 침공 때 역사상 처음으로 바스크족 이름이 나타난다. 그 후 5세기의 게르만족, 7세기의 서고트족, 8세기의 이슬람 침공에도 항거한 끈기 있는 민족이다.

바스크 민족은 고유의 언어, 풍습, 문화를 유지해오고 있다. 이베리아반도에서 가장 오래된 민족이지만 오랫동안 외세의 지배를 받았다. 역사적으로는 824~1234년까지 나바라 왕국을 세워 유지했다. 분리주의를 인정하지 않는 스페인 프랑코 총통 시대(1936~1975)에는 820여 명이 살해되고, 100여 명이 불구가 되거나 납치되었다. 이에 학생저항운동으로 1959년 에타(바스크 조국과 자유)가 창설되었고, 그 후 바스크 민족주의 분리주의로 준군사단체가 되었다.

1973년 스페인 총리 암살, 1986년 스페인 국방성 폭탄 테러, 1987년 바르셀로나 지하주차장 폭파 등 폭력 투쟁을 하였다. EU에서는 에타를 테러집단으로 규정하였으며, 700여 명이 교도소에 투옥되었다. 스페인 정부의 지속적인 탄압으로 위기에 놓이자 2011년 영구휴전과 무장활동 중지를 선언한 상태다.

바스크의 중심 도시는 빌바오다. 유명한 축구클럽 빌바오가 있는데, 바스크 민족의식의 결정체라 할 수 있다. 바스크족이 아니면 선수로 뛸 수 없을 정도로 폐쇄적이다. 그래도 국내 리그 우승을 여러 번 했을 정도로 악바리 기질을 가지고 있다. 또한 팜플로나Pamplona 지방에는 산 페르민San Fermin 축제가 열리는데, 700년 전부터 시작되었으며 매년 7월, 8일 동안 행사가 열린다. 매일 아침 6마리의 투우가 참가하는데, 한 마리당 4분간 골목에서 사람들이 투우 앞에서 달리는 목숨을 건 위험한 놀이를 한다. 몇 년 전에는 사망자가 나오기도 했으며 매년 축제 때마다 병원에 실려 가는 사람이 속출한다. 이 축제는 헤밍웨이의 소설 『태양은 또다시 떠오른다』 때문에 세계적으로 유명해졌다. 이 시기에 춤과 음악 축제도 함께 하여 전 세계에서 관광객들이 모여든다. 바스크는 공업지역으로 소득 수준도 높다. 이런 연유로 후손 중에서도 자존심이 강한 걸출한 인물들이 많이 나오는가 보다.

날씨가 보통이 아니다. 플로러 거리 꽃가게 근처 2층에서 더위도 피할 겸 쇠고기와 맥주로 힘든 다리도 쉰다. 저녁에는 버스로 이과수 폭포까지 16~17시간을 밤새워 가야 한다. 남미에서 버스 여행은 의자가 거의 침대 수준으로 젖혀져서 그리 힘들지 않다. 20시간 정도는 보통이다.

이과수 폭포

전날 저녁에 출발하여 다음 날 정오쯤 푸에르토 이과수Puerto Iguazu에 도착한다. 날씨가 무덥다. 숙소에 짐을 풀고 브라질 쪽 이과수 폭포 구경에 나선다. 이과수 폭포Iguazu Falls는 아르헨티나와 브라질, 파라과이 국경에 걸쳐 있는 270여 개

이과수 폭포

의 크고 작은 폭포가 모인 거대한 폭포 군이다. 산책길을 걸어가자 푸른 숲 사이로 폭포들의 하얀 물줄기가 보이기 시작하더니 갑자기 층층이 계단 진 수많은 폭포들이 나타난다. 저 아래 황토색 강물에는 폭포를 가까이에서 보려고 모여든 유람선들이 보이고, 멀리 아르헨티나 쪽 강가에는 스피드보트 선착장도 보인다. 한참을 걸어가니 너구리 닮은 귀여운 코아티Coati도 있고, 검은색, 흰색, 회색 줄무늬의 작은 도마뱀도 있다.

이과수 강의 중심부에는 철 난간과 나무데크가 깔려 있고, 여기서 보는 병풍벽의 폭포는 장관이다. 이과수 폭포의 거대한 규모와 장관을 보고 미국 루스벨트 대통령 부인이 'Oh, poor Niagara!(오, 불쌍한 나이아가라)'라며 탄식했다는 말이 실감 난다. 내 친구 하나는 '이과수를 보면, 나이아가라는 도랑물 수준'이라고 했다. 그럴 만도 하다. 초당 1만 톤 이상의 물이 쏟아져 내리는 거대한 폭포라서 다리 위로 폭포 앞까지 걸어가자 물보라에 옷이 금방 젖는다. 사방에서 피어나는 무지개도 볼 수 있다. 관광객들 모두 폭포에 압도되면서도 감동과 즐거움으로 밝은 표정이다. 엘리베이터를 타고 올라가면, 바로 옆에 길게 늘어선 폭포는 끊임없이 펼쳐놓은 파노라마와 같다.

상점에서 맥주를 구입해 맥주잔을 들고 강가에 가보니 바로 옆에 선착장이 있고 사람들이 뱃놀이를 하고 있다. 바로 아래가 폭포인데? 멀리 강 한가운데 아르헨티나 쪽을 보니 '악마의 목구멍'이 있는 곳에서는 폭포에서 피어오른 물보라들이 하늘 높이 솟구친다. 이과수 강의 수량이 브라질 쪽은 20%, 나머지 80%는 악마의 목구멍이 있는 아르헨티나 쪽으로 흘러내린다니, 내일은 볼 게 더 많겠구나.

돌아오는 길, 강 위에 긴 다리가 하나 있는데 가운데에 브라질과 아르헨티나 국기 색깔로 국경을 나누고 있다. 텔레비전 축구 중계에서 늘 보아왔던 그 유명한 국기들, 파란색의 줄무늬와 노랑, 초록의 색깔이다. 저녁은 기사 카를로스가 추천해준 쇠고기와 맥주를 즐겼다.

아르헨티나 쪽 이과수

친절했던 기사 카를로스와 오늘은 아르헨티나 쪽 악마의 목구멍으로 간다. 천천히 가는 놀이 열차를 타고 마지막 정류소에 내려 약 1km 정도 강물 위에 만들어놓은 철판길을 간다. 기러기를 닮은 물새가 바위 물가에 앉아 있고, 연세가

이과수 폭포

악마의 목구멍

아주 많아 뵈는 외국인 노부부도 천천히 또 아주 즐겁게 걷는다. 폭포의 굉음은 점점 커지고, 폭포 속 물보라도 점점 많아진다.

드디어 악마의 목구멍에 도착한다. 비옷을 걸친 관광객이 수없이 많고, 난간에서 보는 폭포는 엄청난 수량이 거칠게 쏟아져 떠내려가고, 굉음은 또 얼마나 큰지 물보라로 옷은 금방 다 젖어버리고, 카메라도 물로 범벅이 되어 사진을 찍기 어려울 정도다. 수많은 대군을 높다란 절벽 위에서 한꺼번에 처부셔서 산화시켜야만 인간 군상들이 더욱 열광하나니. 그 와중에 제비들은 폭포 물줄기를 뚫고, 절벽 속 둥지에 들락거린다. 이 위용은 직접 와서 보지 않으면 알 수 없겠구나. 한참을 멍하니 바라보며 세상 모든 잡념을 폭포에 쏟아 던지니, 가슴이 가뿐해진다.

다시 놀이 열차를 타고 돌아오는 길에 강가의 높은 산책로와 낮은 산책로로 다른 이름이 붙은 폭포들을 구경한다. 볼 곳은 많고 시간은 부족하다. 그래도 여기까지 왔는데 선착장에 가서 스피드보트를 타고 폭포 속으로 한번 들어가

이과수 폭포 풍경들

봐야지? 가방과 카메라를 보트에서 주는 튼튼한 방수 비닐 속에 단단히 묶는다. 앞에 앉은 일본 처녀들은 핸드폰을 비닐에 싸서 사진을 찍는다. 폭포 속으로 들어갈 때는 온몸이 물에 젖어 뒤범벅이 되지만, 몇 번이고 들어갈 때마다 모두들 즐거운 비명을 질러댄다. 비옷을 입었지만 속옷까지 다 젖었다.

보트에서 정신을 쏙 빠졌는지 정류장에 가서 열차를 탔는데 이런! 역주행해서 악마의 목구멍으로 가는 차다. 기지를 발휘해 내려오는 기차가 잠시 멈추는

이과수 폭포

순간에 뛰어내려 다시 바꿔 탔다. 기사 카를로스와 호텔로 돌아오니 모두들 공항으로 출발하고 우리 가방만 숙소에 남아 있다. 유능한 우리의 기사 카를로스는 잽싸게 국경을 통과해 공항에서 일행을 만났다. 그라시아스 카를로스!

비행기를 타고 2시간 만에 리우데자네이루Rio de Janeiro에 도착한다. 공항에서 숙소까지 탑승한 택시기사에게 내일 하루종일 렌트하기로 하고 숙소에 짐을 풀었다. 저녁은 셀프 뷔페식당(뽀르낄로Por quilo, 접시에 담아 무게 달아서 영수증으로 나갈 때 계산)에서 하기로 했는데, 송아지고기 맛이 끝내준다. 배가 부르도록 먹었는데도 1인분에 14,000원 정도다. 고기도 맛있고 저렴하고, 정말 먹거리가 풍족한 나라다.

5장 브라질

지상 최고의 폭포 이과수, 미항 리우의 거대 예수상

브라질만 왜 포르투갈어를 쓸까

브라질! 삼바, 리우 카니발, 축구, 스포츠, 커피, 혼혈의 나라. 중남미 국가 중 땅이 제일 넓고(남미 대륙의 48%) 인구도 가장 많은(2억 명 이상) 나라인데 브라질만 포르투갈어를 쓰고 나머지 국가는 모두 스페인어를 사용한다. 이것이 늘 궁금했다. 왜일까? 그 이유는 1494년 스페인과 포르투갈이 체결한 '토르데시야스 조약' 때문이다

포르투갈의 항해 왕 엔리케 왕자는 1419년부터 아프리카 해안의 탐사작업을 주도하며 원정대를 파견하여 세네갈, 기니 해안, 시에라리온까지 도달했고 아조레스 제도와 베르데곶을 점령한다. 1480년에는 스페인과 맺은 조약과 교황의 칙서에 의해 기니와 보자도르 곶(대서양 카나리아 제도 아래에 위치) 남쪽에서 발견되는 모든 영토의 지배권을 확보했다.

한편 스페인은 1469년에야 카스티야의 이사벨 여왕과 아라곤의 페르난두 왕이 결혼함으로써 두 연합왕국이 이베리아반도의 주도권을 잡는다. 1492년, 거의 800년에 걸친 이슬람 세력의 마지막 거점인 그라나다에서 이슬람 왕국을 축출하여, 이베리아 반도를 재탈환하는 데 성공하고 국토 회복 운동(레콘키스타)을 완성했다.

1492년은 스페인과 세계사에 아주 중요한 해다. 첫째, 국토 회복(통일)을 맞아 가톨릭을 정통 신앙으로 정하는 칙령을 발표하고 둘째, 인종(피)의 순수성을 기반으로 확고한 통일을 유지하기 위해 강력한 종교재판소를 부활시켜, 유대인과 이슬람인을 살해·추방을 시작한 해이기 때문이다. 재무, 의술, 천문학 등에 재주가 많은 유대인과 이슬람인은 어쩔 수 없이 관용의 땅을 찾아 북유럽 암스테르담 등으로 흘러들어간다. 이때부터 네덜란드가 해상 강대국으로 부상하게 된다. 셋째, 그 해에 스페인은 해외 개척 선진국인 포르투갈을 따라잡겠다는 희망을 안고 콜럼버스의 항해를 지원·허용한다.

1492년 산타페 협약을 맺어 콜럼버스에게 제독 세습권과 총독의 지위를 부여하고, 발견한 지역에서 얻을 수 있는 이익의 10%, 교역 활동의 기본 참가권 8분의 1을 승인했다. 그리고 콜럼버스가 출항 66일 만에 바하마 제도의 섬(구아나하니), 이어서 히스파니올라에 도착함으로써 새로운 해외 식민지 개척시대가 열린다. 라틴 아메리카 식민지의 권력이 본국 국왕, 교회, 정복자(후손, 군인 및 상선, 식량, 보급품, 무기조달의 자본가)로 나뉘는 구조가 마련된 것이다.

이때만 해도 콜럼버스가 발견한 이 조그만 섬은 스페인 본국에 실망만 안겨주었다. 4차에 걸쳐(1차 1492년 3척 120명 선원, 2차 1493년 17척 1,500명 선원, 3차 1498년, 4차 1502년 등) 원정이 이루어졌으나 기대와는 달리 향료와 금의 산출량은 보잘것없었고, 원정대원들은 실망하여 원주민을 학살하고 노예와 커피만 가져왔을 뿐이었다. 이에 본국 여왕과 왕실은 실망과 의심을 품게 되고, 한편 금광 채굴 징발에 반항한 원주민들은 빈번한 반란을 일으킨다. 1499년, 본국에서는 보바릴라Francisco de Bobadilla를 새 총독으로 임명하고 1500년 콜럼버스를 감찰하여 행정 무능으로 족쇄를 채워 본국에 소환한다.

1502년 콜럼버스는 우여곡절 끝에 4차 원정을 떠나지만 태평양은 발견하지 못하고 성과 없이 귀국한다. 그는 죽을 때까지도 그가 발견한 카리브해의 섬들이 인도 땅의 일부라고 확신했으며, 원주민을 인디언으로 부르는 어처구니없는 실수를 세계사에 선사하고 세상을 마감했다.

콜럼버스의 신대륙 발견으로 스페인과 포르투갈 사이에 영토 구분의 분쟁이 생기자 1493년 포르투갈 주앙 2세는 교황에게 문제 해결을 요청했다. 그러나 스페인의 비호를 받았던 스페인 출신의 교황 알렉산드르 6세는 엔리케 왕자가 이미 점령한 '아조레스 제도와 베르데 곶' 기준 서쪽으로 100레구아(557km) 떨어진 곳에 가상의 선을 긋고 그 선의 동쪽에서 발견되는 땅은 포르투갈 관할로, 그 선 넘어 서쪽에서 발견되는 땅은 스페인 관할로 인정한다는 칙서를 발표했다.

그러나 포르투갈 왕은 이에 만족하지 않고, 이듬해 1494년 스페인 왕과 직접 담판하여 가상 경계선을 100레구아에서 370레구아(2,100km)로 변경하는 '토르데시야스 조약Treaty of Tordesillas(토르데시야스는 마드리드 서북쪽에 위치한 성)'을 체결하였다. 이 조약으로 포르투갈은 대서양을 통해 아시아와 인도 제도에 진출했고, 스페인은 아메리카 대륙이 있는 서쪽으로 진출하게 되었다. 이 선에 의하면 현재 브라질의 대서양 쪽 동쪽 끝부분만 해당되나 당시 유럽 세계는 남미 대륙이 있는 줄 아무도 몰랐다. 1500년에야 포르투갈 사람 알바레스 카브랄이 브라질땅을 처음 발견했으며, 이에 포르투갈이 토르데시야스 조약을 내세워 1531년부터 식민지 관할로 하는 근거로 삼았고, 이로 인해 브라질은 포르투갈어를 쓰게 되었다.

그 후 1807년 나폴레옹이 포르투갈을 침입하자 왕은 유폐되고, 왕실은 브라질의 리우데자네이루로 피신한다. 1822년 본국으로 돌아갈 수 없게 된 처지의 페드로 왕자가 독립을 선언하고, 계속하여 왕정을 유지하다가 1889년 현재의 공화정이 되었다. 리스본 바닷가에 가면 엔리케 왕자의 동상이 오늘도 대서양을 향하여 손을 흔들고 있는 것을 볼 수 있다.

리우데자네이루

브라질의 인구 구성은 백인 약 48%이며 혼혈인 뮬라토(백인과 흑인 혼혈, mula는 노새란 뜻의 비하 의미가 있다)와 삼보sambo(인디오와 흑인 혼혈)가 약 43%, 흑인 7%, 아시아 1%, 원주민 1%의 비율을 차지하여 인종 차별이 가장 없는 나라다. 브라질의 흑인들은 포르투갈의 아프리카 식민지(가나의 황금해안, 앙골라)에서 노예로 잡혀와 사탕수수 농장과 광산에 투입되었다. 동북쪽에 있는 사우바도르는 세계 최대의 노예무역항이었고 브라질 최초의 수도로 200년 넘게 지속되며 흑인의 로마로 불린다. 서구 가톨릭, 아프리카와 인디오의 종교와 인종과 문화가 아주 자연스럽게 혼재되어 있다. 이후 리우 근처에 금 광맥이 발견되면서 1763년에 수도를 리우로 옮겼고, 지금의 브라질리아로 옮기기 전까지 리우는 거의 200년 동안 수도였다. 2016년에는 리우 하계올림픽이 열렸다.

리우의 상징인 거대 예수상Cristo Redeemer부터 보러 간다. 꼬르꼬바두 산(예수님이 십자가에 못 박힌 예루살렘 교외의 언덕 골고다의 포르투갈어 표현) 정상으로 간다.

리우의 예수상

1931년 포르투갈의 지배 500주년을 기념하여 양손을 벌린 십자가 모양의 예수님상을 만들었다(높이 38m, 양팔 너비 28m). 아침인데도 햇살은 따갑고 관광객들은 수도 없이 많다. 거대한 예수상 아래엔 조그만 성당이 있고 모든 사람이 사진 찍느라 분주하다.

이곳에 올라서니 리우의 전경이 모두 보인다. 툭 터진 바다와 아름다운 해안선, 여기저기 적당하게 튀어나와 더욱 아름다운 섬들, 바다 위에 기묘하게 솟아오른 검은 돌산, 파오 데 아수카르Pao de Asucar(빵산), 코파카바나 해변에는 수많은 인파들, 플라멩코 공원, 좌측에 마라까낭 원형 축구경기장, 호수, 경마장, 수많은 하얀 요트들의 풍경. 세계 3대 미항이라는 시드니와 나폴리보다도 훨씬 아름답다.

빵산으로 가는 케이블카 탑승장으로 간다. 뒤에는 검은 돌산인데 이 더운 땡볕에 바위를 타고 오르는 젊은이도 있다. 단체 관광객들이 새치기를 얼마나 많이 하는지 우리는 하염없이 기다린다. 첫 번째 정류소에서 내려 다음 산으로 한 번 더 갈아탄다. 바닷가 빵산 위에서 보는 리우는 더 아름답다. 거대 예수상도

리우데자네이루 풍경

빵산으로 가는 케이블카

빵산과 요트들

코파카바나 해변

조그맣게 보인다. 그래도 기다린 보람이 있었다. 내려올 때는 앞서가는 직원을 따라가니 순식간이었다.

코파카바나 해변으로 간다. 4~5km나 되는 긴 해변은 하얀 백사장으로 눈이 부시다. 수많은 사람들이 놀러나와 있다. 파도는 하얗게 부서지고, 비치파라솔 아래에서 쉬는 사람, 축구하는 사람, 배구하는 사람, 선탠하는 사람 등 각자 즐겁게 시간을 보낸다. 우리도 잠시 바닷물에 발을 담가본다. 바다와 백사장 풍경만 가만히 보고 있어도 하루는 즐겁게 보낼 수 있겠다.

세계에서 가장 큰 축구 경기장 마라카낭Maracanan으로 간다. 도중에 물을 사러 가게에 가려는데 운전기사 루치아노가 치안이 안 좋으니 가방은 차 안에 두고 다녀오란다. 어제도 저녁 후 계산하고 나오는데 여종업원이 막아서더니 지갑을

리우 카니발 행렬 관람석

반드시 주머니에 넣고 난 뒤에 식당을 나서라고 알려주었다.

경기장 주변을 한 바퀴 돌며 우승탑, 성화 모양탑을 보면서 브라질의 축구 열기를 느낀다. 리우 카니발 행렬이 지나가는 높다란 관람석 삼보 드로무Sambo dromo도 안내해준다. 다음달에 축제가 열린다더니 벌써 준비하느라 한창 바쁘다.

식물원Jardin Botanico에도 들렀다. 연못, 분수대, 물이 흐르는 돌집, 그 중에서도 쭉쭉 뻗은

마라까날 축구경기장

야자나무는 정말 특이했다. 뒤로 거대 예수상도 보인다.

"더 가고 싶은 곳은 없어요?"

"충분했어요. 오늘 수고 많았고 정말 즐거웠어요."

해도 거의 넘어가는데 하루종일 안내해준 루치아노, 오브리가두(감사합니다)!

오늘도 멋진 풍경을 많이 봤지만 햇살이 따가워 힘들었다. 아쉽게도 내일 저녁이면 벌써 귀국이다.

플라밍고 공원

오늘은 따로 스케줄이 없다. 마트에 가서 브라질 커피를 구입하고 짐을 싸 호텔에 보관하고 플라멩고 공원으로 간다. 모던 아트 박물관은 월요일이라 문을 닫았기에 바닷가 공원에서 쉬기로 한다. 공원은 잘 정돈되어 있고, 커다란 야자수가 여기저기서 시원한 그늘을 만들어주고, 야자수 옆 조형물을 군인들이 지키고 있다. 떨어진 야자수 줄기껍질이 엄청 커서 깔고 누워도 자리가 남는다. 야자수 껍질 위에 누워 멍하니 하늘을 본다.

불현듯 라틴 아메리카에서 일어났던 잉카제국 멸망과 식민지 개척시대, 이 격정의 시대에 우리 땅의 선조들은 무엇을 하고 있었을까? 하는 궁금증이 든다. 콜럼버스가 신대륙을 발견한 1492년은 조선 성종 임금이 타계하기 2년 전이었다. 이어 연산군이 권력을 잡고 생모인 폐비 윤씨의 사약에 대한 복수로 무오사화, 갑자사화를 일으키고 죽은 김종직과 한명회를 부관참시했다. 결국 중종반정이 일어나 연산군의 이복동생인 중종이 즉위하고 조광조의 개혁 정치, 기묘사화, 신사사옥, 왜구 침입 등의 사건이 있었다. 이후 간신배들이 정국을 농단

하르딘 보타니코 식물원

하고, 사화와 붕당정치로 조선의 국력이 쇠퇴했다.

〈간절한 조국에의 기도〉

식민지에서 해방, 처참한 전쟁,

그래도 민족에 저력 있어,

짧은 날에 큰 걸음을 내디뎠다.

5천 년 만에 처음으로 중국을 앞서고 있는 유일한 시대,

비록 언제 끝날지는 몰라도,

지금 보고 있다니 가슴 벅차다.

다시는 사화, 패거리, 간신배, 쇄국으로 치욕 당하지 말자
뚝심과 열림과 보듬음으로,
사나운 세상 파도를 함께 헤쳐 나가자.

뒤에 오는 우리 아이들은 알꺼야,
역사의 흔적에 내일의 비밀이 숨겨져 있음을.
이 곳 라틴 아메리카 땅에서처럼.

멀리 공항에는 비행기들이 심심찮게 뜨고 내린다. 오른편으로 멀리 빵산이 보이고, 앞에는 바닷가 요트들이 늘어서 있다. 야자수 그늘에는 시원한 바람이 불고, 자태가 멋진 까만 물새들이 하늘 높이 날고 있다. 좌측 방파제 위 거대한 둥근 콘크리트 구조물은 크로아티아의 드보르니크 항에 있는 것과 비슷하다.

풍경을 바라보면서 가지고 온 맥주를 즐기니 오랜만에 푹 쉬는 듯하다. 좀 떨어진 곳에 웃통 벗은 젊은 남녀 몇 명이 보이는데 자전거 타고 지나가는 점잖은 노인이 나에게 가까이 가지 말라고 알려준다. 친절한 분들이 참 많다. 브라질 땅이 너무나 넓어 못 본 곳이 많은데, 언제 또 올 수 있으려나. 떠나려니 아쉽기만 하다.

첫날 갔던 셀프 뷔페식당에 다시 가서 송아지고기를 실컷 먹고 공항으로 출발한다. 그런데 공항 2번 터미널로 가야 하는데 1번 터미널로 잘못 왔네. 이번엔 경유지 미국 댈러스에서의 문제로 비행기가 연착된다는 연락을 받는다. 결국 아랍 에미레이트 항공, 두바이 경유로 바꿨다. 보상을 받아 두바이에서 인천

구간은 비즈니스 클라스로 편안하게 왔다. 남미 여행은 한국, 미국, 남미, 중동으로 지구를 한바퀴 돌며 마무리한다.

〈여행~ carpe diem!〉

행운은 언제나 예고 없이 찾아온다네.
그러기에 인생은 기다리고 또 기다려 볼 만하지.

네가 이 세상의 배꼽이고, 이 우주의 중심이지.
단, 네가 살아 있는 동안만….

그렇다고 너무 슬퍼 마라.
너가 이 세상에서 없어진다 해도.
너가 사라져도 태양은 내일도 뜬다는구나.

carpe diem! 현재를 즐겨라!
그래, 이 순간 자체가 행복이지.

시간이 가고 나면 금방 늙어져,
어딜 가고 싶어도 움직일 수 없어 못 가겠지.

인생의 큰 숙제를 즐겁게 해낸 기분이다.

아시아 다음으로 큰 대륙, 지구 육지 면적의 20%를 차지하는 거대한 대륙이다. 아프리카에는 약 2,800개의 민족이 있으며 사용하는 언어가 약 2,000개에 이른다. 현재 54개국에 인구는 약 12억 명이다. 1960년대에 대부분 유럽 제국주의 식민지에서 독립했으나 그들이 마음대로 정해놓은 국경선 때문에 문화가 전혀 다른 부족들이 섞여서 살면서 분쟁이 끊이지 않고 있다. 식량 부족과 가뭄과 질병 등으로 악순환이 계속되나 한편으로는 '하쿠나 마타타(걱정하지 마, 뭐든지 다 잘 될 거야)'라는 아름다운 단어를 지닌 곳이기도 하다. 또한 광활한 자연 속에서 원시의 삶을 느낄 수 있는 사파리, 세계적 생태보호구역 세렝게티, 아프리카 최고의 산 킬리만자로, 세계 3대 폭포인 빅토리아 폭포 등 독보적인 자연환경으로도 유명하다.

유럽 제국주의를 살찌운 삼각무역과 오랜 식민지 수탈로 깊은 생채기가 남아 있으나 젊은이의 비율이 높은 인구와 풍부한 자원으로 인해 높은 성장 가능성을 지닌 보석 같은 곳이다.

2부

아프리카 7국

아픈 역사를 딛고 일어난 푸른 보석의 대륙

케냐
탄자니아
잠비아
짐바브웨
보츠와나
나미비아
남아프리카공화국

2016년 12월 22일~2017년 1월 20일

6장

케냐

붉은 전사들의 땅, 마사이마라

3년 전 남미 여행을 다녀온 이후로 얌전히 지냈는데 시간이 지나니 슬슬 엉덩이가 들썩이기 시작한다. 이번에는 한 번은 가고 싶어 버킷리스트에 적어 놓고 벼르고 벼르던 검은 대륙 아프리카다.

인류 최초의 고향을 찾아본다는 핑계 하나로, 일상을 뒤로하고 가방을 싸서 나선 길이다. 사람마다 다르겠지만, 나는 여행을 준비하고 계획을 짜고 기다리는 그 시간이 실제 여행보다 더 설레고 기분이 들뜬다. 상상 속 그림이 실제보다 더 아름답듯이. 캐세이퍼시픽항공의 비행기에 몸을 싣고 홍콩으로, 홍콩에서 남아프리카항공 편으로 요하네스버그로 간다.

요하네스버그 공항 근처에는 붉은색 단층집들이 수없이 눈에 들어온다. 요하네스버그는 냄새만 맡아보고 다시 비행기를 타고 케냐로 향하는 하늘길을 북쪽으로 날아간다. 비행기에서 내려다 보니 붉은 평원이 끝없이 펼쳐지고, 태양 아래 있는 구름 그림자가 땅 아래로 비춰 마치 군데군데 있는 호수처럼 보인다. 잠베지강 줄기가 가늘게 보이고, 잠비아와 짐바브웨 국경에 있는 넓은 카리바 인공 호수가 눈에 들어온다. 들판에 우뚝 솟아 있는 화산산의 표면에 용암이 흘러내린 자국이 뚜렷이 보이고, 멀리 붉은 호수와 수많은 홍학이 보이는 저곳이 케냐 땅 나이바샤 호수인가 보다.

옆 좌석에 앉은 백인 처자는 내가 핸드폰으로 하는 바둑게임을 보더니 신기해한다. 창밖에 보이는 곳을 물으면 친절하게 알려주기도 한다. 내가 묻지 않았는데도 오빠가 서울에서 영어 강사를 하고 있으며 한국 아가씨와 연애하고 있다는 얘기까지 한다.

하늘길을 지나 드디어 케냐의 수도 나이로비 공항에 도착했다.

나이로비

공항에서 직원처럼 보이는 사람이 가까이 오더니 입국신고서를 봐주겠다며 친절을 베푼다. 우리가 미처 작성하지 못한 뒷면에 몇 자 끌적대더니 10달러를 달란다. 못 주겠다니까 5달러를 주장한다. 실랑이를 하니 가격이 계속 내려간다. 결국 3달러로 끝냈다. 공항에서부터 케냐에 대한 강렬한 인상을 받고 밖으로 나오니 햇살이 얼마나 강한지 피부가 따갑게 느껴진다. 수화물이 도착하지 않은 일행이 있어 한참을 기다리다 나중에 숙소로 보내준다는 언질을 받고서야 이동했다.

내일 일정인 '마사이마라 사파리 드라이브(2박 3일, 인당 360달러)'를 신청해두고 숙소로 향한다. 차를 타고 공항을 나서니 그제야 아프리카에 도착했다는 실감이 난다. 공항 앞 공원에 야생 기린들이 움직이고 있다. 케냐의 수도답게 나이로비 시내에는 자동차가 많고, 교통이 정체되는 지점에는 자동차 사이로 사람들이 이리저리 움직이며 온갖 종류의 물건을 팔려고 바쁘게 다닌다. 세상 어디나 사람 사는 모습은 똑같다. 저 멀리 현대식 건물들이 즐비하다.

운전석 옆자리에 앉아 사진을 찍으려고 창문을 내렸더니 핸드폰을 날치기당할 수 있다고 창문을 내리지 말라고 한다. '치안이 범상치 않은 곳이로구나'라는 생각에 마음이 움츠러든다.

숙소에 도착하니 입구에 경비가 지키고 있다. 계단 쪽으로 층마다, 또 엘리베이터 입구 옆으로도 이중으로 철망이 쳐있다. 바깥에서 들어올 수 없도록 경계하는 모양이다. 숙소 바로 옆 구멍가게에서 먹을 물을 사는 데도 여러 명이 모여서 가고, 창살 너머로 돈과 물을 바꾼다. 짐을 풀고 목욕으로 비행의 피로를 씻어낸 뒤 지구 건너편에서부터 먼 길 오느라 고생했다며 스스로 자축한다. 치안 문제가 있어 가로등 없는 밤길로 나설 엄두는 감히 못 낸다. 배고픔을 호텔 식당에서 생선튀김 요리로 달랜다.

이번 아프리카 여행 한 달 동안 실천할 세 가지를 정한다.

1. 각 나라마다 인기 있는 로컬 맥주 넘버원, 넘버투 맛보기
2. 여행 기간 내내 수염 기르기(실은 면도하기 귀찮아서)
3. 사진 열심히 찍기

숙소 침대 위에는 모기장을 천장 네 군데에 고정하고 아래를 원추형으로 말아 묶어서 예쁘게 매달아 놓았는데 오히려 답답해 보인다. 의사 친구가 말라리아 예방약을 출발 일주일 전부터, 그리고 일주일마다 복용하라고 해서 지침대로 따른다.

마사이마라 국립공원

마사이마라Maasai Mara 가는 날, 아침에 사돈어른한테서 모친상에 와주어서 고맙

다는 전화가 왔다. 다시 한번 위로의 인사를 전한다.

출발하기 전 잠시 마트에 들러 2박 3일 동안 먹을 망고, 사과, 물, 그리고 망고 자를 칼을 준비한다. 건너편 생선, 고기, 꽃 등을 파는 시장에 가서 화장실을 찾으니, 아기를 업은 엄마가 40~50m 정도는 떨어져 있는 곳까지 직접 안내해준다. 아프리카가 한결 가까워진 느낌이다.

마사이마라 가는 길가에 군데군데 시장이 열리고 있어서 길이 밀리거나 복잡하지만 눈요기하기에는 좋다. 가는 도중 동아프리카 지구대 대협곡The Great Rift Valley도 나타난다.

아프리카 지구대大地溝帶는 판구조 운동에 의해 대륙이 갈라지는 지역으로 아시아 서쪽 끝 시리아 북부에서 시작해 이스라엘을 거쳐 남쪽으로 케냐, 탄자니

동아프리카 지구대 대협곡

아, 말라위를 지나 모잠비크 동쪽 끝 인도양까지 장장 9,600km에 이른다. 이중에서 동아프리카 지구대는 아프리카 대륙의 동쪽을 따라 약 3,000km가량 발달한 협곡이다. 아파르 삼각지에서 시작되어 에티오피아 고원을 둘로 나눈다. 약 1억 년 전, 지구의 화산 활동으로 만들어진 대협곡이라고 생각하면 된다. 계곡 깊이는 100m 정도이다. 지금도 지각판이 1년에 0.5~1mm씩 갈라지는 중이라고 하니, 백만 년이 지나면 1km나 갈라져 바닷물로 채워지고 동쪽 땅은 떨어져 나가 섬이 될 것이다. 모잠비크 앞 인도양에 떠 있는 마다가스카르처럼.

표지판에는 아프리카 빅 5 야생동물(코끼리, 버펄로, 코뿔소, 사자, 표범)이 그려져 있다. 이 근처에 나타난다는 의미일까?

마사이 마을 번화가에서 점심을 먹은 뒤 다시 길을 나선다. 기린이 잘 먹는다

동아프리카 지구대 대협곡 표지판

사파리 투어

사파리 투어

는 나무들이 울창한 산길을 지나는데 2차선 좁은 도로가 얼마나 막히는지 꼼짝을 못 한다. 나중에 보니 마트용품을 가득 실은 대형 트럭 한 대가 도로 밖으로 나뒹굴어 길게 누워 있고, 근처 주민들이 와서 흩어진 물건들을 싹쓸이하고 있다. 트럭 운전자의 애타는 마음은 뒤로하고 주민들은 물건을 손에 들고 머리에 이고, 어떤 이는 오토바이로 실어 나른다. 뜻밖의 불로소득에 모두 하얀 이를 드러내고 웃고 있다. 뒤늦게 소식을 듣고 헐떡이며 달려오는 여인과 어린아이들의 모습이 애잔하게 보인다.

잠깐 쉬었다 가기로 한 마을에 내리니 까만 비닐봉지가 온통 바람에 날리고 있어 마음이 불편하다. 비닐 줍기 운동이라도 하면 될 텐데. 우리나라를 변화시킨 새마을 운동의 시작이 생각난다. 어느 길가에서는 예닐곱 명이 모여서 돌멩이를 옆 도랑에 던지고 있다. 자세히 보니 커다란 뱀이다. 그놈 오늘 재수 없는 날이구먼, 쯧쯧. 비포장도로를 먼지와 함께 달려오다 보니 어느새 마사이마라 국립공원 입구다. 여기도 까만 비닐봉지들이 먼저 나와 인사를 한다.

숙소 야영장에 짐을 풀고, 바로 사파리 투어에 나선다. 길은 울퉁불퉁하고 목동 혼자 작대기가 유일한 동무인 듯 옆에 끼고, 소 수십 마리를 풀 먹이러 다닌다. 사파리 입구에서부터 버펄로의 하얀 머리뼈가 우리를 반긴다.

조금 지나자 탁 트인 초원 사파리가 시작된다. 사바나 지역이라 그런지 나무와 풀은 그리 많지 않다. 무리를 지어 다니는 기린, 임팔라, 멧돼지, 버펄로, 얼룩말, 자칼, 몽구스가 보인다. 태어난 지 2~3일밖에 안 되어 보이는 아기 임팔라도 어미와 함께 있다. 나무 밑에 누워 있는 사자, 앙상한 나무 위에 앉은 큰 독수리 암수 두 마리와 건너편에는 관광객이 불편한지 멀리 떨어져 걷다가 앉았다가 하는 치타도 있다. 죽은 지 얼마 안 된 산토끼 사체와 앙상하게 뼈만 남은 기린까지, 동물들 지천이다. 사파리 차량 위로 뚫린 통로로 머리를 내밀고 우리는

사파리 투어

마사이마라 숙소

계속 탄성을 자아내며 감탄하고 놀라워한다. 우리의 가이드 모리는 무전기로 열심히 통화하면서 동물이 나타난 곳을 잘도 찾아다닌다.

남쪽 계곡 건너편에는 숲과 어울리는 깨끗하고 멋진 숙소도 보이고, 끝없는 지평선으로 해가 넘어가는 멋진 일몰도 본다. 영화 <아웃 오브 아프리카>의 그 아련하고 멋진 분위기가 바로 이런 풍경에서 나온 것이었구나 하며 새삼 감탄한다.

배정받은 숙소는 군인 캠프 비슷한 곳인데 물이 잘 안 나와 캠프장 입구 쪽 방으로 옮겼다. 그런데 이번에는 욕실과 바닥에 개미 떼와 죽은 바퀴벌레가 한 무더기다. 이상하다 싶어 밖에 나와 보니 바로 옆에 언덕만 한 개미집이 숙소와 나란히 있다. 어이쿠! 그래도 샤워 정도는 할 수 있는 온수가 나오고 침대가 있어 다행이다. 식당 뷔페는 빈약하기 그지없었지만, 케냐 최고 인기 맥주라는 테스커tesker의 맛은 더없이 좋았다.

마라강

아침 식사 후에 망고를 먹으려고 보니 어제 샀던 칼이 안 보인다. 혹시나 어제 옮기기 전의 방에 두고 왔나 하고 찾으러 가보니 칼은 안 보이고, 비자와 카드 그리고 ID 카드와 현금이 들어 있는 지갑을 주웠다. ID 카드의 얼굴을 보니 좀 전에 식당에서 지갑 잃어버린 줄도 모르고 태평하게 앉아있던 현지인임에 틀림없다. 식당에 가서 수소문하여 주인에게 돌려주니 깜짝 놀라며 고맙다고 나를 아주 격하게 껴안는다. 어디서 왔느냐고 묻기에 자신 있게 "프롬 코리아from KOREA"를 외쳤다. 30분쯤 후에 빵빵 하며 클랙슨 소리가 요란하게 들려 돌아보았더니, 지갑 주인인 차량 기사가 고맙다고 손을 흔들며 지나간다. 어제 마트 앞 시장에서 화장실을 알려 주었던 케냐 여인의 친절을 여기서 갚은 기분이다.

마라강 가는 길은 굽이굽이 멀지만 지나가며 온갖 야생동물들을 만날 수 있다. 아무리 반갑게 인사해도 돌아오는 대답은 없다만. 현지 가이드 모리는 12년째 일하고 있는데 낙천적이고 열린 마음의 소유자다. 만나는 모든 마사이족이 그의 친구다. 이름까지 기억하고 안부도 묻는다. "마사이 시장 선거 나가도 되겠다"라고 하니, "정치는 체질에 맞지 않는다"라며 농담을 진담으로 받는다.

모리는 매의 눈을 가졌다. 망원경으로 이리저리 둘러보다가 풀숲에 숨어있는 동물을 잘도 찾는다. 사진도 잘 찍어 운전석 쪽에 동물이 있으면, 으레 내 카메라를 건네 받아 대신 찍어준다. 순간 포착을 잘한 얼룩말 사진을 보더니 내셔널 지오그래픽에 내놔도 되겠다며 웃는다.

마라강과 하마들

50살 정도 되는 타조 한 쌍(검은색은 수컷이고 회색은 암컷이란다)과 자칼 가족, 원숭이, 톰슨 가젤, 몽구스, 내셔널 지오그래픽 채널에서 보던 늪지대에 사는 큰 새와 나무 그늘에 누워 있는 4~5마리의 암사자들, 근처 도랑물 옆 그늘에 누워 있는 수사자, 그리고 코끼리 가족. 모리가 코끼리 가까이 갈 때는 조용히 하라고 신신당부한다. 아니면 난폭해져 공격 당할 수도 있다고 한다.

물이 없어 황량한 스텝 초원에서 물을 찾아 끝없이 이어지는 버펄로 떼의 행렬은 텔레비전에서 보던 그대로 장관을 이룬다. 모든 생명의 근원은 물에 있다. 물가에서 버펄로 가족이 모여 물을 마시는 모습은 건기임에도 불구하고 평화 그 자체였다. 길도 없는 초원을 가로질러 달려간다. 초원이지만 경비행기 비행장도 있다. 무장한 군인들이 길가에 보이고 하더니 마침내 마라강에 도착했다.

탄자니아와의 국경선에 <TK Tanzania, Kenya> 비석이 조그맣게 세워져 있다. 남쪽 건너편 탄자니아 땅이 마사이마라보다 10배 이상이나 넓은 세렝게티다.

총을 든 군인의 안내를 따라 강으로 내려간다. 입구에는 죽은 버펄로와 누우 떼의 머리뼈로 안내 표시를 하고 있다. 강가에 수많은 하마 떼가 모랫바닥 물가에 늘어져 있다. 군데군데 물 속에 죽은 뼈들이 널려 있고, 길가에 하마가 싸놓은 큼직한 배설물도 보이는데 악어는 몇 마리밖에 보이지 않는다.

건기에 풀을 찾아 세렝게티에서부터 이 강을 건너려 얼마나 많은 누우 떼들이 목숨을 걸었을까? 얼마 전까지도 사체가 썩는 냄새가 진동했다는데, 지금은 물이 없는 건기라 거의 느끼지 못할 정도였다.

돌아오는 길에 커다란 나무 그늘에 차를 세우고 초원의 바람을 맞으며 준비해 온 도시락을 먹는다. 끝없이 광활하게 펼쳐진 사바나의 풍경에 경외감과 감탄이 절로 나온다. 죽은 동물의 사체와 독수리의 청소 작업도 바로 눈앞에서 본다. 건너는 다리가 아슬아슬 위험해 보이건만 우리의 가이드 모리는 불평 없이 묵묵히 운전도 잘한다. 안 먹은 빵과 과자, 초콜릿은 마사이 부족 아이들에게 주자며 모리가 챙긴다.

야영장에서 조금 떨어진 곳에 마사이족의 마을이 있다. 규모는 별로 크지 않다. 붉은 옷을 어깨에 걸친 젊은 전사들이 높이 뛰기를 하며 환영을 한다. 또 부싯돌로 불을 피우는 전통 방식도 보여준다. 마사이족은 대체로 잘 생겼고 키가 크고 다리가 긴데, 먼 길을 많이 걸어서인지 다리가 유별나게 가늘다. 이들은 옛날 이집트를 지배했던 로마 병사 '붉은 망토의 후예'라고 한다. 마사이족은 아프리카 전역에 흩어져 산다.

마을의 집들을 구경한다. 넓은 공동 마당은 소를 모으기 위한 것이고, 집집마

마사이족 전통마을

다 있는 높은 우리는 염소용이다. 송아지는 각자의 집에서 별도로 키운다. 집은 쇠똥으로 짓는데 집 짓기는 여인네 담당이란다. 집 안에 들어서니 사각형으로 뚫어놓은 통풍 구멍뿐이라 내부가 어두워 잘 보이지 않는다. 이런 곳에서 어떻게 살지? 싶은 생각이 든다. 마을 모퉁이에 현대식 오토바이도 보인다. 혹시 보여주기 위해 만든 마을인가? 아이들에게 과자와 먹을 것을 건네니 빼앗듯 가져간다.

오늘은 크리스마스 날이다. 우리의 멋쟁이 가이드가 잘 알고 지낸다는 유력 인사(국회의원 2선)의 별장에서 염소고기 파티를 한다며 초청했다. 땅에 박힌 큼직한 돌이 많아 가는 길이 얼마나 울퉁불퉁한지, 앞서가던 차량이 돌부리에 걸려 빠져나가질 못하면 사람들이 우르르 내리고, 우리 가이드 모리까지 합세해

마사이족 전통마을

서 앞 차를 밀고 옆으로 흔들어야 겨우 빠져나간다. 우리 차량은 훌륭한 기사 덕분에 문제 지점을 별 탈 없이 바로 통과한다.

한참을 가다 언덕 위에서 보는 일몰은 마치 산속 호수 안으로 해가 풍덩 하고 떨어지는 것 같은 느낌을 주는 신기한 풍경이다. 넓은 저택 입구에 서 있는 커다란 나무에는 수세미 같은 열매가 주렁주렁 달려 있다. 주인의 환영 인사로 시작한 식사는 삶은 염소고기, 염소 곤 국물, 맛있는 맥주 등 푸짐하다. 고기는 전통식으로 손으로 뜯어 먹는다. 마사이족 남자들의 환영 춤과 젊은 여인들의 노래와 춤에 흥이 오른다. 나무에는 'Merry Christmas'와 온갖 장식을 꾸며 놓았다. 하늘에 촘촘히 박힌 수많은 별이 아주 선명하다. 이렇게 가까이서 별을 볼 수 있다니, 크리스마스의 축복인가 싶다.

파티를 마치고 숙소로 돌아올 때 모리가 '한 사람 더 태워서 가도 괜찮으냐?' 고 묻더니 마사이 남자를 같이 태워서 온다. 숙소에 와서 밤하늘의 별빛을 한 번 더 하염없이 바라보았다. 수없이 보아 온 하늘이건만, 오늘의 이 밤하늘이 최고다.

다음 날 숙소 근처에 원숭이들이 먹이를 찾아다니는 모습을 뒤로하고, 새벽 동트기 전에 사파리에 나선다. 어제와는 반대 방향으로 달린다. 아침 공기는 상쾌하고, 부지런한 얼룩말, 기린, 임팔라 등이 벌써 초원에 나와 평화롭게 풀을 뜯고 있다. 힘센 임팔라 수컷은 암컷 40여 마리나 이끌고 다니는데 약한 수컷 4~5마리는 조금 떨어져서 풀을 뜯고 있다. 갓 태어난 듯한 새끼 임팔라는 어미와 꼭 붙어서 다닌다. 앙상한 죽은 나뭇가지 위에는 커다란 대머리 독수리 암수 2마리가 그윽한 눈빛으로 서로를 쳐다보고 있다. 길가에 죽은 지 얼마 안 된 것 같은 짐승의 사체가 뒹굴고 있다. 약육강식의 자연법칙이 강력하게 작용하는 땅이구나, 이곳은. 아직은 잔잔한 평원에 평화가 가득해 보인다.

사파리 투어 중 초대받은 유력인사의 별장

수세미 같은 열매가 달린 나무

정말 잘 왔다, 아프리카에.

사파리 입구에서부터 거의 1~2km 구간은 흙길로 울퉁불퉁 패여 도무지 차가 속도를 내지 못한다. 모리는 한쪽 바퀴를 옆면의 흙벽에 20~30도가량 기울여 세워가며 곡예 운전을 한다. 흙먼지는 온통 풀풀 휘날리고, 운전석 옆자리에 앉은 나는 무척 어지럽다.

아침을 먹고서 나이로비로 출발하려 짐을 실으려는데, 외국인 한 사람이 아이폰을 분실했다며 모든 사람의 가방을 일일이 확인하며 검사를 한다. 황당하다. 그동안 여행을 여러 나라 다녀봤지만 이런 경우는 처음이다. 짜증이 나기도 하지만 '여긴 아프리카니까' 하며 이해한다.

마을 시장 공터 옆, 조금 떨어진 곳에 벽돌로 지은 조그만 화장실 크기의 간이 건물이 있는데, 모리가 '특별한 날 염소를 몰고 가서 먹을 때 신에게 제사를 지내는 곳'이라고 설명한다. 이곳에선 아직도 그런 제사를 지내는구나. 검은 비닐봉지가 여전히 온 땅바닥을 돌아다니며 펄럭인다. 모리는 열린 차창으로 지나가는 마사이 친구들에게 일일이 웃으며 소리 질러 안부를 전한다. 참으로 마음이 따뜻한 친구로세.

비포장 흙길을 달리는데 비가 오는 둥 마는 둥 맛보기라도 하라는 양 여우비가 내린다. 물을 길러 온 마사이 여인들이 연못에 모여 있다. 다른 연못가에는 양들과 소떼도 있다. 멀리 보이는 산마루의 나무들은 현지인들의 듬성듬성한 머리카락을 닮았다.

포장도로에 들어서자 고물차는 미끄러지듯 신나게 달린다. 길가에 원숭이들이 무리 지어 건널 때와 소떼와 양떼가 도로를 점령할 때면 약속이나 한 듯이 모든 차량이 멈춘다. 중간에 휴게소에 들러 토산품을 구경하고 출발하려는데 이번엔 일행의 차가 고장이다. 다시 마을로 돌아가 고친 뒤에 다시 출발! 이곳

길가의 소떼

엔 멀쩡한 것이 거의 없다. 그리고 이것이 일상이다.

7시간 걸려 나이로비의 숙소로 돌아왔다. 마사이마라(마사이 신비의 땅). 버킷 리스트 중 하나를 이루었다!

저녁은 맥주, 생선튀김, 햄, 소시지다. 우리는 매끼 현지에서 사 먹지만, 일행들은 한국에서 음식을 가지고 왔거나 조리해서 해결하는 모양이다. 아들에게 연락하니 크리스마스인데 산타클로스 할아버지가 아프리카에 가버려서 브라질에 선물이 안 왔다고 투덜댄다. 해마다 크리스마스, 어린이날에 장가 안 간 아들한테 거금 10만 원씩 선물로 줬더니만 이런 투정을 부린다.

7장 탄자니아
인류 시조 루시의 고향이자, 노예와 상아로 유린당한 땅

킬리만자로 가는 길, 아루샤·모시

나이로비를 떠나 탄자니아 킬리만자로산으로 가는 날이다. 차에 올랐는데 모리가 밖에서 굿바이! 하고 인사를 한다. 우리의 훌륭한 가이드, 모리도 굿 럭!

남쪽으로 달려 탄자니아로 간다. 시멘트 공장도 간간이 보이고 나뭇가지에 촘촘히 매달려 있는 위버weaver 새집도 보인다. 국경 도착 전에 휴게소에 들렀는데 빈대떡 같은 것과 옥수수, 오이로 점심을 대신했다. 케냐를 떠나 탄자니아로 들어가는데, 입국 수속에 4시간이나 걸린다. 길고 지루한 줄서기에 지친 사람들이 뻔뻔하게 새치기를 한다. 주로 백인들이다. 한두 명 정도면 모르겠는데 자꾸 끼어들기를 하니 화를 참다가 큰 소리로 "Line up here(줄을 서세요)!" 하니 그제서야 몰랐다는 듯 어깨를 으쓱하는 시늉을 하고는 뒤로 물러선다. 그제야 순조롭게 줄이 쑥쑥 줄어들며 앞으로 나간다.

입국 수속을 마치고 환전까지 마친 뒤 오가는 사람들 구경을 한다. 특이한 헤어스타일과 의상, 귀를 뚫어 길게 늘어진 귀고리 장식이 신기하다. 잡상인도 많고, 나이 많은 장님과 함께 구걸하는 어린아이도 있다. 그 와중에 쓰레기를 주워 주변을 깨끗이 하는 청년도 보인다. 길거리 음식은 사 먹기 불안해서 가능하면 자제한다.

길가의 바오밥나무

남쪽으로 올수록 케냐와 거의 비슷하지만, 지나가며 보이는 집들의 형편이 조금은 나아 보인다. 아루샤에 가까워지면서 좌측으로 높은 산이 부쩍 많이 보인다. 시내는 도로 확장공사를 하느라 한창이다. 아루샤Arusha는 북쪽으로 케냐와 국경을 접하고 북서쪽으로 세렝게티를 끼고 있는 도시다. 세렝게티 투어의 베이스캠프 역할을 하는 곳이기도 하지만, 탄자니아 역사에서 매우 중요한 '아루샤 선언'이 있었던 곳이다.

아루샤 선언

탄자니아는 15세기 말까지 아랍·페르시아·인도 등의 이슬람교도의 지배를 받았다. 이슬람교도는 내륙에 침입하여 노예사냥을 자행하였고, 잔지바르를 노예무역의 기지로 삼았다. 16~17세기에 포르투갈의 지배를 받았으나 18세기 이후는 동아프리카의 해안평야를 영토로 하는 잔지바르Zanzibar 왕국의 중심이 되었다. 19세기 후반부터 유럽 제국들의 아프리카 식민지화가 시작되면서 1892년 탕가니카Tanganyika는 독일령 동아프리카의 일부가 되었고, 1차 세계대전 후에는 국제연맹의 위임통치 지역, 2차 세계대전 후에는 유엔의 영국 신탁 통치령이 되었다. 에티오피아, 케냐와 더불어 아라비카 커피의 주요 생산국이기도 하다.

1954년 탕가니카 독립운동이 전개되어 1962년 영국으로부터 독립했고, 1964년 잔지바르와 합병하여 지금의 탄자니아 연합 공화국이 된다. 초대 대

모시 숙소에서 보는 킬리만자로

통령 줄리어스 니에레레Julius K. Nyerere가 1967년 아루샤 선언을 통해 주요 생산수단을 국유화하면서 사회주의 경제체제를 도입했다. 농촌 개발에서는 우자마Ujamaa 운동(국민 의식 개혁을 통한 농촌경제 부흥 운동)을 시도했으나 뚜렷한 성과가 없자 실용 노선으로 전환했다.

9시간을 달려 모시에 도착했다. 숙소는 YMCA다. 해발 5,895m로 아프리카 최고봉이자 '빛나는 산'이란 뜻을 가진 킬리만자로가 바로 손에 잡힐 듯이 보인다. 주홍색 예쁜 꽃을 피운 크리스마스트리 나무가 거리 곳곳에서 우리를 반긴다. 숙소에 짐을 풀고 한참을 걸어 마트에 간다. 먹거리와 함께 여기서만 맛볼 수 있는 맥주 킬리만자로, 세렝게티도 빼놓지 않고 구입한다. 숙소 풀장 앞 식당에서 킬리만자로 정상을 바라보면서 마시는 킬리만자로 맥주의 맛이란!

마랑구 게이트·킬리만자로 숲길

마랑구 게이트 가는 길은 1시간 정도 소요된다. 가는 길가에 멋있는 바오밥나무와 크리스마스트리가 즐비하고, 산이 가까워질수록 옥수수, 바나나 등이 보인다. 킬리만자로 입산 신고를 하고 허가받는 데 2시간 가까이 걸린다. 입구에는 산에 관련된 여러 인물의 기념 표식들이 즐비하고, 산 정상에 도전하는 팀들을 위해 4~5일 동안의 여정에 필요한 식료품과 프로판 가스통까지 준비한 현지 포터 5~6명이 기다리고 있다. 매점 입구에 우리나라 신라면과 김치 홍보 포스터도 붙어 있어서 반갑다.

나무가 울창한 숲에는 온갖 원숭이나 새 소리가 들리고 계곡엔 눈이 녹은 맑

킬리만자로

은 물이 흘러 내린다. 현지 가이드가 '크고 사나운 짐승은 없다'고 안심시킨다. 킬리만자로 산에는 조용필의 노래로 유명한 '킬리만자로의 표범'은 없는 모양이다. 처음 보는 푸른색 원숭이가 나무 사이를 뛰어다니는 것이 보인다.

걸음 빠른 젊은이들은 앞서 간다. 우리는 일행에게 뒤처져 현지 가이드와 함께 맨 뒤에서 가다가 식사할 수 있는 장소에서 도시락을 펼친다. 가이드와 포터들이 우리가 먹을 도시락을 들고 오는데, 본인들이 먹을 도시락은 없다고 한다. 안타까운 마음에 도시락을 나눠 주니 치아 상태가 좋지 않다는 담당 포터가 닭고기를 잘 먹는다. 다른 관광객의 포터도 우리 식탁에 같이 앉더니 반기문 유엔 사무총장을 안다고 친근감을 보인다.

26세의 건장한 현지 책임 가이드는 자부심이 대단하다. 최초의 인류가 탄자니아에서 시작되었다는 것이다. 320만 년 전에 살았던 것으로 추정되는 직립보행한 '최초의 인간' 루시Lucy의 발자국 흔적이 이곳에서 나왔다고 한다.

젊은 나이인데도 가이드 경력이 10년 가까이 되고, 킬리만자로 정상으로 올라가는 5개의 코스를 수십 번은 등정했단다. 그중 마랑구 코스는 가장 쉬워 '코카콜라' 코스이고, 두 번째 힘든 코스는 '위스키' 코스, 제일 힘든 코스는 '더블 위스키' 코스인데 거의 직벽이란다. 가이드로 돈을 벌어 내년부터는 다시 산을 탈 계획이라는데, 결혼은 안 하느냐 물으니, 자신은 킬리만자로와 결혼했다는 제법 낭만적인 말을 한다.

또 마사이족들은 참으로 이해할 수 없는 종족이란다. 왜냐고 물으니 "그들은

킬리만자로 입구에서 사진을 찍는 현지인들

들판에 있는 모든 것, 특히 전쟁의 원인인 '짐승, 물, 여자'는 당연히 마사이족의 것이라고 아직도 우긴다"라고 답한다. 사실이라면 신기한 사고방식이다.

내려오는 길에 우리보다 먼저 산행을 포기한 일행 두 명을 만나 커피를 한 잔 얻어먹고, 맑고 시원한 킬리만자로 계곡 물을 손으로 떠먹는 등 나름의 여유까지 즐겼다. 눈 녹은 물이라선지 계곡 물은 시원하고 먹을 만하다. 올해의 마지막 산행을 킬리만자로에서 마무리한다.

숙소로 돌아오는 길에 보는 킬리만자로 정상은 구름이 사라져 한층 선명하고 웅장하게 보인다. 저녁에 숙소 식당에서 주문한 닭고기 튀김은 어제 먹었던 달걀 프라이보다 맛있었다.

떠나면 다르에스 살람

이제 다르에스 살람(평화의 항구)으로 이동한다. 킬리만자로 익스프레스 버스가 숙소까지 와서 승객을 태워 간다. 차내에 흐르는 경쾌한 아프리카 음악에 장단을 맞추면서 창밖을 보니 좌측 풍경은 주로 산이고 우측은 광활한 평야다. 탄자니아와 케냐의 다른 점 중 하나는 바람에 나뒹구는 까만 비닐봉지가 거리에 안 보인다는 것이다. 모든 면에서 탄자니아가 좀 나은 것 같다.

간간이 보이는 바오밥나무들과 아름다운 주황색 꽃나무의 크리스마스트리와 위버 새집들. 농사는 곧잘 짓는데, 아무래도 물이 부족한 것 같다. 중간에 잠시 쉬어가는 간이 정류소에는 노천 시장이 열려 있고, 물건을 머리에 이거나 손에 들고 외치는 여인들도 많다. 내리는 승객이 혹시나 버스 짐칸에 있는 여행 가방을 바꿔치기 하려나 싶은 노파심에 틈틈이 창가를 내려다보기도 한다. 예

탄자니아 여인들

산길 마을

전에 미국 여행을 하던 아들이 버스 짐칸에 보관한 배낭을 통째로 분실한 적이 있었다기에…. 하물며 여긴 아프리카가 아닌가?

산길 마을에는 숯을 구워서 담아놓은 하얀 포대 자루가 도롯가에 늘어져 있고, 우리나라 1960년대에 많았던 흙집과 양철집들로 이루어져 있다. 파인애플 농사를 짓는 것 같은 곳은 숲이 울창하고 나무가 많다. 이곳은 물 형편이 좀 나은 듯하다. 누군가 훌륭한 지도자가 나타나 사심 없이 강력한 추진력을 발휘한다면 이 나라는 금방 발전할 수 있겠다. 특히 물 문제를 잘 해결한다면 말이다. 더욱 높아진 산세들은 지구대 협곡Great rift valley 지대를 지나고 있음을 알려준다.

바오밥 나무 Baobab tree

수령 2000년 이상으로 세상에서 가장 오래 사는 희귀 나무다. 주로 아프리카, 오스트레일리아에서 자라며 어마어마하게 굵은 줄기와 뿌리처럼 얽힌 가지들이 뻗어 나와 거꾸로 심어 놓은 모양이다. 자신의 생김새에 불평을 늘어놓자 신들이 뿌리째 뽑아 거꾸로 심어 놓았다는 전설도 있다.

6000년 전에 지구에 출현하였으며, 전 세계에 자생하는 8종 중 6종이 동아프리카 인도양의 마다가스카르 섬에 있다. 건조 기후에 잘 적응할 수 있도록 뿌리가 키의 2배(보통 키 20m면 뿌리가 40m)까지 깊이 내려가 수분을 많이 머금고 있어 생명의 나무라고도 불린다. 껍질과 잎은 염증과 열병 치료에 효과가 있고, 열매는 말라리아 치료 효과가 있다고 한다. 두꺼운 껍질 안에 수액이 많아 밧줄, 바구니, 종이, 옷, 집 울타리, 지붕 땔감 등으로도 쓰인다.

4시간 정도 지나서야 킬리만자로 익스프레스 전용 휴게소의 깨끗한 화장실

잔지바르의 석양

과 식당에 들른다. 장거리 버스 여행길은 언제나 화장실이 제일 문제다. 그래서 출발하기 전에 미리 물이나 음식을 최소로 섭취하여 원천 봉쇄하는 수밖에 없다. 가지고 온 과일과 빵으로 점심을 먹고, 땅바닥에 온갖 과일을 널어놓은 가게에서 열대 과일을 몇 개 산다.

그동안 아프리카 하면 정글을 떠올렸는데, 여긴 온통 메마른 사바나 기후다. 멀리 동쪽 방향 한 곳에 먹구름이 몰린다. 소나기라도 내리려나 보다. 흙벽돌과 시멘트 블록을 찍어 쌓아둔 곳이 점점 많이 보인다. 인도양에 접한 항구 수도 다르에스 살람('평화의 항구'라는 뜻)이 가까워지나 보다.

갑자기 차들이 많아지고, 옷, 침대 등을 파는 가게들이 보인다. 높은 언덕에는 중고 차량 매매장이 있다. 곧이어 사통팔달 난전 시장 거리가 나온다. 터미널에서 다시 우리 숙소까지 버스가 데려다준다. 가이드가 유능한지 택시비 정도를 지불한다고 하며 협상해줬다.

거의 12시간의 머나먼 여정이었다. 12시간 동안 휴게소에는 고작 두 번 들렀다. 에고고, 쭉 펴지 못했던 몸을 겨우 스트레칭해본다.

마트와 환전소 위치를 먼저 확인한 뒤 중식집에서 해산물 프라이드 라이스와 누들 수프, 킬리만자로 맥주로 오랜만에 만찬을 즐겼다. 거리엔 온통 탄두리 치킨 굽는 냄새와 연기가 진동하는데도 현지인들은 아랑곳 않고 맥주와 이야기로 밤을 즐긴다. 하지만 우리는 연기가 가득 찬 이 길을 지나기가 무척 힘들었다.

동아프리카 해안, 스와힐리 문명의 부침

이곳 동아프리카의 케냐, 탄자니아, 모잠비크 북부 해안지대에 사는 이슬람교를 믿는 반투족과 그들 언어를 총칭하여 스와힐리Swahili라 한다. '해안에 사는 사람'이라는 뜻의 아랍어 스와힐리에서 나왔다. 일찍이 중동의 페르시아·아랍·인도인들이 이곳 해안지대, 즉 케냐의 말린디Malindi, 몸바사Mombasa, 탄자니아의 탕가Tanga, 다르에스 살람, 킬와Kilwa, 린디Lindi와 잔지바르 섬, 펨바Pemba섬 등 항구를 거점으로, 아프리카·중동·인도로 이어지는 해상무역을 하고 있었다.

무역을 하러 왔던 아랍인들이 아프리카 원주민과 결혼함으로써 아랍인 부계, 아프리카인 모계를 둔 스와힐리인들이 태어났고, 이들은 이슬람 신앙과 아랍인과의 교역 위주의 생활양식을 이어왔다. 그래서인지 아랍인들이 많이 보인다.

15세기 말 포르투갈이 해양 진출의 선구자 해양왕 엔리케 왕자의 사후 거의 30년 만인 1488년, 바솔로뮤 디아즈Bartholomew Diaz가 희망봉에 도착하고, 1498년에는 바스코 다가마Basco da Gama가 모잠비크를 지나 케냐 몸바사에 도착한다. 이어 인도의 고아Goa에 총독부를 설치함으로써 금과 향신료를 찾는 동방 인도 항로를 구축한다. 이후 포르투갈이 200년 동안 동아프리카 해안, 아라비아해, 인도양의 바다를 지배한다.

당시의 해양대국 스페인은 포르투갈과 1494년에 맺은 토르데시아스Tordesillas 조약, 즉 아프리카 서해안 '아조레스 제도와 베르데곶Cape Verde Island 기준 서쪽 370레구아(약 2,100km)에 가상선을 긋고 그 선의 동쪽에서 발견되는 땅은 포르투갈이, 그 선 넘어 서쪽에서 발견되는 땅은 스페인 관할로 한다'라는 로마 교황 칙서에 따라, 아프리카를 포함한 동쪽 지역은 포르투갈 차지가 되고 스페인은 서쪽 아메리카 신대륙으로 진출한다.

당초 100레구아에서 370레구아로 변경하기로 합의했기 때문에 조약 이후 발견된 브라질 땅이 포르투갈 식민지가 되었고, 이것이 브라질이 남아메리카 국가 중 유일하게 스페인어가 아닌 포르투갈어를 사용하는 나라가 된 이유다.

이곳 동아프리카 해안은 동쪽 인도로 가는 길목의 항구 정박지이자 주요 물자 보급기지로서의 역할을 했다. 1580년 스페인 필립 2세의 포르투갈 왕위 계승 등으로 포르투갈의 세력이 약화된 데 이어, 1631년 몸바사에서의 반란 등으로 포르투갈의 지배력이 약해지자 이곳의 지배권은 영국과 네덜란드의 동인도 무역회사가 대신하게 된다. 1699년 모잠비크 북부 일부 지역을 제외하고는 아프리카에서의 포르투갈의 지배는 종말을 고한다.

그 후 아라비아해 인근 오만의 세력이 팽창하여 빅토리아 호수부터 탕가니카 호수에 이르는 통상로가 열렸고, 내륙 상업과 반투족의 이슬람화가 자연스럽게 진행되었다.

잔지바르 섬

아침부터 갑자기 소나기가 후두둑 내린다. 동남아도 아닌 아프리카에서 이런 소나기를 볼 줄이야. 비가 내려 다소 싸늘한데 커피 포트에 끓인 물을 부은 인스턴트 미역국을 맛보니 "바로 이 맛이야" 소리가 절로 나온다.

환전을 하러 가니 영업 시작은 8시 30분부터라고 쓰여 있는데 10시가 다 되어서야 문을 연다. '하쿠나 마타타(걱정하지 마, 모든 일이 잘 될 거야)'. 이곳에서 바쁜 건 항상 '시간이 금'인 관광객들뿐이다.

일행 모두 큰 짐은 숙소 2층의 방 하나에 보관하고 배낭에 간단한 짐만 챙겨 선착장으로 간다. 이 나라 경제 수도답게 거리나 건물들이 멋지고 그럴듯한데도 어딘지 모르게 칙칙하게 느껴지는 것은 무엇 때문일까? 사막의 아랍인들이 배를 타고 남으로 내려와 도시를 건설하여 터를 잡고, 인도와 동남아의 향신료

바다에서 보는 다르에스 살람

를 모아 팔던 집산지라는 역사. 그리고 잡혀온 노예들의 슬픈 이야기와 기운이 아직도 구천을 떠도는 것일까?

페리호(호올스)로 잔지바르 섬으로 간다. 바다에서 보는 다르에스 살람의 높다랗게 솟은 빌딩 서너 개가 특히 두드러져 멋있다. 멀어져 가는 잔잔한 항구를 바라보니 옛 아랍인들이 터를 잡을 만한 곳이로구나. 앞 바다에는 큰 섬, 작은 섬들이 수없이 떠 있고, 우측 큰 섬에는 큰 사원도 보인다.

어린 시절 푹 빠져 읽었던 신비한 이야기로 가득한 『아라비안나이트』와 홍미진진 손에 땀을 쥐게 하던 『신드바드의 모험』. 이라크의 바스라에서 출항하여 다우 선을 타고 홍해를 지나 인도양, 동남아의 여러 지역과 이곳 동아프리카 해

잔지바르 섬 페리호

안을 종횡무진 항해했던 뱃사람들의 이야기가 바로 『신드바드의 모험』 아니던가. 그 신비하고 기괴한 바다 세계가 바로 여기라니, 새삼 신기하다.

선상 2층 선미에서 고등학생으로 보이는 현지 친구들 5~6명이 유쾌하게 떠들기에 내가 카메라를 드니, 서로 어깨동무하고서 즐거운 표정으로 포즈를 잡는다. 하나 같이 잘 생기고 쾌활해서 탄자니아의 밝은 미래를 보는 것 같다.

선상 3층에는 바람이 불어 시원한데 현지인들이 대부분이고, 여자아이들은 아예 바닥에 누워서 간다. 한 꼬마 녀석이 내게 먼저 손을 내밀어 악수를 청한다. 옆에서 젊은 엄마는 웃으며 흐뭇해하는 눈치다.

우리는 운 좋게 에어컨이 나오는 앞자리로 잡았지만 선실 에어컨이 신통찮아

페리호에서 만난 아이들

매우 덥다. 일행 중 머리를 노랗고 파랗게 물들인 40대 엄마는 지중해 여행을 60일씩이나 했다는 여행광이라는데, 가지고 온 과자를 현지 아이들에게 나누어 주니 자연스럽게 얻어들 간다. 아이들과 정을 나누고 추억도 쌓는 여행법이다.

더위 속에 흔들리며 3시간 반이나 걸려 잔지바르 섬에 도착한다. 같은 탄자니아인데도 다시 입국 신고를 해야 한다. 1971년 탕가니카와 잔지바르가 통합하여 탄자니아 공화국이 되었지만, 잔지바르의 옛 권위와 섬의 동식물 보호를 위해 별도 절차를 거치는 모양이다. 내리는 짐 중에 종이상자 수십 개에 갓 부화한 병아리 수천 마리가 삐약삐약 하며 실려 나온다.

잔지바르의 역사

페르시아어로 흑인이란 의미의 Zanzi(잔지)와 사주해안을 뜻하는 Bar(바르)의 복합어로 '검은 해안'이란 뜻이며, 섬 전체가 산호섬이다. 고대 페르시아인들은 아라비아해를 앞마당으로 생각하고 이곳에 도시를 건설하였다. 1107년 최초의 이슬람 사원이 세워졌고 해상 중계무역 아랍 범선(다우선)의 기항지이기도 하다.

1498년 희망봉을 거쳐 항해해온 바스코 다가마가 이곳을 방문한 이후 유럽에 알려지기 시작했으며, 16세기에는 포르투갈이 점령하여 그 일부가 되기도 했다. 서북쪽에 있는 펨부Pembu섬과 함께 향신료와 노예를 거래하는 시장으로 악명을 떨쳤다.

1828년부터 1861년까지 오만 제국의 수도였으며 1861년부터는 오만에서 분리한 잔지바르 왕국의 수도로 왕궁 소재지였다. 1890년 영국과 독일제국이 맺은 헬골란트-잔지바르 조약Heligoland-Zanzibar Treaty으로 독일 북부 함부르크에서 가까운, 해안에서 46km밖에 안 떨어져 있는 영국 소유의 섬인 헬골란트와 잔지바르를 상호 맞교환함으로써 영국의 보호령이 되었다. 1963년 영국 보호령이 종료되고, 1964년 잔지바르 혁명 후 탕가니카와 합병하여 탄자니아 연합 공화국이 된다.

아프리카·아랍·유럽 문명이 함께 섞여있는 독특한 문화와 무역항, 노예시장, 술탄 왕궁, 이슬람 사원, 성공회 성당과 좁은 골목길 등이 잘 보존되어 스톤타운Stone Town은 2000년 유네스코 세계문화유산으로 지정되었다.

섬 북쪽 끝에 있는 바닷가 능귀Nunggi로 이동한다. 길가엔 열대 나무와 과일들이 풍성하고, 이슬람교도를 상징하는 하얀 옷과 터번을 쓴 남자들, 히잡을 두른 여인들과 학생들 분위기가 아랍에 온 것만 같다. 고목나무 아래 옷가지들을 감아 놓았는데 옛날 우리네 농촌에서 보던 풍습 같은 의미가 있는 것일까? 아니면 티베트 불교에서 행하는 죽은 자의 옷가지인가?

한 시간 정도 걸려 바닷가 숙소에 도착하니, 나무도 꽃도 많은 아름다운 곳이다. 우리는 골목을 빠져 나와 바로 바닷가로 간다. 바다와 노을이 어우러진 멋진 풍광을 보며 식사를 할 예정이다.

잔지바르 섬 능귀 해변

〈아, 능귀!〉

하얗고도 조용한 산호초가 만들어 낸 모래밭,
물에 담근 발바닥만이 그 전설을 듣는다.
바다엔 다우선, 붉은 망토 긴 막대기 마사이 전사들,
자카르타서 본 듯한 지붕 지붕들.

일몰은 서쪽 뗌부 섬을 넘어가는데,
아, 한숨밖에 지을 게 없구나.
킬리만자로 맥주 맛은 왜 그렇게 좋은지,
폭우는 또 얼마나 쏟아지는지.
아프리카인데도 말일세.

향신료 농장·스톤타운

밤늦게 비가 억수같이 퍼부어 새벽녘까지 빗방울이 양철 지붕을 두들기는 소리가 얼마나 요란한지 잠을 설쳤다. 그래도 잠을 깨우는 소리가 그저 싫지는 않다. 아침이 되니 언제 비가 왔느냐는 듯 햇살이 쨍쨍하다.

간밤에 모기 놈들이 나의 방문을 환영하느라 그랬는지 아주 큰 침을 세 방이나 가슴팍에 기념으로 놔 주었네. 고맙구나, 이놈들아.

잔지바르에서도 특히 바다가 예쁘기로 유명한 능귀 해변이 코앞이다. 일행들은 보트를 타고 바다로 나가 스노클링을 한다는데, 나는 얼마 전에 괌에서 스노

클링을 한 터라 아름다운 해변을 한가로이 걷기로 한다. 하늘색부터 푸른색, 초록색까지 어우러진 바다만 보고 있어도 황홀하다.

새하얀 모래가 깔린 해변에서 허리를 굽혀 조가비를 열심히 줍는다. 바닷가로 이어지는 골목에는 민속관광품, 팅가팅가 민속 그림을 쭉 걸어 놓았다. 커다랗게 쓴 'Hakuna Matata!(하쿠나 마타나)'도 있다. 기념으로 마사이족 작은 목각 인형 한 쌍을 샀다.

해변은 심한 조수간만의 차로 인해, 바닷가 레스토랑 근처까지 물이 차올라 있다. 바닷가 집들 담벼락과 메마르고 날카로운 돌 위에 제법 큰 나무들이 뿌리를 박고 끈질기게 견뎌 내고 있어 감탄을 자아낸다. 아득히 보이는 해안가, 평화로운 사람들, 천국이 있다면 이런 곳이 아닐까? 그런데 아프리카 내륙에서 잡아온 노예들을 도망가지 못하게 가뒀던 곳이 바로 여기라니. 아이러니가 아닐 수 없다.

농장에서 코코넛 나무 타는 모습

오래된 문

날씨가 덥다. 휴양지로 걸맞은 날씨와 풍경이라선지 백인 관광객들이 많다. 여인들은 땡볕에 몸을 태우고 청년들은 모래밭에서 배구를 한다. 우리는 모래사장 그늘에서 뉴스를 검색하며 시간을 보낸다. 최순실, 대통령 탄핵, 광화문 촛불 등 한국의 아픈 이야기들이 여기에서도 들린다. 이번 기회에 나라가 좋은 방향으로 나아가야 할 텐데. 점심으로 문어 요리를 먹었는데, 문어 같지 않게 질기지 않고 엄청 부드럽고 맛있다.

스톤타운으로 가는 길에 향신료 농장에 들린다. 계피 나무, 생강, 열대 나뭇잎들로 만든 모자, 넥타이도 걸쳐 본다. 높다란 코코넛 나무에 발바닥 얇은 새끼줄 같은 걸 걸치더니 삽시간에 올라가서 코코넛을 따서 던져주기도 한다. 열대 과일들도 맛본다. 열대 잎으로 만든 모자와 넥타이를 메고 사진도 한 컷! 땅바닥 곳곳에 작은 개미들은 다리를 타고 올라오고, 모기는 또 얼마나 많은지 잠시도 방심할 틈이 없다.

잔지바르의 중심가 스톤타운 숙소 3층에 짐을 풀고 거리를 돌아본다. 골목을 들어서니 미로처럼 꼬불꼬불하여 길 잃기 십상이지만 오래된 골목이라 골목 자체가 관광 코스이기도 하다. 이걸 아는지 현지인이 길 안내를 자처하기에 고맙다고 했더니, 아니나 다를까 돈을 요구한다. 공짜 친절이 아니었다. 아랍인들의 숨결, 인도인들의 흔적, 오래된 대문. 팅가팅가 그림들, 기념품들, 마사이족들의 아주 간단하게 만든 바닥만 있는 검은 슬리퍼 신발, 장난감.

팅가팅가Edward Saidi Tingatinga(1932~1972)

팅가팅가는 탄자니아 남쪽 모잠비크 국경 지역에서 이슬람교도 아버지와 크리스천인 어머니 사이에서 태어났다. 그의 이름에 에드워드라는 영국식 이름이 들어간 이유다. 집안이 가난해 외가에서 자랐으며 농장에 노동자로 일하다가 1950년대 다르에스 살람에서 영국 관리의 요리사로 일하던 삼촌의 도움으로 그곳 정원사로 일한다.

1968년 이후 타고난 소질로 화가 생활을 시작한 그가 사용하는 그림 기법이 그의 이름을 따서 지은 팅가팅가이며, 이웃 나라인 케냐, 모잠비크 등 동아프리카에 널리 퍼져있다. 그림의 주제, 소재는 주로 아프리카의 야생동물, 사바나 풍경, 바오밥나무, 마사이족 등이다. 단순하고 천진하면서도 과장된 익살을 캔버스 천에 강렬한 원색으로 표현한다. 우리의 익살스러운 민화와 비슷하다. 거리의 화가들이 그리며 주로 관광객들에게 판매된다. 1972년 팅가팅가는 그를 도망자로 오인한 경찰이 쏜 총에 죽는다. 어디서나 애꿎은 죽음이 있다.

1500년대 유럽인들은 노예와 상아를 완전히 산업화했다. 30kg이 넘는 코끼리 어금니를 해안까지 운반하는 데는 노예 한 명이 필요했다. 상아가 노예보다 귀중했다. 아이를 업고 있는 여자도 많았다.

내륙 먼곳에서부터 해안으로 향하는 긴 여정에 많은 노예들이 죽었다. 노예상인들은 병든 노예를 죽이고, 귀중한 상아를 위해 등에 업힌 어린아이도 서슴치 않고 죽였다. 이렇게 해안으로 온 노예와 상아는 다 배에 실려 잔지바르 섬에 가서 판매됐다.

죽은 노예는 그냥 바다로 떠내려 보냈고, 원주민들이 해안이나 백사장에 떠내려온 시신을 끌어내어 묻어주곤 했다.

팅가팅가의 그림

노예 석상

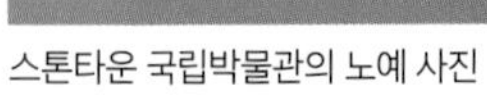

스톤타운 국립박물관의 노예 사진

시장 풍경

골목길을 지나 수산시장으로 들어서면 흐물흐물한 문어와 생선들이 많다. 건물 안의 시장통에는 큼지막한 고깃덩어리도 보인다. 도롯가에는 온갖 채소로 널브러져 있어 활기 넘치고 사람 사는 맛이 나기는 한데 뭔가 썩는 냄새가 엄청 나다. 냄새 때문에 입구에서 간신히 버티다가 시장 바깥 모퉁이에서 기껏 뭉뚝한 오이 한 다발만 샀다.

돌아오면서 교회에 들른다. 원래 이곳은 노예를 경매하던 시장이었는데, 그 자리에 영국 성공회 교회를 지었다고 한다. 제대 앞이 바로 경매하던 곳이라고. 한참 동안 자리에 앉아 기도를 올린다. 불쌍한 영혼을 위함인가? 교회 옆 한쪽 마당에 땅을 판 자리에는 목에 쇠사슬을 맨 노예 5명의 석상이 서 있다.

해변의 대포

잔지바르 스톤타운 공원 야시장 풍경

앞쪽 입구 쪽 건물에는 지하에 노예들을 가둬 놨던 현장이 그대로 보존되어 있다. 작고 좁고 어두컴컴하고 화장실도 없는 칙칙한 공간. 노예로 팔려 나가기 전까지 임시로 수용됐던 곳이다. 1층 벽면에는 당시의 참상들을 남긴 사진들과 유물들을 전시해 놓았다. 소에게나 하는 코뚜레를 노예에게 했다. 성인은 물론이고 어린 여자아이도 있다. 아, 인간의 탐욕이 얼마나 많은 죄악과 상처들을 가져다주었는지…. 노예상인들에게 이들은 상아보다 못한 가축일 뿐인가? 분노를 참으며 그곳을 벗어났다.

골목에서 바닷가 쪽으로 나오면 술탄이 살던 궁전 앞 공원에 밤이면 야시장이 들어선다. 바다를 향해 녹슨 대포들이 나란히 놓여 있고, 옆 도로에서는 청소년들 수십 명이 신나게 바닷속으로 뛰어든다. 어떤 아이는 빠르게 뛰어가서는 점프하여 다이빙하고, 어떤 녀석은 바로 위에서 퐁당 뛰어내리기도 하고, 물

잔지바르 섬 스톤타운 공원 앞 해안 야경

에서 기어올라오는 녀석들도 있다. 그리고 올라오자마자 또 뛰어내린다. 바다가 유일한 놀이터인 듯 여기저기 환호성이 터지고 즐겁기만 하다. 놀라는 우리를 보고 더 크게 웃는다. 보는 이도 행복해하는 아이들을 보느라 시간 가는 줄 모른다. 저렇게 막 뛰어들다가 물속에서 미처 나오지 못한 아이랑 박치기하여 다치지는 않을까? 하는 염려도 있지만, 그건 우리 생각. 무거웠던 마음이 한결 편해진다.

바로 옆에 선상 레스토랑이 멋있게 자리 잡고 있다. 선상 레스토랑의 옥상에 올라서 보는 바다와 해안의 굴곡진 풍경은 평지에서 보던 것과는 또 다른 멋이 있다. 조그만 목선들이 필리핀에서 본 것과 비슷하게 양 측면에 대나무로 막대를 만들어 걸쳐 놓아 배의 균형을 잡도록 해 놓았다. 자세히 보면 필리핀은 통째로 배를 가로질러 크게 걸쳤는데, 이곳은 양옆에 따로 개별로 걸쳐져 있다.

오늘이 12월 31일, 올해의 마지막 날이다. 멀리 바다 넘어 보이는 수평선 어딘가로 열심히 이동하고 있는 배들, 노을에 물드는 바닷가 공원. 이런 아름다운 풍경을 보며 한 해를 마감할 수 있어 감사하다. 올해도 건강하고 무사히 보낼 수 있음에 감사하며 내년에도 무탈하기를 기도한다.

일행 몇 명과 식사하면서 여행 이야기로 꽃을 피운다. 좋아서 하는 것은 아무리 힘들어도 즐겁다. 혼자 온 어느 여성 여행자는 올해 9월 한 달만 빼고 매달 여행을 했다고 한다. 여행 마니아가 참 많구나. 나는 명함도 못 내밀겠다. 직장에 사표까지 던지고 여행에 몰입하는 삶, 멋있다고 해야 하나 무모하다고 해야 하나? 사는 방식은 모두 다르니 뭐라 판단하지는 못하겠다. 12월 31일을 기념하여 일행에게 로컬 맥주 한 병씩 쏘았다.

숙소 에어컨이 신나게 가동된다. 오늘밤은 모기 놈들이 접근 못 하겠지? 모기에게 시달리지 않고 푹 잘 수 있게 해주세요.

프리즌 아일랜드

소형 동력선으로 30분 거리에 있는 프리즌 아일랜드Prison Island로 간다. 본래 스와힐리어로 창구 섬Changuu Island이라 불렸는데, 1860년대까지 무인도였으나 1894년 영국에서 이곳에 감옥을 지어 잔지바르에서 범죄를 저지른 죄수와 경매로 팔린 노예들이 도망가지 못하게 임시로 가둬 놓는 노예수용소로 쓰여 별칭이었던 프리즌 아일랜드로 더 유명해졌다.

이런 어두운 역사가 있지만 섬의 해변은 너무나 아름답고 맑고 깨끗하다. 청정한 바다 위 선착장에 높다란 철제 다리가 길게 섬까지 연결되어 있어 조수간만의 차가 얼마나 큰지 알 수 있다.

프리즌 아일랜드

프리즌 아일랜드로 들어가는 다리

지구상에서 가장 큰 거북이로 알려진 알다브라 거북이를 보호하고자 잔지바르 정부가 세계동물협회의 지원을 받아 세운 거북이 보호소가 이곳에 있다. 알다브라 거북이는 현재 국제자연보존연맹의 멸종위기생물 목록에 올라있다. 이 보호소에서 많은 거북이를 보호·사육하고 있다. 거북이 등에 나이를 페인트로 써놨는데, 최고령 거북이는 192살이다. 여기저기 마음대로 기어다녀 사람 다니는 길가에도 많이 있다. 더럽고 열악한 물웅덩이에서 이 나이까지 살았다는 게 믿어지지 않는다.

잘 닦아놓은 길을 따라 감옥이었던 시설을 둘러본다. 노예를 가두던 방은 현재 바가 있는 카페와 식당으로 만들어 관광객을 맞고 있다. 남쪽 바다 가까운 곳에 높다란 벽과 제법 넓은 공터가 있고, 양쪽에는 노예를 묶었던 큰 말뚝이 아직도 남아 있다. 바닷가는 제법 깊은 낭떠러지인데, 밀물 때는 물이 차올라 배가 바로 접안해 노예들을 쉽게 옮겨 태울 수 있었단다. 이렇게 아름다운 섬에 이토록 슬픈 역사가 있다니. 분노가 차오른다.

노예 삼각 무역(유럽, 아프리카, 북·중남미)

신대륙 발견으로 사탕수수, 목화, 커피, 담배와 광산 개발에 인력이 부족하자 아프리카 흑인들을 노예로 잡아와 평생 고된 일을 시켰다. 유럽 노예상인들이 아프리카 통치자에게 공산품과 총을 주고 노예사냥 허가를 받아 잡은 노예를 미국과 중남미 농장이나 광산주에게 팔고, 생산된 제품은 유럽으

거북이 보호소

프리즌 아일랜드

로 수송되었다. 두세 달은 걸리는 오랜 항해 기간에 배 안에서 거의 30%가 사망하곤 했다. 돈에 눈 먼 인간이 얼마나 잔인할 수 있는지 그 극한을 보여 주는 것이 아프리카 노예 매매의 역사다. 아프다, 아프리카여.

어제 아이들이 물놀이 점프하던 곳은 썰물 시간인지 물이 빠져나가 하얀 모랫바닥이 드러나 있다. 미로 같은 골목을 다시 어슬렁어슬렁 돌아다니다 'Hakuna Matata, Zanzibar'라고 새겨진 머그잔 하나를 샀다. 이곳 잔지바르, 아름다운 천국과 지옥을 기억하면서 커피를 열심히 타 먹을 용도다.

옛 성old porte 안에 있는 원형 노천공연장, 국립 박물관은 건물이 낡았고 공기는 탁하다. 1층에 커다란 배를 전시해 놓았는데 천정까지 공간이 뚫려 있다. 2층에는 상아와 술탄의 초상화, 1880~1890년대의 미국 유럽의 개방 압력과 이슬람 중동, 인도의 혼합 문화를 이곳에서 본다.

어제 갔었던 바닷가 레스토랑에 또 간다. 정월 초하루의 식당은 사람들로 북적인다. 일행 중 혼자 여행하고 있는 여자분은 모퉁이 식탁에서 홀로 식사를 하다가 우리를 보고 반가워하면서 가져온 한국 음식을 권했다. 식사 주문을 해놔서 마음만 받았다. 우리나라 사람들의 마음 씀씀이가 고맙고 따뜻하다.

바다를 넘어가는 석양과 돛단배. 올 한 해도 큰 사고 없기를 간절히 기도해 본다. 감사가 넘치는 한 해가 되길.

스톤타운의 원형 노천극장과 성안 공터

다르에스 살람으로 귀환

잔지바르는 전설적 록 그룹 퀸의 보컬 프레디 머큐리의 고향으로도 유명하다. 숙소에서 그리 멀지 않은 곳에 프레디 머큐리의 생가가 있다고 하여 가보았다. 관광객들이 엄청나게 많다. 우습게도 잔지바르에 프레디 머큐리의 생가라는 곳이 세 군데나 있는데 어디든 사람이 바글바글하다.

오후 4시에 출발하는 페리 시간은 아직도 많이 남았다. 어제 갔던 중식당을 찾아 양배추 볶음과 치킨 라이스 볶음을 맛본다. 맛있다. 나는 입에 맞지 않는 음식이 없는 복 받은 입맛이다. 내일 다르에스 살람에서 잠비아 루사카까지 가는 타지라 열차(2박 3일) 예약 표가 확정이 안 되었다고 가이드는 걱정이 태산이다.

친구한테 킬리만자로 사진이랑 프리즌 아일랜드의 192살짜리 거북이 사진을 보내면서 혼자 와서 미안하다 했더니, '여행 잘하고 거북이처럼 건강하게 오래 보자꾸나' 한다.

카톡, 참 편리하다. 비용 하나 들이지 않고도 사진, 전화통화가 모두 해결된다. 얼마 전까지만 해도 이런 편리함을 꿈이나 꾸었을까? 아날로그 시대와 디지털 시대를 모두 사는 나, 새로운 시대로 건너가는 중이다.

출국하는 선착장에 각 나라 국기들이 걸려 있는데 태극기도 눈에 띈다. 반갑구나. 2층 뱃머리 쪽에 자리 잡았는데 이 배는 에어컨도 시원하다. 선실 바깥에 앉아 웃으면서 즐겁게 수다를 떨고 있는 검은 피부의 두 아가씨가 볼수록 미인이다. 밝은 표정들까지 싱그럽다. 멋들어진 모자 하며 세련된 옷 맵시를 보니 혹시 패션모델인가 싶다. 이곳의 젊은 남녀들은 미남·미인이 많다. 소말리아의 사막에서 유목민 생활을 하던 목동 출신이었으나 지금은 세계적으로 유명한 패션모델이 된 와리스 디리 자서전 『사막의 꽃』이 떠오른다. 와리스 디리는 이곳에서 위쪽으로 조금만 올라가면 있는 아프리카 대륙의 뿔, 해적의 나라로 유명한 소말리아 출신이다. 그녀의 이름 와리스 디리는 소말리아어로 '사막의 꽃'이라는 뜻이다.

소말리아는 지구상에서 낙타가 제일 많은 곳이다. 인간의 목숨도 낙타로 계산한다. 어린 새엄마와 사는 아버지가 그녀가 열두 살 때 결혼 자금이라는 명목으로 낙타 5마리에 60대 노인에게 팔았다. 그날 저녁 엄마에게 결혼 못하겠다고, 모가디슈에 있는 이모를 찾아가겠다고 한 뒤 새벽에 맨발로 도망간다.

우여곡절 끝에 소말리아의 수도 모가디슈에 도착하고, 이모도 만난다. 더욱

출국 선착장에서 만난 여인들

다행하게도 이모부가 소말리아 대사로 임명받아 영국으로 가게 된다. 와리스는 이모 가족과 함께 런던으로 가서 가정부로 살아간다. 그러다 우연히 유명한 사진작가의 눈에 띄어 유럽과 미국 패션 모델이 되는 행운을 잡는다.

1997년 자서전적 이야기『사막의 꽃』을 출간했고, 영화로도 제작된다. 사막의 꽃 재단을 만들어 아프리카 여성 구호와 할례 여성을 치료하고 있다. 이후 유엔의 여성 할례 반대 특별사절로 활동한다.

세계적인 모델로 성공하고, 전 세계 여성을 위한 인권운동가가 된 그녀의 굳센 의지와 용기에 찬사를 보낸다. 멋진 저 와리스 디리들에게도 꿈꾸는 일이 꼭 이루어지기를 바란다.

돌아가는 뱃길은 조류를 타고 가는 길이라 올 때와는 달리 2시간밖에 안 걸린다. 다시 찾은 다르에스 살람은 낯설지 않다. 오늘 저녁도 맛있는 중식집 태화루에 들러 킬리만자로 맥주와 함께 행복했다. 내일 일은 내일 걱정해도 된다. 이것이 바로 여행길에서 배우는 여유다.

다르에스 살람 시내 구경

타자라 열차 좌석 예약이 확정되지 않은 상태지만 걱정 없다. 정 안 되면 비행기를 이용하면 되겠지. 2박 3일 동안 기차를 타며 고생하지 않아도 되니 오히려 나을 수도 있다. 속으로 은근히 열차 예약이 안 되길 바란다. 이런 나와는 달리 일행 중에는 힘들더라도 기차를 타고 가면서 볼 수 있는 비경을 놓치는 게 아쉽다는 눈치들도 있다.

스톤타운 바다에 뛰어드는 소년들

결국 비행기로 이동하기로 확정되었다. 오늘은 일정이 따로 없어 다르에스 살람 시내를 내키는 대로 돌아다닐 작정이다. 숙소 앞에 대기 중인 힌두교도 기사의 차로 다르에스 살람대학 근처에 있는 음리마니 쇼핑몰로 간다. 삼성전자 제품을 취급하는 가게도 있다. 맥주와 칠리소스, 사과와 복숭아 요구르트도 구입하고, KFC 치킨집에 가서 닭고기와 함께 점심을 먹는다. 근처에 대학이 있다더니 안 보이고, 기숙사 같은 집들만 쭉 늘어서 있다.

타자라 철도 Tanzania·Zambia Railway

탄자니아의 인도양 관문인 다르에스 살람에서 잠비아의 카피리 음포시까지 연결·운행하는 1,860km에 이르는 철도 노선이다. 탄자니아-잠비아 철도공사 TAZARA가 운영하며 스와힐리어로 '자유'를 뜻하는 우후루 철도 Uhuru Railway로 불리기도 한다.

1970년부터 1975년까지 중국이 자본을 대고 기술자 13,500명을 파견하여 완공되었다. 1975년 준공 당시 최대 규모의 해외 원조 사업이었고, 사하라 이남 아프리카에서 가장 긴 철도 노선이었다. 애초 잠비아가 남쪽의 소수 백인 통치 영토인 로디지아와 남아공을 통과하지 않고도 구리 광물을 항구로 보낼 수 있도록 건설되었다. 탄자니아·잠비아 지도자들의 범아프리카주의와 중국의 아프리카 신생 독립국을 위한다는 취지에서 지원이 이루어졌

탄자니아 국립박물관

다. 관광열차 소요 시간은 36시간이 걸리지만 50시간이 넘게 걸릴 수도 있다. 내륙으로 들어갈수록 국립공원, 동물 보호구역의 동물, 강과 계곡, 습지 등을 통과하여 볼거리가 많고, 역마다 정차하여 고생은 많지만, 현지인의 일상생활을 함께 느낄 수 있다.

국립박물관을 가려고 택시를 탔는데 기사가 길을 몰라, 거의 40분 걸리고 3번이나 차에서 내려 지나가는 사람들에게 물어서 겨우 찾아갔다. 입장료를 6,000원 정도 받는다.

선사시대, 철기시대부터 현대까지 암각화, 상상도, 노예 상인, 큰 코끼리, 상아, 제2차 세계대전, 1964년 탄자니아와 잔지바르의 합병까지를 다루고 있기는 하나 2층짜리 건물에 전시된 내용이 빈약하기 그지없다. 그 중에 인상적인 것은 바다에 버려져 바닷가에 떠내려와 모래에 반쯤 묻힌 노예들의 시체를 그린 큰 그림이었다. 마치 노예선 종Zong호의 노예 학살을 그린 영국 화가 윌리엄 터너의 그림을 보는 듯하다. 그림에 제목이 있다면 〈노예선〉 혹은 〈바다에 던져지는, 죽었거나 죽어가는 노예들, 몰려오는 폭풍〉이 걸맞지 않을까.

내 친구 H 화백이 노예선 종 호 이야기를 들었다면, 끝없는 영감으로 가슴을 울리는 그림을 그려냈을 것이다. H 화백의 그림 중 〈체코, 남 보헤미아주의 체스키 크룸노프 중세 마을〉을 특히 좋아한다. 뾰족한 성당 탑과 붉은 색조의 지붕에 냇물이 마을로 평화롭게 지나가는 풍경이 우리 집 벽에 걸려 있다. 아들과 같이 여행했던 곳이라 눈에 익고 애착이 가는 그림이다.

노예선 종 호 학살 사건 Slave ship Zong Massacre

노예선 종 호의 선원들이 1781년 11월 29일부터 노예로 붙잡힌 133명의 아프리카인을 살해한 사건이다. 종 호 학살 사건은 삼각 무역의 끔찍한 실상을 알리는 상징이 되었고, 노예 제도 폐지 운동이 확산되는 데 큰 영향을 주었다. 결국 영국은 1807년 노예 무역 금지 법안을 만들었다.

사건의 개요는 이렇다. 1781년 영국 리버풀의 노예 무역 신디케이트 소속 종 호는 흑인 노예 442명을 싣고 아프리카에서 출발하여 카리브해 자메이카로 항해하고 있었다. 항해를 시작한지 2달이 채 안 되어 항해 미숙으로 선원 6명과 노예 60명이 죽었다. 물과 보급품도 거의 바닥이 나고, 이대로 가면 모두 죽는다고 판단한 선장은 보험금도 타고 위기도 돌파할 작정으로, 사흘에 걸쳐 사슬에 묶인 142명의 노예를 산 채로 바다에 던져 익사시켰다.

1783년 선주는 이 사건으로 입은 손해를 보험사와의 계약 조건에 따라 "화물인 노예Slave as cargo가 배에서 사망하면 선주의 책임이라 보험금을 지급하지 않아도 되지만, 노예가 바다에서 실종되면 화물로써 보험금을 지급한다"를 들어, "위급한 상황에서, 배를 구하기 위해 선장이 화물을 바다에 버린 경우에 해당하므로, 노예 1명당 30파운드를 지급해달라"고 보험회사를 상대로 법원에 소송을 제기했다.

이에 법원은 처음에는 합법이라고 판정하였고 보험회사의 항소심에서는 익사 사건 행위가 위급한 상황에 "말을 바다에 던진 것과 같은 상황에 해당한다"라고 판결하였다. 그러나 살아남은 노예 한 명의 폭로로 선상에 아직 충분한 물이 있었다는 점과 선장이 배의 운항을 잘못 관리한 책임을 물어, 보상금 지급은 기각되었다. 그러나 선장과 선원 누구도 처벌받지 않았다.

소송이 논의되는 동안에 누구도 이것이 학살이라고 생각하지 않았다. 그로부터 20~30년이 지나면서 노예 해방 논의에 자주 거론되는 중요한 사례로 부상했으며 1780년대 말의 노예 폐지 운동 확산을 촉발시켰다.

박물관 뒤편 별도 건물 안에는 사진과 함께 전통 집 모형을 만들어 놓았는데, 긴 막대 같은 나무에 사람 얼굴을 촘촘히 그리고 층층이 조각해 놓았다. 근처 담 너머는 식물공원botany garden인데 나무들이 그리 많지 않고 정돈된 느낌이 아니다. 그래도 대학교 학생들은 활기차고 단정하다. 학교 앞에서 마주한 대학생들은 세련되고 지성적으로 보인다. 역시 배움은 중요한 가치를 지니고 있다.

수산시장에 가고 싶어 지나가는 젊은 아가씨에게 길을 물으니 택시를 타는 게 좋다고 해서 택시로 이동했다. 알고 보니 대통령 궁을 조금 지나 가까운 데 있어서 걸어가도 될 만한 거리였는데….

시장통에는 생선 냄새가 진동하고 건물 안에서는 경매도 열린다. 구석에는 카드놀이를 하는 사람, 어느 집은 고기를 데쳐서 내어놓고 호객 행위를 하고 있다. 길거리 포장마차에서 문어와 오징어를 삶아서 팔고 있었는데 현지인들이 먹는 모습에 침이 꼴깍 넘어간다. 하지만 위생이 염려되어 참는다. 오늘 하루도 알차게 구석구석 돌아다녔다.

마콤부쇼 전통집

다르에스 살람 해변가

팅가팅가 그림과 목각 조각을 파는 조각 공원(음유지 가벗 상가)에 들려 구경하고, 마콤부쇼에 들러 다양한 전통 집을 둘러본다. 벌레를 쫓을 목적으로 집안에 불을 피우고 있는데, 나는 더워서 도저히 못 살겠구나 싶다. 바닷가 길을 끼고 돌면 멋있는 해변이 보이는데 이곳 돌출된 곳이 뷰 포인트다. 선인장밭이 연달아 있고 바닷바람은 시원하게 분다.

젊은 청년이 방송 인터뷰를 청한다. 탄자니아, 특히 킬리만자로의 모시와 잔지바르는 정말 멋진 곳이라고 이야기했다. 교육에 관해 묻는데 아는 게 있어야지, 솔직히 잘 모르는 분야라고 얼버무렸다.

바닷가 풍경이 정말 멋있다. 간조의 영향으로 바닷물이 멀리까지 빠져나가 파래와 해초들이 드러나 있고, 건너편 백사장에 파라솔과 사람들이 누워있다.

아침에 작은 형님이 세상을 떠났다는 메시지가 뜬다. 갑작스러운 소식에 어

다르에스 살람 해변가 선인장 밭

찌할 바를 모르겠다. 꼭 가봐야 하는데… 너무 멀리 나와 있어 못 가네요. 형님, 죄송합니다. 딸 내외를 대신 문상케 하고 위로해드리도록 했다. 지난 9월에는 큰 형님이 떠나셨다. 아아, 부평초 같은 덧없는 인생이여….

여행 가방 모서리가 깨져 호텔 주인한테 테이프를 빌려 임시로 붙였다. 괌에 갔다가 눈에 잘 띄는 주황색으로 신경 써 고른 것이고, 이번 여행에 처음으로 가지고 나온 것인데 내구성이 영 꽝이다. 호텔 주인이 핸드폰에 작은 글자 입력하는 게 힘들다 하기에 도와줘서 바로 빚을 갚았다.

일행 중 한 아주머니의 짐이 무거운 것 같아 기내까지 들어다 주었는데 얼마나 무거운지 깜짝 놀랐다. 취사도구나 먹거리를 이렇게나 많이 들고 다니시나?

비행기로 2시간 만에 잠비아의 루사카 공항에 도착한다. 밖에는 부슬부슬 비가 내리고 입국신고와 비자를 받는데, 앉을 곳도 없이 짐 찾는 곳에서 족히 2시간은 기다린다. 창밖으로 보이는 풍경을 보니 잠비아는 화장실도 도로도 깨끗하다. 탄자니아보다는 살기가 좀 나은 듯하다.

숙소까지 택시 대당 30달러라 4명을 채워서 탔다. 숙소까지는 15분가량으로 얼마 걸리지 않았는데 공항에서 이래저래 시간을 보내 밤늦게야 도착했다.

8장 잠비아
생명의 강, 잠베지

루사카

잠비아에서의 첫날이다. 어젯밤 잠은 잘 잤다. 숙소에서 체크아웃을 하고 짐은 맡겨둔 채 20분 정도 걸어가 환전부터 한다. 먹을거리로 치킨, 과일, 빵, 요구르트, 우유 등을 사서 2층 KFC에서 아침 겸 점심을 먹는다.

돌아와서 비즈니스급 호텔로 숙소를 옮긴다. 장소도 바뀌고 숙소도 바뀌니 롤러코스터를 타는 기분이다. 깨끗한 숙소로 오니 기분이 한결 좋아진다. 숙소는 넓은 공원 같은 열대 숲으로 둘러싸여 있고, 바오밥나무도 있다. 잔디밭에는 사슴들이 있고 멋진 풀장도 보인다. 방 안에서도 인터넷이 연결된다. 훌륭하다.

호텔 레스토랑 바에서 잠비아의 인기 맥주 모시Moshi 2병에 40콰차란다. 50콰차짜리 지폐를 주니 거스름돈으로 5콰차만 주고 나머지 5콰차는 방 번호 알려주면 나중에 가져다주겠단다. 팁을 달라는 말 같아서 잔돈은 가지라고 한다.

2박 3일 걸리는 타지라 열차로 이동했더라면 야생동물들이 사는 국립공원을 지나가며 현지인의 생활상과 먹거리를 맛볼 기회 또한 많았을 텐데 싶어 조금 아쉽기도 하다. 듣기로는 타지라 열차는 인도에서 타봤던 열악한 수준보다 조금 나은 정도라고 하니, 열차 안에서 2박을 보내기가 쉽지는 않았을 것 같다.

다소 아쉽긴 해도 비행기로 편하게 와서 위안도 된다. 예정보다 이틀 일찍 도

숙소의 멋진 뷰

착해서 생긴 시간적 여유에 그동안 쌓인 온몸의 피로를 풀기로 한다. 능귀 해변에서 물린 모기 자국이 얼마나 큰지 아직도 퉁퉁 부어 있다.

아, 오늘 작은 형님 장례를 치르는 날이겠구나.

루사카에는 별로 볼 만한 게 없다. 그래도 숙소에서 어제 장 봐온 먹거리로 아침을 대신하고, 시내 카이로 로드와 만다힐 몰에 가볼 작정이다.

마이크로버스(차비 5콰차)를 타고 만다힐 몰에 구경하러 간다. 육교에서부터 몰 주차장까지 삼성전자 광고 깃발이 온통 뒤덮고 있다. '세계를 누비는 우리 기업이 여기까지 진출했구나' 하는 마음에 뿌듯하다. 만다힐 몰에서는 치킨, 모시

만다힐 몰 가는 길에 만난 삼성전자 광고

맥주, 망고, 튀긴 생선(맛은 별로였다) 등을 먹고 병따개까지 기념으로 챙겼다. 조금 다녔는데도 피곤해서 박물관은 취소하고 숙소로 바로 돌아와 내일을 위해 쉬기로 한다. 탄자니아 다르에스 살람의 국립박물관에 실망한지라 포기하는 게 전혀 아쉽지 않았다.

마이크로버스에는 중간 통로에 접이식 자리도 있는데 모든 좌석을 꽉 채우고 나서야 출발한다. 맨 뒤쪽의 손님이 정류소에 먼저 내리려고 하면 접는 의자에 앉은 사람은 옆으로 비켜서든지, 아니면 길을 만들어주기 위해 버스에서 내렸다가 다시 탄다. 요금은 뒤쪽에서 앞쪽으로 손에서 손으로 차장에게 전달한다. 그래도 불평하는 사람은 아무도 없다.

하쿠나 마타타다. 우리의 '빨리빨리' 같은 문화가 아예 없다. 무질서 속에서 질서를 본다. 우리말 빨리빨리와 비슷한 발음으로 폴레 폴레Pole Pole가 있는데, 이 말은 천천히 하라는 뜻이다.

저녁에는 커피포트에다 달걀을 처음으로 삶아 먹었다. 호텔 안 넓은 뜰을 산책하고 노을 진 멋진 아프리카 하늘과 떠도는 구름을 바라본다. 브라질에서 보내온 아들 사진을 확인하고, 외손자와는 보이스톡도 한다.

리빙스턴 가는 길

잠비아는 옛 남아프리카공화국 케이프타운 총독 출신 갑부인 세실 로즈의 사유지였다가 1964년 독립했다. 나라 이름인 잠비아는 잠베지강에서 따왔다. 현재 수도는 루사카지만, 1935년 이전에는 리빙스턴이 식민지 시대의 수도였다. 빅토리아 폭포로 가려면 반드시 거쳐야 하는 길목에 있는 도시다.

영국의 의사 겸 선교사였던 탐험가 리빙스턴의 이름을 기리기 위해 붙인 도시명이다. 그는 잠베지강을 4번 탐험하였으며, 현지어로 모시 오아 툰야Mosi Oa Tunya('천둥 치는 연기'라는 뜻) 폭포를 서양인으로서는 처음 발견하고, 본국 빅토리아 여왕을 기리어 빅토리아 폭포라 이름 붙였다. 맛있는 잠비아 맥주 모시Mosi 이름도 여기에서 유래됐나 보다.

아침 일찍 서둘러 인터시티 버스 터미널에서 럭셔리한 마찬두 버스를 타고 남쪽 리빙스턴으로 출발한다. 비가 오다가는 금세 개고, 또 오다가 그치는 변덕스러운 날씨다. 비가 많이 내려서인지 호수와 늪에는 물이 가득하다. 평화로운 농촌 풍경이 펼쳐진다.

잠비아는 세계 2위의 구리 생산국이라는데 물도 풍부한 것 같고 평야도 넓어 농사도 많이 짓는다. 다른 나라보다는 여러모로 경제 사정이 괜찮은 것 같다. 길가 중간마다 하얀 마대에 담긴 숯들과 제법 큰 개미집들이 있고, 끝없는 평야가 이어진다.

1960년대 아프리카 대륙이 식민 지배국들로부터 독립하기 시작한 이후 거의 모든 신생 독립국들은 지도자들의 부패와 장기 독재 집권으로 위기에 빠졌다. 독립 초기에는 훌륭한 자질과 인품으로 평가받던 지도자들이 시간이 지날수록 옛 지배세력의 부패한 통치 방식을 그대로 답습하고, 권력자 집단의 사리사욕을 채우기 위해 국가의 자원을 탕진하며 내전이 발발하기도 하는 뼈아픈 역사로 일관되고 있다. 이제라도 잠비아를 진정으로 사랑하는 걸출한 인물이 나타나 올바른 방향을 잡고 열정적으로 이끈다면 정말 잘 살 수 있을 것 같은데….

아프리카 최남단 남아공의 케이프타운에서 시작하여 이곳 빅토리아 폭포를 지나 북부 이집트 카이로까지 연결하겠다던 영국의 웅장한 '아프리카 남북 철도연결 종단정책'의 철로가 보였다 안 보였다 한다. 이 꿈의 철도를 건설하겠다는 아이디어는 세실 로즈Cecil john Rhodes가 처음 구상하였다. 영국의 이 꿈은 프랑스의 '아프리카 횡단 정책'과 필연적으로 맞부딪혔고, 결국 수단 중부의 도시에서 일어난 '파쇼다 사건'으로 실현되지 못하였다.

서구 제국주의의 영토 약탈 과정에서 잠비아와 짐바브웨의 이야기를 빼놓을 수 없다. 영국의 남아프리카 케이프타운 식민지 총독 세실 로즈는 금광으로 번 돈으로 북쪽 땅들을 사들여, 그가 소유한 땅의 범위가 북 로디지아(현재 잠비아 땅), 남 로디지아(현재 짐바브웨 땅)에까지 이르렀다. 애초에 로디지아Rhodesia란 단어부터가 '로즈의 땅'이라는 뜻이다. 그 후 금광이 고갈되자 세실 로즈 총독은 백인 이주민에게 소유한 땅을 농장으로 배분했다.

루사카에서 리빙스턴으로 가는 길가의 풍경은, 북쪽의 사바나 기후와는 사뭇 다르다. 아프리카 남부의 생명의 강이라 불리우는 잠베지강과 빅토리아 폭포가 가까워져서 그런가 보다.

잠베지강Zambezi River

잠베지는 '큰 하천', '위대한 하천'이란 뜻이다. 아프리카 대륙에서 인도양으로 흘러가는 최대 규모의 강으로, 콩고 국경에 가까운 북서쪽 이켈렌지Ikelenge Zambezi Source of National Forest에서 발원하여 서쪽으로 앙골라 국경, 남쪽으로 나미비아와 보츠와나를 지나 짐바브웨 국경에서 빅토리아 폭포를 만들고, 카리바 댐과 모잠비크를 가로질러 인도양으로 흐르는 2,574km나 되는 기나긴 강이다.

9시에 출발하여 점심쯤에야 휴게소에 들린다. 어김없이 화장실 사용료로 2콰차를 받는다. 청결한데다 무료인 한국의 화장실은 세계 최고다. 7시간 30분 걸려서 리빙스턴 터미널에 도착한다. 터미널엔 택시가 많이 대기하고 있었지만 내 여행가방이 커서 밴 택시를 잡아야 했다. 40콰차로 숙소까지 갔다.

숙소는 시내와는 떨어져 있지만 넓고 주변에 꽃들이 만발이다. 처음 배정된 방이 마음에 안 들어 방을 바꿨다. 옮긴 방에 에어컨 리모콘이 없길래 안내 여직원에게 얘기하니 리모콘과 함께 우리가 처음 배정받았던 방에 들렀다가 두고 온 선글라스까지 찾아다 준다. 이렇게 고마울 수가! 아들이 거금을 들여 선물해 준 건데, 큰일 날뻔했네.

새로 배정받은 방과 목욕탕은 넓고 좋다. 그런데 화장실에 있는 창문이 꽉 닫

잠베지강

히지 않는다. 모기가 들어올 텐데…. 궁리 끝에 플라스틱병에 물을 채워 넣고 뚜껑에 줄을 묶어 창문 손잡이에 매달아 놓았더니 물 무게로 당겨져 꽉 닫힌다. 이 정도면 모기 녀석들이 못 들어오겠지.

레스토랑에는 가족 단위 현지인들이 많이 보인다. 저녁으로 티본 스테이크를 주문했는데 30분 정도 기다리면 된다더니 1시간은 족히 걸려서야 나온다. 대구에서 온 분들이 삶은 돼지고기를 권하기에 한 점 먹어 보니 맛이 별미다. 아, 돼지고기 요리를 시킬 것을.

원주민들이 사는 전통 오두막집 마을(무쿠니 빌리지mukuni village)을 거쳐 빅토리아 폭포에 가는 날이다. 어제 선글라스를 찾아다 준 친절한 안내 여직원에게 고맙다고 인사하고 팁으로 10달러를 쥐여주고 나니 맘이 한결 편안해졌다. 그냥 혼자서 가질 수도 있었을 텐데 말이다. 이곳 자외선이 얼마나 센데….

마이크로 버스 2대로 출발한 지 얼마 안 돼 멀리 우측에 물보라가 높에 피어올라 온다. 마치 연기처럼…. 저곳이 바로 빅토리아 폭포구나. 무크니 마을로 가는 길에 커다란 바오밥 나무가 있는데, 얼마나 큰지 사다리까지 만들어 올라갈 수 있게 해놓았다. 올라가서 빅토리아 폭포 쪽을 보니 푸른 숲 속에서 피어

무크니 마을 가는 길, 커다란 바오밥나무

무크니 마을

무크니 마을

무크니 마을 여인들

오르는 물보라가 장관이다.

매연이 심한 오래된 동반 차량은 기어코 고장이 나서 바로 따라오지 못한다. 그래도 잠시 기다리고 잇으니 고쳐서 따라온다. 고물차에 익숙한 기사들이 금방 문제를 해결하는 재주도 있다.

무크니 마을은 리빙스톤이 처음 이곳에 도착했던 800년 된 마을인데, 옹기종기 모여 있는 전통적인 오두막집들의 담과 지붕이 특이하다. 마을 주민들의 집을 구경한다. 다들 민속품을 만드느라 나무를 깎고 다듬느라 바쁘다. 건너편 집 마당에는 자동차가 주차되어 있다. 사람 사는 곳은 모두 똑같다. 추장이 사는 집의 안내실(추장은 휴가 중으로 부재)과 마을들, 토속품을 파는 곳에서는, 100조

빅토리아 폭포 입구의 환영 인사

짐바브웨에서 바라본 빅토리아 폭포

빅토리아 폭포

짜리 짐바브웨 지폐를 3달러에 팔기도 한다. 짐바브웨 인플레가 얼마나 심하고 돈의 가치가 없는지…. 여기서 목각 코끼리 한 쌍과 하마 3마리를 샀다.

입장료를 내고 빅토리아 폭포에 들어선다. 여인들이 모여 합창을 하며 관광객을 환영하는데, 입구에는 원숭이들이 뛰어다니고 있고, 리빙스턴 동상도 서 있다. 폭포 소리가 웅장하게 들리더니 곧바로 길게 늘어선 폭포가 보이기 시작한다.

물보라가 멀리까지 날리고 우렁찬 폭포 소리는 가슴을 뻥 뚫어준다. 말 그대로 천둥소리다. 그래서 옛날부터 현지에서는 빅토리아 폭포를 '천둥소리가 나는 연기'라고 불렀다고 한다.

빅토리아 폭포

잠비아 철도

입구에서 가까운 폭포의 물줄기는 그렇게 풍부하지는 않다. 숲길을 따라 절벽 쪽으로 들어갈수록 제각기 다른 이름을 가진 폭포들이 우렁찬 소리를 내며 떨어진다. 물보라 가운데 아름다운 무지개가 사라지지 않고 떠 있다.

빅토리아 폭포는 세계 3대 폭포로 꼽히며 세계에서 가장 긴 폭포이기도 하다. 폭포가 있는 곳의 동쪽은 잠비아 땅이고 서쪽은 짐바브웨 땅이다. 빅토리아 폭포는 짐바브웨 쪽에서 봐야 진짜라더니, 저 멀리 짐바브웨 쪽 아득한 계곡 속 웅장한 물보라가 시선을 끌어당긴다. 감탄사가 절로 나온다.

사람들은 짐바브웨 국경 근처 뾰족하게 솟은 절벽 위에 기어코 올라가서 손을 흔든다. 국경을 나누는 강의 절벽 끝이다. 조금 떨어진 강 위쪽 계곡으로는 오래 전 만든 높다란 철교가 지나간다. 리빙스턴 다리다. 메인 폭포까지 구경을

잠비아-짐바브웨 국경 통과 철교

마치고 나오니 비가 내린다. 폭포의 물안개인가 했는데 비였다. 토속품을 파는 가게에 들러 기린이 물을 마시는 목각 기념품을 손주를 위해 산다.

잠비아 출국 신고를 한 뒤, 인당 1달러를 내고 택시로 철교를 건너면 짐바브웨 국경이다.

9장 짐바브웨

천둥의 연기, 빅토리아 폭포

빅토리아 폭포, 선셋 크루즈

빅토리아 폭포에서 그렇게 멀리 떨어지지 않은 숙소Victoria falls budget lodge에 짐을 풀고는, 다시 짐바브웨 빅토리아 폭포 관광을 나선다. 초입의 길 옆에 커다란 코끼리 머리뼈가 놓여 있고, 리빙스턴이 탐험하면서 타고 다녔던 조그만 나무배와 함께 그의 동상이 서 있다.

잠베지강에서 절벽으로 직하하는 시작 지점에서부터 웅장하고 장대한 물보라로 시야가 흐릿할 정도다. 빅토리아 폭포는 가장자리를 따라 자리 잡은 지형 때문에 물줄기가 몇 갈래로 나뉘어 떨어지고, 이들에는 각각 이름이 붙어있다. 암체어 폭포, 레인보우 폭포, 호스슈 폭포 등이다. 메인 폭포, 호스슈 폭포, 전망대와 잠비아 국경에 이르기까지 하나하나 구경을 한다.

110m에 이르는 깊고도 좁은 협곡에 떨어진 물보라는 계곡에 갇혀서 방황하는데 출구라고는 오로지 하늘밖에 없다. 그 덕분에 계곡은 물보라와 연기로 한 치 앞이 안 보인다. 그래도 너무나 웅장한 자연의 장관에 계속 탄성을 지르며 카메라 셔터를 누르게 된다.

잠비아 쪽에서 보았던 곳도 바로 건너편에 있고. 짐바브웨와 잠비아의 국경 통과 철교는 강가에서 더욱 가까이 보인다. 거기서 번지 점프에 도전하는 겁 없

빅토리아 폭포 하류의 물안개

는 젊은이들도 보인다.

역시 잠비아에서 보는 것보다는 짐바브웨 쪽에서 봐야 빅토리아 폭포의 장관을 제대로 보는 것 같다. 운 좋게도 나는 나이아가라와 이과수 폭포까지 세계 3대 폭포를 다 봤다. 모두 멋져 우위를 비교하기는 어렵지만, 그래도 개인적인 소감으로 꼽자면 이과수 폭포가 가장 멋지다고 생각한다. 빅토리아 폭포는 세계 두 번째로 멋진 폭포라 할 만하다.

입구 안내소에 빅토리아 폭포가 생성된 과정을 설명하는 사진과 설명을 담은 표지판이 있다.

빅토리아 폭포 지형 모형

리빙스턴David Livingstone

영국 스코틀랜드 출신의 의사이자 선교사, 탐험가. 어릴 때 가난하여 방적 공장 직공으로 하루 12시간씩 일했다. 고학으로 대학에 진학해 신학과 의학을 배웠다. 1840년 런던 전도협회의 의료 전도사로 아프리카에 파송되었고, 1841년부터는 현지에 정착하면서 복음을 전도했다. 1844년에는 자신을 아프리카 선교사로 이끌었던 남아프리카 선교회 창시자인 모파트 목사의 딸인 메리와 결혼했다.

첫 탐험은 1846년부터 10년간 이어졌는데, 아프리카 케이프타운에서 북쪽 칼라하리 사막 근처까지 1,000km를 횡단했다. 1849년 느가미Ngami 호수, 1851년 잠베지Zambesi강, 1855년 빅토리아 폭포 등을 발견했다. 탐험 중 잠베지강에서 원주민들이 노예로 팔리는 것을 목격하고 노예무역을 반대한다. 잠베지강을 따라 동쪽으로 짐바브웨 켈리마네의 인도양에 도착함으로써 유럽인 최초로 아프리카를 횡단한다.

아프리카 하면 노예와 상아만을 생각하던 당시 유럽인들과는 달리 의술과 독실한 선교 활동을 하면서 아프리카 현지인들이 노예로 잡혀가지 않도록 힘썼다. 영국 왕립 지리원의 부탁으로 영국 탐험대와 함께 나일강 근원 찾기 탐험에도 나섰고, 탄자니아의 탕가니카 호수에서 흘러나가는 물줄기를 찾아내기도 하였다. 33년의 긴 세월 동안 아프리카에서 활동하며 아프리카를 진정 사랑한 탐험가였고, 동아프리카에서 아랍인들에 의한 스와힐리언 토족들의 노예 무역을 종결시키는 데 힘썼던 의인이었다. 1873년 잠비아

리빙스턴 동상

잠베지강 선셋 크루즈의 환영 춤

치탐보에서 숨을 거두었으며, 영국 웨스트민스터 사원에 묻혔다.

그의 후임이자 탐험가인 뉴욕 헤럴드 기자 출신의 스탠리Henry M. Stanley는 영국 웨일스에서 사생아로 태어나 미국으로 입양되어 성장했다. 남북전쟁에 참전했고, 기자로서 에티오피아, 스페인 전쟁 등에서 활약한다. 그 후 영국 정부로부터 실종된 리빙스턴을 찾는 임무를 받고 수색 탐험대를 꾸렸다. 리빙스턴 사망 후 스탠리가 후임자로서 중앙 아프리카 탐험에 나선다. 콩고 강, 스탠리 폭포 등을 발견하였으나 탐험하는 3년 동안 치열한 일정 때문에 대원 850명 중 149명만 남을 정도였다. 본인은 정당방위를 주장하였으나 아프리카 토인들을 마주치는 대로 죽여 '인간 사냥꾼' 별명을 얻었다. 리빙스턴과는 너무나 다르다.

또한 벨기에 왕 레오폴드 2세의 후원을 받아 콩고강과 그 유역과 분지를 탐험하며 교통로를 개척하였는데, 유럽 제국주의가 발흥하던 시대에 콩고를 벨기에의 식민지로 만드는 데 지대한 공을 세운다. 벨기에의 콩고 진출은 열강들이 아프리카 분할 통치를 공식화하는 계기가 되었다. 노예와 상아만을 탐하는 레오폴드 2세 치하의 콩고강을 오르내리던 선장이 쓴 소설『어둠의 심연』이 떠오른다.

어둠의 심연 Heart of darkness(1899)

폴란드 출신 영국 작가 조셉 콘래드Joseph Conrad가 젊은 시절 선원이었던 자신의 경험을 바탕으로 쓴 단편 소설이다. 아프리카 벨기에령 콩고와 콩고강을 오가는 작은 무역선 선장인 말로Marlow가 콩고 강 오지로 배를 몰고 가서 그곳에서 근무하는 쿠르츠라는 주재원을 구출해 런던으로 데려오는 이야기다. 그러나 쿠르츠는 도중에 열병으로 죽는다. 쿠르츠는 원주민들을 잔혹하게 혹사시키며 수집한 코끼리 상아를 본국으로 보낸 전설적인 인물이다. 제국주의의 아프리카 약탈의 실상, 인종 차별, 문명과 야만, 인간성의 어둠을 고발한 소설이다. 1998년 20세기 최고의 영문 소설 100권 중 67위를 차지하기도 했다.

선셋 선착장으로 가는 차를 기다리며 매표소로 가는 나무 다리를 무심코 봤는데 나무에 토속 얼굴들이 정교하게 촘촘히 새겨져 있다. 잠베지강의 선상 선셋 크루즈(인당 55달러) 선착장으로 간다. 원주민 복장을 한 현지 청년들의 요란한 환영 춤 행사에 나도 내려가 리듬에 몸을 맡겨 함께 어울린다. 정확히 말하면 떠밀려 허우적거렸다고 하는 게 맞다. 워낙 가무에 재주가 없는지라, 그들과 잠시라도 함께 하고픈 마음으로….

고요한 잠베지강에 뜬 유람선들은 상류로 하류로 엇갈리며 지나가고, 강가의 나무숲과 사구들에는 하마, 악어새 등이 휴식을 취하는 듯 보인다. 노을 진 풍경을 배경으로 맥주를 들이키는데 강 하류로는 빅토리아 폭포가 쏟아내는 물안개가 자욱하다. 문득 칼릴 지브란의 『예언자』가 생각난다.

선셋 크루즈 선착장

〈잠베지강〉

잠베지야,

너, 흘러 어디로 가느뇨?

잔잔하고 평화로운 이 물결,

홀연히 협곡에 천둥소리 연기 만들고.

난폭하게 강둑 넘어,

죽은 땅 껴안아 생명 뿌리고.

아득한 옛날부터 다듬던 그 사구,

고향 땅 동쪽, 그 바다로 또 가는구나,

억겁의 세월에 늘 하던 대로.

강과 바다가 합치듯,

삶과 죽음이 하나이듯이.

유람선 2층에서 마다가스카르에 살고 있다는 한국인 부부와 우연히 같이 앉아 이야기를 나눈다. 그들은 케이프타운에서 출발해 북쪽으로 여행 중이라고 한다. 마다가스카르에 여행을 가면 어떨까 싶어 물어보니 도로 사정이 열악하여 여행하기 너무 불편하고 시간이 많이 소요된다고 말한다. 여행을 좋아하던 동생이 고산병에 걸려 수술 후유증으로 그 좋아하던 유머가 싹 없어졌다는 슬픈 이야기까지, 처음 보는 사이인데도 얘기가 술술 나온다.

숙소에서는 현관 키가 안 열리고 전등이 켜지지 않아서 두 번이나 방을 바꾸느라 저녁도 못 먹었다. 배고파하니 대구 아주머니가 저녁 대신하라며 바나나를 준다.

3년 전 남미 갈 때 구입해서 한 번도 사용하지 않았던 침낭을 이곳에서 이불 대신 잘 사용한다. 밤늦게 요란한 천둥 번개와 함께 양철 지붕에 쏟아지는 빗소리는 이곳이 빅토리아 폭포임을 단단히 확인시킨다.

보츠와나

바다에 닿지 못한 강물의 아름다운 흔적, 단풍잎 오카방고 삼각주

초베 국립공원

일어나서 보니 언제 비가 왔느냐는 듯 여행하기 좋은 날씨로 바뀌어 있다. 숙소에 짐은 그대로 두고 국경을 넘어 보츠와나로 들어간다. 야생동물을 보기 위해

세상에서 가장 크고 멋진 보츠와나 코끼리

초베 국립공원Chobe National Park으로 향한다. 커다란 지프 차량을 타고, 아프리카 풍경과 기운을 느끼며 공원길로 들어 선다. 마사이마라와는 완전히 다른 분위기다. 마사이 마라가 척박하다면, 이곳은 밀림수준은 아니지만, 맑은 공기와 초록의 숲이 많고 물이 있다.

초베 국립공원은 보츠와나 정부가 야생동물의 멸종을 막기 위해 국립공원으로 지정한 곳이다. 보츠와나는 야생코끼리가 12만 마리 이상 살고 있는 세계 최고의 코끼리 공원이다. 국립공원 입구는 내셔널 지오그래픽 채널에서 많이 보아서인지 낯설지 않고 친근하게 느껴진다.

우측의 강과 들판부터 시작하는 관광 루트다. 1월은 물이 풍부한 시기라 강물은 푸르고 초록빛 풀도 무성하다. 비가 온 뒤라 길에 먼지가 날리지도 않고 공

초베강의 코끼리

기는 맑다. 하마, 멧돼지, 사슴, 영양, 기린, 온갖 새들과 독수리, 청둥오리, 두루미, 악어, 코끼리, 얼룩말, 들소 떼 등 온갖 동물들이 그들의 낙원에서 풍요를 누리고 있다. 먹을 것이 많은 시기여서 동물들도 행복해 보인다.

마사이마라의 상징이 버팔로 떼라면 초베는 코끼리이다. 세계 최고·최대의 코끼리 서식지답게 눈길만 돌리면 사방에 코끼리들이 보인다. 코끼리 가족들이 길가에 몰려다니는데 작은 꼬마 코끼리가 겁 없이 우리를 위협하며 막 돌진하다가 멈추고 하며 장난을 친다. 엄마 코끼리가 달래서 데려간다. 저 녀석은 나중에 분명히 무리의 왕초가 될 것이다. 큰 수컷 코끼리는 똥과 오줌을 동시에 큼직하게 배설하는데, 그 양이 엄청나다.

돌아오는 길가에 엄지손가락 크기의 새끼 거북이가 도로 한가운데서 기어가고 있다. 새끼 거북이는 무사히 피해갔지만 운전기사가 도로 주변을 잘 보지 않으면 동물을 칠 수도 있겠다. 이곳은 야생동물이 주인인 땅이니까, 사람이 조심해야지! 코끼리 한 마리가 공격 자세로 맹렬히 날려오다가는 중지하고, 또다시 소리를 내며 공격 자세를 취한다. 뭔가 전하려는 행동 같은데 알아먹지 못하겠다. 가까운 곳에 새끼 코끼리라도 있는 건가? 이곳엔 사나운 놈들이 많구나.

보츠와나 북부에 있는 도시 카사네Kasane는 잠비아와 짐바브웨, 보츠와나와 나미비아 4개국 국경에 맞닿아 있는 관광도시다. 도시 규모는 작지만 관광객을 상대로 하는 호텔이나 레스토랑은 꽤 고급이고 신식이다. 우리도 강가에 자리 잡은 고급 레스토랑에서 뷔페로 점심을 먹는다. 어제 잠베지강 선상에서 만났던 마다가스카르에서 온 부부도 보인다. 길게 늘어진 나뭇가지에는 원숭이들이 앉아서 호시탐탐 손님 식탁을 넘본다.

아프리카 남자들의 키가 얼마나 큰지는 화장실 소변기가 달린 높이를 보면 알 수 있다. 나도 작은 키가 아닌데 가끔 부담스럽다.

초베 국립공원

보츠와나와 나미비아 사이에 있는 초베강에 있는 섬을 돌아본다. 조그만 이 섬을 둘러싸고 영토 분쟁이 있었다. 국제 재판소에서는 해결 방법으로 섬 사이의 수로 깊이를 측정하였고, 보츠와나 쪽 수심이 더 낮으니 보츠와나에 가깝다고 하여 보츠와나 소유로 판결 났단다. 섬 중앙에는 대형 국기가 높다랗고도 늠름하게 꽂혀 있다. 유람선 출발 전에 강가에 있는 군인 초소에 들러 출항 신고를 하는데, 경비정이 어선 수준이다.

보츠와나 쪽 땅에는 코끼리 가족들이 물가에 내려와 물을 마시고 있고, 영양의 일종인 쿠두kudu 등 다른 많은 동물도 물가에 보인다. 섬은 푸른 초원으로 뒤덮여 있는데 하마와 들소가 어울려 풀을 뜯고, 악어와 수많은 새들도 한가로이 노닌다. 유람선으로 섬을 한 바퀴 돌면서 아프리카 기분을 만끽한다. 나미비아 쪽에는 멋진 펜션들이 줄지어 멋있게 지어져 있다. 홍수를 고려해서인지 1층은 나무로 높게 뼈대를 세워놓았고 2층부터 집으로 사용하는 것 같다. 숙소에서 급히 나오느라 모자를 챙기지 못했는데 구름이 많이 끼어서 별 지장이 없다.

짐바브웨 숙소로 돌아오는 재입국 때는 30달러를 내지 않고도 통과한다. 빅토리아 폭포 근처에 있는 큰 마트에서 내일 먹을 음식과 그라인더가 달린 후추와 소금을 하나씩 구입해서 근처 카페 식당에서 비프스테이크를 먹는 여유를 즐겼다.

레스토랑 여자 종업원이 숙소까지 가까운 거리라 걸어가도 된다고 말한다. 그래서 별생각 없이 택시를 타지 않고 걷기 시작했는데 낯설고 한적한 길에 지나가는 사람도 보이지 않는다. 가로등 하나 없이 깜깜한 길이라 불안하기 짝이 없다. 겨우 만난 현지인들에게 몇 번이나 길을 묻고 물어 겨우 숙소에 도착하고서야 한시름 놓는다. 길을 잘 알아보지도 않고 걸어오기로 결정한 걸 얼마나 후회했는지! 그러나 하쿠나 마타타 아닌가. 아프리카니까 이런 경험도 하는 거다.

초베강의 하마들

초베강

초베강

따뜻한 물이 나오지 않아 그냥 찬물로 씻고, 빅토리아 폭포의 웅장한 모습을 찍은 동영상을 가족들과 공유하려 하는데 도무지 카톡이 되지 않는다. 아차, 여기는 아프리카였지!

마운, 오카방고 델타를 향하여

어젯밤에 비가 그렇게 왔다는데 머대수(머리만 대면 수면을 취하는 사람)답게 전혀 모르고 푹잤다. 짐바브웨를 떠나 보츠와나의 마운으로 오카방고 델타를 보러 가기 위해 아침부터 서두른다.

짐바브웨의 드넓은 언덕과 초원을 지나 국경을 통과한다. 카사네에서 환전도 하고 세발형 전기 어댑터를 50풀러(약 5달러)에 구입했다. 아침에 뜨거운 물에 발을 데인 분이 있어서 치료를 받고 올 때까지 2시간을 기다려야 했다. 화상을 입은 분은 발에 붕대를 칭칭 감고 나온다. 아직 여행 중인데 어떡하나. 집 떠나면 조심 또 조심하는 수밖에 없다.

보츠와나Botswana 역사

1835년경 케이프타운 식민지에서 쫓겨난 네덜란드계 후손 보아인들이 이 일대로 이동하려 했으나 영국에서 이를 저지한다. 제국주의 초기인 1868년, 타티 강 부근에서 금광이 발견되었고 보아인들이 침입하면서 충돌이 일어났다. 1895년 츠와나족 추장들의 요청으로 영국이 이곳을 베추아날란드Bechuanaland라는 이름으로 보호령을 만든다.

금광 이권을 둘러싸고 보아인의 트랜스발 공화국의 병합 요구와 갈등이 지속되었으나 도리어 영국이 트랜스발 공화국을 침략하여 보아 전쟁(1899~1902)을 일으켰고, 이 전쟁에서 승리한 영국이 남아프리카 전역을 장악하였다.

1910년 남아프리카 연방 설립 후 보츠와나의 많은 노동자가 남아프리카 광산에 보내져 강제노동을 당하였다. 1966년 보츠와나는 영국으로부터 독립했고 가보로네Gaborone를 수도로 삼았다. 보츠와나의 영토는 한반도 3배에 이르지만 인구는 약 180만 명으로 인구 밀도가 낮다. 대표 부족은 인구의 약 70%를 차지하는 츠와나족이며 여기서 보츠와나라는 국가명이 유래했다.

칼라하리 사막의 중심에 있으며 다이아몬드, 구리, 니켈이 풍부하고 쇠고기 주요 수출국이기도 하다. 소가 부의 상징이며 신부에게 결혼 지참금으로 소 10마리 정도 준다. 대한민국은 비자 면제국이다.

세실 로즈의 아프리카 남북 종단 정책

영국 제국의 3C 정책Cairo, Cape town, Calcutta의 하나로, 남아공의 총독 세실 로즈Cecil John Rhodes가 남쪽 케이프타운에서 시작하여 북단 카이로까지 철도를 부설하겠다는 '아프리카 철도 종단' 계획을 세운다. 케이프-남 로디지아(짐바브웨)-북 로디지아(잠비아)로 연결하는 철도 부설 압력에 중간 지역에 낀 보츠와나도 강압적으로 참여하게 되었다.

세실 존 로즈는 목사의 아들로 태어났으나 병약하여 치료를 위해 17세(1871)에 케이프타운으로 가게 됐다. 킴벌리의 다이아몬드 무역회사에 들어갔으며 이후 20년 동안 자산가로 성공하여 다이아몬드 무역을 80% 이상 장악했다. 1880년 이후 정계에도 진출하여 케이프주 식민지 총독이 되었다.

1887년부터 중앙아프리카 정복에 착수하였는데, 그가 세운 회사 '브리티

오카방고 델타 근처 풍경

시 남아프리카British South Africa' 명의로 정복지의 땅을 사들여 그의 이름을 따서 '로디지아Rhodesia'로 명명했다. 1888년에 세운 회사 드비어스De Beers Diamond Company는 지금도 세계 최대의 다이아몬드 회사이며, 로즈의 유언에 따라 그 부동산으로 로즈 장학재단을 운영하고 있다.

그의 지대한 관심사였던 아프리카 남북 철도연결 종단정책은 프랑스의 아프리카 횡단정책과 필연적으로 부딪혔고, 수단의 중부 도시 '파쇼다 사건'으로 실현되지 못했다. 그는 전형적인 영국 제국주의자였으며 "앵글로 색슨족 공동체가 많으면 많을수록 인류에 더욱 좋다"는 앵글로 색슨족 지상주의자였다. 남아공의 인종차별정책인 아파르트헤이트Apartheid의 최초 설계자이며 논쟁의 인물이기도 하다.

나타까지 300km, 울창한 삼림과 초원이 이어진다. 비 때문에 곳곳에 물웅덩이가 있지만 길게 쭉 뻗어 있는 아스팔트 길을 잘도 달려간다. 도로 한가운데에 있는 동식물 검역소를 지날 때 마침 비가 한창 쏟아져서 세세하게 검사하기로 악명 높은 이 검역소를 약식으로 통과했다.

삼거리에 있는 주유소 내 편의점에서 쌀밥과 소고기로 점심을 먹었다. 삼거리 주유소에서 남쪽으로 곧장 내려가면 보츠와나 제2의 도시 프란시스타운Francistown이 나오고, 더 내려가면 남아공 국경 부근에 있는 수도 가보로네로 연결된다. 우리는 여기서 서쪽으로 꺾어 마운Maun으로 간다.

짐바브웨 출신 백인인 알렉산더 맥콜 스미스Alexander Mccall Smith의 탐정소설 『넘버원 여탐정 에이전시』의 무대가 보츠와나 가보로네, 칼라하리 사막, 프란시스타운, 마운, 짐바브웨의 수도 불라와요, 남아공의 수도 요하네스버그 등이다.

오카방고 델타의 원주민의 집

보츠와나 사람들의 인간미 넘치고 흥미진진한 이야기는 1권『넘버원 여탐정 에이전시』, 2권『기린의 눈물』, 3권『미인의 가면』까지 나와 있다. 보츠와나에서는 비가 오면 신이 보츠와나를 위해 울고 있다고 하여 '신의 눈물'이라고 한다.

나타에서 마운까지 다시 305km. 길 옆에 있는 하얀 개미집들이 내 키의 2~3배는 되어 보인다. 할롱베이에 있는 섬들처럼 밑동이 파여있기도 하고, 뻥 뚫린 것도 보인다.

비 온 뒤에 새로 생긴 호수에 물새들이 와서 자리 잡고, 넓은 초지에는 소들이 한데 어울려 한가로이 풀을 뜯고 있다. 보츠와나에는 쇠고기가 국가 주요 수출품이라, 특히 외부인에 대한 엄격한 소독을 하는 등 전염병 관리가 철저하다. 덕분에 보츠와나는 아프리카에서 손꼽히는 부국이다. 목동은 보이지 않고 소들은 그냥 흩어져 자유를 누리며 풀을 먹고 있다.

오카방고 델타의 뱃사공

캠핑장

앞서 방문한 나라들에서 노예들의 아픈 역사와 흔적을 보고 와서 그런지 평범한 이 평화가 놀랍고 감사하다. 고원지대는 끝없이 넓은 초원으로 이어져 있고, 날씨는 시원하고 높은 하늘에는 구름 아래로 코끼리, 타조 등이 한가로이 놀고 있다. 어느 도로에서 본 수컷 코끼리는 얼마나 큰지 깜짝 놀랄 정도였다. 차가 정지하니 눈을 부릅뜨는 모습이 금방이라도 달려와 차를 넘어뜨릴 태세다. 아이고 깜짝이야.

마운 시내에 들어와 상점에 들러 먹을 것을 구입한다. 이곳에서는 맥주는 주류 가게에서 따로 판다. 아침 7시 30분에 빅토리아 폭포를 출발했는데 저녁 7시가 되어서야 마운의 숙소에 도착했다.

피곤하지만 먼저 내일 관광할 오카방고 델타 투어부터 신청(인당 95달러)한다.

어두워져서야 숙소에 가서 짐을 푼다. 숙소는 캠프장의 텐트인데 모래와 나무들로 어우러진 아늑하고 멋진 장소다. 카사네에서 구입한 어댑터가 연결되지 않아 낑낑대다가 옆 텐트의 선생님 도움을 받아 겨우 연결했다. 텐트 안이 환해진다. 따뜻한 물에 목욕한 뒤 늦은 저녁을 들판에서 본 소들처럼 여유롭고 한가하게 먹었다. 하늘의 쏟아질 듯 가득한 별빛은 언제 보아도 좋다.

오카방고 델타

사방이 훤한 아침에 보니 외국인들은 사파리 투어 차량 위에다 사다리를 걸쳐 놓고 텐트를 치고서 잔다. 무섭지도 않은가. 식당에 아침 먹으러 갔는데 새들이

오카방고 갈 때 탄 트럭

먼저 시식하러 돌아다닌다.

오카방고 델타를 향해 출발한다. 우리가 탄 차는 군인 트럭처럼 높다랗고 큰 차를 개조해서 만든 것인데 차체가 높다 보니 멀리까지 보여서 좋다. 모랫길 위에 물이 고여 있고, 길가의 나뭇가지와 덤불이 수시로 차 안으로 불쑥 침범한다. 경치 구경은 좋은데 고개를 지나치게 뺐다간 물벼락을 맞거나 나뭇가지로 얼굴을 맞을 수 있으니 주의해야 한다.

고사목이 많고 불이 났었는지 곳곳에 불에 탄 흔적이 많이 보인다. 그래도 경치는 멋있다. 한가롭게 풀을 뜯는 소들, 나뭇가지 위에 앉은 수십 마리의 새들. 이제 우리는 웬만한 야생동물들을 봐도 와! 하고 감탄하지 않는다.

마을이 보이고 그곳을 지나쳐 아스팔트 길 30분, 비포장 흙길을 1시간 정도 더 가니 오카방고 델타 호수가 나온다. 차에서 내려 호수쪽으로 가는데 현지인이 아주 큰 물고기 한 마리를 들고 자랑한다.

통나무를 파서 만든 전통 배 모코르mokor가 수십 척은 될 것 같다. 모코르는 좁고 길어서 뱃사공 외에 두 명이 탈 수 있다. 나이 많은 아주머니 사공도 보이는데 우리 사공은 젊다. 모코르를 타고 서서히 호수로 나아간다. 넓은 호수의 물길을 따라 양옆으로 갈대숲이 우거져 있고, 물에는 하마들도 있다. 갈대밭 좁은 수로를 들어서니 물살이 제법 세다. 막대 끝은 양 갈래로 만들어져 있어 물속 깊이 못 들어가게 되어 있다.

보라색, 분홍색, 하얀색 수련들이 수없이 보이고 여기저기 서로 사진 찍어주느라 여념이 없다. 배를 타고 갈대숲 구경을 하다 보니 한 시간이 금세 간다. 이제 배에서 내려 갈대숲을 걸으며 산책한다. 잠깐 사이에 개미들이 발등을 타고 기어올라 재빨리 털어내고 걷는다. 바닥의 질펀한 코끼리 배설물에는 버섯이 싹 터 자라고, 얕은 늪에서 메기가 기어 나와 벌레를 잡아먹는다. 사람 키보다

오카방고 델타

오카방고 델타

오카방고 델타

오카방고 델타의 뱃사공

오카방고 델타 개미집

도 큰 개미집은 짓는데 100년도 더 걸린다고 한다. 개미집과 호수를 배경으로 한 풍경은 사진 구도에 딱 어울린다.

이제까지의 아프리카 여정 중에서 보츠와나가 제일 볼거리가 많구나. 점심은 샌드위치와 닭고기, 약간의 과일과 주스가 있는 도시락인데 킬리만자로 포터처럼 사공들 몫의 점심이 없다. 이번에도 우리는 먹을 것을 남겨 나눠준다. 아줌마 사공 중에는 우리가 남겨준 빵을 먹지 않고 가방에 넣고서 안 받은 척 또 받는 이도 있다. 집에서 기다리고 있는 아이들에게 주려는 엄마 마음일 것이다.

우리 뱃사공은 2시간짜리 산책팀(우리는 1시간 걷는 팀) 안내를 따라갔다가 오느라 점심을 못 먹었는지 기분이 우울해 보인다. 이럴 줄 알았으면 우리 것을 다른 이에게 주지 않고 남겨 놓았을 텐데 싶다.

사공들은 하얀 이를 드러내고 웃는다. 인터넷에는 오염된 강물이라 했건만 강물을 그냥 떠서 먹고 빈 플라스틱병에 담기까지 한다. 돌아오는 뱃길에 과자와 과일을 꺼내서 사공에게 준다. 사공은 기분이 좀 나아졌는지 좁은 수로에서 수련을 꺾어 정성스럽게 꽃목걸이를 만들어준다.

강물 소리를 듣고 있자니 수염 기른 도인의 모습이 절로 상상된다. 헤르만 헤세의 소설 중 사공이 된 골드문트가 강물의 소리를 듣고서 깨우쳐 성자가 되는 이야기『나르친스 운트 골드문트』때문인가 보다.

오카방고 델타Okavango delta

보츠와나의 대표 관광지인 초베 국립공원과 함께 세계에서 가장 큰 내륙 삼각주로 유명하다. 오카방고 강은 앙골라에서 발원하여, 남쪽으로 나미비아와 국경을 이루다가 동쪽의 보츠와나 서북부 내륙으로 들어와 마운 근처인 모레미Moremi까지 이어지는데 길이가 1,600km에 이른다. 강 하류 지역에 단풍잎 모양의 영구습지와 평원지역으로 이루어져 있다.

오카방고 강이 힘이 달려 바다까지 흐르지 못하고 칼라하리 사막 분지의 모래밭 속으로 스며들거나 증발하여 만들어진 곳이 바로 오카방고 델타다. 희귀한 내륙 삼각주로서 유네스코 세계 유산에 등재되어 있다. 수많은 수로와 연꽃, 갈대, 습지 하마 등 원시 상태를 그대로 보존한 동식물이 서식하여 이곳에서만 볼 수 있는 비경을 자랑한다.

〈오카방고, 모코르 뗏목에서〉

잔잔한 갈대밭 수로,

내 모든 번뇌가 하얀 수련 숨결로,

오카방고 강물에 녹아 내린다.

사공이 강물 소리에 성자가 되었듯이.

물길을 따라 내려가는 길이라 조금 빠르다. 수련과 갈대, 호수와 하마의 오카방고 풍경은 원시의 평화로움 그 자체이다. 다시 트럭을 타고 마운으로 돌아온다. 혼자 온 서울 아저씨는 배를 혼자서 탔는데 사공에게 팁을 주고 난 뒤 호주머니에 넣어둔 지갑이 없어졌다고 해서 난리가 났다. 다행히 타고 온 트럭 뒷좌석에 떨어져 있는 걸 나중에야 찾았다고 하니 다행이다. 오카방고로 갈 때는 내가 바지 뒷호주머니에 넣어 놓은 지갑이 떨어져, 뒷좌석에 있던 신혼부부팀 신랑이 찾아주었다. 도로 사정 덕분에 이리저리 널뛰고 요동치는 좌석에서 지갑이 차량 밖으로 떨어지기라도 했으면 어떻게 됐을까? 가슴이 철렁한다. 예전에 캐나다 여행 중에 세워둔 버스가 털려 엄청 고생했던 기억이 다시 난다.

가족들과 친구에게 사진을 몇 장 카톡으로 전송하는 데 성공했다. 아프리카에서는 와이파이가 터지는 곳 찾기가 쉽지 않았는데, 대구 친구 H교수한테서 온 메시지가 뜨네.

"벗이여, 잘 지내시나? 이번에 『지상의 풍경』이라는 세계여행 책을 냈는데, 네이버 베스트셀러로 떴더라고."

"친구, 축하하네! 나중에 읽어볼게."

나미비아

사막 또 사막, 붉은 모래언덕과 기괴한 데드블라이

듄 45

나미비아라는 이름은 나미브 사막에서 유래했고, 이 사막은 세계에서 가장 오래된 사막이다. 대서양 바다 쪽은 나미브 사막, 동부 보츠와나와 남부의 남아공 쪽은 칼라하리 사막에 둘러싸여 있다. 이 두 사막 사이에는 피시 강, 남아공 국경에는 오렌지 강이 있다. 더운 기후에 속하지만 주로 사막 기후와 스텝 기후를

띄고, 북동쪽의 저지대는 강수량이 풍부하다.

인구 200만 명으로 몽골에 이어 인구 밀도가 가장 낮은 국가 중 하나다. 독일의 식민지(1883~1915)이었기 때문에 아프리카에서는 드물게 기독교인이 85%를 차지한다. 공용어는 영어지만 대부분의 사람은 각각의 부족의 언어를 사용하고 있다. 오시밤보어 48%, 아프리칸스어 11%, 나마어 11%, 카방고어 10%, 헤레로어 8% 순이다. 다이아몬드 생산 세계 3위이며 축구가 가장 인기 있는 스포츠다.

빈트후크를 향하여

죽기 전에 꼭 가봐야 할 곳 중 하나인 붉은 사막, 듄 45의 나라 나미비아로 간다. 출발하자마자 다른 차량에 배터리 문제로 주유소에서 수리하느라 또 1시간을 지체한다. 잠시 차에서 내려 주위를 둘러본다. 주유소 옆에는 조그만 공동묘지가 있다. 보아하니 대부분 1940~1950년대에 만들어진 백인 망자들 묘지다.

수리 후 한참 가는데 이번엔 또 다른 차량에 달고 가던 짐 실은 트레일러가 내려앉았다. 아이고, 이래서야 해가 지기 전에 나미비아 빈트후크에 도착할 수 있으려나? 비가 오다가다 하는데 기다리는 수밖에 없다. 길 옆 풀밭에 매어 놓은 잘 생긴 말이 있다. 정말 잘생겼다. 이제까지 보았던 말 중에서 카자흐스탄 초원에서 보았던 멋진 놈 빼고는 제일인 것 같다.

한 시간 넘게 걸려 고치고는 다시 출발했는데 검문소에서 모두 하차한다. 신발 소독과 검문에 차량 한 대당 통과 시간이 한참 걸린다. 길가에는 엄청나게 큰 쇠똥구리 무리가 땅을 파며 서로 싸우고, 옆에는 하얀 나비들이 떼를 지어 축축해 보이는 땅바닥으로 날아든다. 보기 힘든 고대 식물 '웰치'도 본다. 행운

마을에 있는 백인들의 묘지

박물관에 전시된 고대식물 '웰치' 사진

이다. 도로 옆에는 당장이라도 8차선으로 확장할 수 있도록 넓은 공간이 확보되어 있다. 이곳에선 도로에 소, 말, 당나귀, 양떼가 지나갈 때는 운전자는 반드시 기다렸다가 간다. 진정한 이 땅의 주인이 누구인지를 잘 아는 것 같다. 반대편에서 오는 차량은 아주 뜸하다.

간지Ghanzi 휴게소가 나온다. 여기 마트에서 맥주, 빵, 우유, 사과 등을 사면서 보츠와나 화폐인 풀라를 모두 소진한다. 차를 타고 오느라 시장했던지라 휴게소 복도에 앉아서 허겁지겁 먹는다. 이 또한 여행의 맛이다. 갑자기 소나기가 쏟아져 여유를 더 누리지는 못하고 나미비아 국경으로 출발한다.

휴게소에서 20분 정도 가니 좌측으로 보츠와나 수도 가보로네 표지판이 보이고, 통행 차량도 눈에 띄게 많아졌다. 거의 고속도로 수준으로 달린다. 계기판을 얼핏 보니 시속 120km 가까이 된다. 창문을 여니 시원한 바람이 들어온다. 며칠 있었다고 그새 도로 근처에서 풀 뜯는 소와 말이 친숙하다.

보츠와나 출국 신고를 한 뒤 걸어서 국경을 지나 나미비아 입국 신고를 한다. 그런데 문제가 하나 생겼다. 수염을 기른 우리 가이드를 출입국 직원이 알아보고는, 가이드의 비자가 워킹 비자라야 넘어갈 수 있다고 문제를 제기한 것이다. 담당 공무원이 가이드의 멋있는 수염을 기억하고는 트집 잡은 것이다. 너무 뛰어나도 좋은 것만은 아니다. 평범한 것이 가장 어렵고도 좋다. '멋진 나무는 사람들이 베어가지만, 평범하고 못난 나무는 가장 오래 살아남는다'라는 옛말이 떠오른다.

문제가 해결되기를 하염없이 기다린다. 지나가던 현지 여인들과 사진도 찍는다. 출발할 때 무언가에 화가 단단히 났던 아저씨는 이제 기분이 다 풀렸나 보다. 3시간이 지나도록 해결될 기미가 없다. 날이 어둑해지니 어쩔 수 없이 가이드만 남겨 두고 우리만 빈트후크로 출발한다. 멋쟁이 가이드와 함께 가지 못해 아쉬운데, 운전사는 허비한 시간을 보충하려는 듯 빗속에 얼마나 속도를 내는지 무서울 정도다. 위태로운 고물차로 가로등도 없는 밤길을 120~130km로 마구 내달린다. 하필 내 자리는 운전석 옆자리라 계기판과 도로가 너무나 잘 보인다. 조마조마해 손잡이를 꽉 붙든다.

그래도 운전사의 실력을 믿어보자. 돌아가신 우리 할머니가 늘 하시던 말씀이 떠오른다.

"괜찮다, 명산 집 자식인데 아무 일도 없을 거야."

할머니는 내가 8살 때 돌아가셨다.

잘생긴 보츠와나 말

할머니 생각만 하면 나는 아직도 가슴이 먹먹해진다.

우리 집은 6남 4녀로 10남매이고, 나는 3남으로 여섯 번째다. 옛날 대가족 시절에는 할머니들이 손주들을 키웠다. 고등학교 첫 여름방학 때 부산에서 집에 와서야 엄마가 내 마음의 할머니를 대신하겠거니 생각할 정도였다. 나와 바로 밑의 동생은 잠잘 때면 꼭 할머니 팔베개를 하고 양옆에 붙어서 잤다. 지금 생각하면 얼마나 팔이 아프셨을까? 나는 가끔 네 살배기 외손자 녀석 팔베개를 해도 힘이 들던데….

한겨울 추울 때면 농사를 지은 것을 갈무리하여 땅속에 묻어 보관하고, 건넛방에까지 뒤주를 만들어서 고구마를 얼지 않게 보관했다. 나는 몸이 따뜻한 편이라 추운 겨울에 누나들은 나를 안고 자면 따뜻하다고 좋아했다. 그런데 할머니는 이걸 그냥 넘기지 못하셨다. 어김없이 누나들을 향해 "이놈의 가시나들이 머스마 정기 다 빼앗아간다"라고 혼을 냈다.

우리 또래라면 춘궁기 보릿고개의 배고픔은 누구나 다 겪었을 터이다. 아무리 먹어도 배가 고프다. 옛날에는 괘종시계도 귀할 때니까 낮 12시와 밤 10시가 되면 사이렌을 울려 시간을 알려준다. 동생과 나는 배고픔에 꾀를 냈다. 11시쯤에 내가 흙담 밖에서 목소리로 "엥~ 엥~" 하며 사이렌 소리를 흉내 내고, 그러면 동생이 할머니한테 뛰어가서 "할매야, 사이롱 울린다"고 한다. 그러면 할머니는 짐짓 속으신 척을 하며 "벌써 울렸나?" 하면서 두말하지 않고, 부엌 큰 솥뚜껑을 열고서 밥을 내어준다. 가끔 동네 누나가 지나가면서 보고는, "아, 저놈들 또 사이롱 울린다" 하며 웃고 지나간다. 이상하게도 꼭 그 누님한테만 들켰다.

집 근처 골목길 안쪽에 고모님 집이 있었는데, 고모부는 기계에 찍어내는 빵을 만들어 팔았다. 여름이면 바닷가에서 수영을 하며 한참 놀다 보면 배고프다. 그러면 할머니는 나를 데리고 고모 집으로 가서 빵을 챙겨주셨다. 할머니가 빵을 잡수시는 건 한 번도 보지 못했다. 할머니는 언제나 내 마음의 고향이고, 엄마 품이었다. 그런 할머니가 돌아가시고 얼마나 울었는지 모른다.

나의 고향은 바다가 가까운 농촌이다. 아버지는 우체국에 다니시면서 농사도 지으셨다. 농사일은 할머니와 엄마가 도맡아서 하셨고, 아이들도 모두 나서 도와야 했다. 가을이면 특히 오키나와 고구마(붉은 색깔이고 작지만 일반 고구마보다 수확이 많단다)가 지천이다. 밭 근처 천씨 문중 산에서는 고구마를 보관하기 쉽게 하려고 조그만 기계에 고구마를 넣어 잘라서 바로 펼쳐 말린다. 그렇게 말린 것을 밥에 넣어서 배를 채웠다. 춘궁기가 되면 주로 보리밥에 고구마로 때운다. 쌀밥이 조금 있더라도 그건 아버지 밥그릇으로 직행하는 것쯤은 모두가 잘 알고 있다.

세월이 지나 고종사촌 형의 아들이 중학교 1학년쯤 됐을 때다.

형님이 아들 녀석이 하교하면서 고구마를 종이에 싸서 오는 것을 보았다.

"너, 고구마 웬 거고? 어디서 났나?"

"맛있어 보여 샀습니더."

"이놈 자식! 고구마를 돈 주고 사 먹는 놈이 어디 있노?" 하면서 혼을 냈단다.

어렸을 적 고구마를 하도 먹어서 이젠 고구마가 질린다. 감자는 괜찮다.

얼마 전 고등학교 친구들 모임에서 한 친구가 고구마가 몸에 억수로 좋다면서 집사람이 챙겨준 고구마를 주섬주섬 꺼내놓아서 다들 한참 웃었다. 가난할 때 배를 채우던 고구마가 이제는 몸에 좋아서 챙겨서 먹는 음식이 되었구나. 인간만사 새옹지마! 지금도 나는 '맛있는 것은 꼭 먹어보자. 잘 먹으려고 사는 것 아닌가?'라는 생각으로 산다. 미식가는 아니지만 먹는 걸 즐긴다.

달리는 차 안에서 저녁을 먹는다. 비가 와서인지 차 안이 매우 춥다. 팔토시를 하고 바람막이로 다리를 감쌌더니 한결 따뜻하다.

자정이 거의 다 되어서야 빈트후크 숙소에 도착했다. 아침 8시에 마운을 출발해서 무려 16시간이나 걸렸다. 서둘러 방을 배정받고, 차량을 이용하여 숙소로 가려는데 이번에는 우리 차가 배터리 문제로 움직이질 않는다. 한숨이 나오지만 그래도 숙소에 와서 퍼진 것이 다행이다. 오는 중에 이런 일이 생겼다면 이 밤에 빗속에서 어찌 됐을꼬? 오늘 하루 아슬아슬하게, 힘겹게 여기까지 잘도 왔다. 역시 할머니 말씀대로 '명산집 자식'이 맞긴 맞나 보다.

다행히도 숙소는 넓고, 방도 멋지게 꾸며놓은 곳이다. 좀 더 일찍 도착했더라면 이곳저곳 구경도 했을 텐데 아쉽다. 보츠와나에서 구입한 전기 어댑터가 이곳 나미비아에서도 빛을 발한다. 두 나라가 상호 경제통합 지역이라는 것을 전기 어댑터 하나로 새삼 깨닫는다.

나미브 사막으로

아침 식사는 어제의 보상인 듯 최고급 레스토랑에서 맛깔난 음식들을 즐길 수 있었다. 식당 옆 큰 나뭇가지에 위버 새집이 여기저기 100개는 될 정도로 많다. 새들도 들락날락하고 분주하다.

오늘은 나미브 사막 투어 가는 날이다. 나미비아의 수도인 빈트후크Windhoek의 거리는 깨끗하고, 독일 식민 지배 영향으로 집들도 독일식이다. 환전하고 상점에서 먹을 것을 챙긴다. 화장실이 너무 멀어 마트 옆 사무실을 이용하게 허락해준다. 사막 가는 길가에 소들과 목동이 보이고, 나무들도 점점 듬성듬성 보이기 시작한다. 가는 길에 있는 조그만 도시 레호보스Rehoboth에는 십자가가 산 중턱에 커다랗게 세워져 있다. 그 아래 휴게소 마트에 들려 치킨과 맥주를 장만하는 동안, 운전사 겸 가이드는 차 뒤쪽 창에 햇살을 차단할 수 있도록 하드보드지를 테이프로 단단히 붙인다.

기묘한 산 능선들이 보이는 길가 큰 나무 아래서 투어 회사가 준비한 점심을 먹는다. 식사는 신통치 않지만, 우리는 준비한 치킨과 시원한 맥주로 갈증을 푼다. 건너편 산등성이에는 사람들이 다닌 길이 하얗게 드러나 있다. 우리 차의 기사는 몸집이 좋고 성실해 보이더니만, tvN 방송국에서 방영한 〈꽃보다 청춘〉 프로그램의 가이드로 나온 사람이 바로 자신이라고 자랑한다.

사막 가는 길은 먼지투성이다. 마스크 없이는 도저히 견디기 힘들다. 나무 하나 없는 꼭대기 검은 돌산에 물결이 굽이쳐 지층이 층층이 박혀 있는 듯한 흔적들이 보인다. 낮은 곳에는 물이 흐르는지 한쪽에 푸른 나무들이 많다. 길가에

위버 새집

아무짝에도 쓸모없어 보이는 땅에도 철조망을 쳐놓고 토지 소유를 구분하고 있다. 하기야 여기서 예기치 못하게 금맥이 나올지도 모르지.

5시경 나우클루프 국립공원Noukluft National Park에 도착한다. 나미브 사막과 나우클루프 산맥을 포함하는 국립공원이다. 큰 나무들이 여기저기 보이는 넓은 곳에 자리 잡은 집이 하나 보인다. 여기서 텐트 숙박 예정이다. 옆 나무에 짚으로 만든 듯한 기괴한 큰 새집이 있는데, 모든 입구가 아래쪽으로 나 있다. 수십 마리가 드나들며 여전히 집을 짓고 있다. 보아하니 바로 옆에 있는 집의 지붕에서 짚을 뽑아다가 자기들 새집 짓는 재료로 쓰고 있다. 얄미운 놈들, 영리하네. 누가 새대가리라고 비웃는가? 새들 덕분에 사람이 머무는 집 지붕은 영락없이

나미브 사막으로 가는 길

나우클루프 숙소 옆 새집

신기하게 생긴 큰 새집

중년의 듬성듬성 빠진 머리카락 꼴이다. 건너편 텐트에 있는 나무 위로도 커다란 새집들이 보인다.

일행들은 재빠르게 텐트 집을 배정받았지만 텐트가 모자라 가이드 대행을 하는 신혼부부와 우리는 배정을 받지 못했다. 마냥 기다리는 것도 지루해 숙소 근처 나지막한 붉은 산으로 차량을 움직여 일몰을 보러 간다. 메마른 사막인데도 뿔이 긴 영양들이 보인다.

사막 언덕 위로 멀리 걸어가는 사람들도 있지만, 우리는 언덕 중턱쯤 붉고 고운 입자의 모랫바닥에 퍼질러 앉는다. 물기 없는 모래밭에 풀뿌리들이 엉켜 있고, 부지런한 개미들이 얼마나 귀찮게 달려드는지 우리를 심심치 않게 한다.

금방 기울어지는 일몰을 보고 내려온다. 붉게 타다 지는 석양은 어디에서 보아도 아름답다. 숙소로 가는 짧은 거리에도 차 안으로 모래 먼지가 사정없이 쏟아져 들어온다. 알고 보니 보드지로 붙여놓은 창이 꽉 닫히지 않는 탓이다. 사막여행이 끝날 때까지 우리는 대책 없이 마스크 하나로 견뎌야 했다.

돌아와보니 운전기사들이 친 넓고 큰 텐트가 우리 차지다. 일찌감치 찜해놓은 텐트가 우리 것보다 작다며 불만인 일행도 있다. 텐트를 탐내며 여기저기서 보러 온다. 역시 인간만사 새옹지마다.

저녁은 기사들이 준비한 구운 통구이와 소시지, 쌀밥 등이다. 맥주와 함께 맛있게 먹는다. 오늘 고생한 보상이다. 내일은 본격 사막 투어를 위해 새벽 5시에 출발한다니 빨리 씻고 일찍 자야지. 숙소 안내실과 텐트가 멀리 떨어져 있어 와이파이를 연결하려면 별도로 3달러를 내야 한다. 어찌할까 하다가 그냥 잠을 자기로 한다. 고개를 들어 올려다보는 사막의 별은 언제 어디서나 좋구나. 이집트 여행 중에 버스에서 올려다 본 사막의 새벽별들도 얼마나 반짝였던가?

듄 45

생각만큼 밤은 춥지 않았다. 내복까지 챙겨 왔는데 입지 않아도 괜찮았다. 자리를 많이 차지해 찬밥 신세였던 침낭은 모래가 많은 이곳에서는 아주 유용했다. 새벽에 일행들의 모든 짐을 우리가 사용한 큰 텐트에 모아놓고 출발한다.

사막 입구 관문은 막대를 걸쳐 놓은 채 직원들이 열어줄 생각이 없다. 한참 기다려서야 나와서 열어준다. 붉은 사막 풍경으로 너무도 유명한 듄 45Dune 45는 입구인 세스리엠 협곡Sesriem Canyon에서 45km나 떨어진 곳에 위치하는 모래 언덕이다. 모래사막이 끝없이 이어지며 뒤로 스쳐간다. 수많은 사구가 모양을 바꾸며 다가오다 지나가고, 또 나타난다.

어느새 붉은색 모래 사구가 큼직하게 나타난다. 듄 45다. 올라가서 일출을 구경한다. 우리는 사구 꼭대기에 올라 한 줄로 쭉 서서 올라오는 아침 해와 중천

듄 45

에 뜬 하얀 달을 함께 만끽한다. 붉은 해가 떠오를수록 땅에 비치는 명암이 확연히 갈라진다. 언젠가 때를 기다리며 마음먹었던 곳에 드디어 내가 서 있구나. 감회에 젖어 카메라의 셔터를 마음껏 눌러댄다.

내려올 땐 다들 겁도 없이 길도 없는 가파른 비탈길을 걸어서 또는 엉덩이로 미끄러지듯 내려간다. 아찔하게 보이는 이 45도의 모래 절벽이 무섭지도 않은가. 엉거주춤 나도 따라해보니 별 거 아니다. 모래에 발이 푹푹 빠지기는 해도 생각보다 미끄러지지는 않았다.

〈듄 45에서〉

끝없이 이어진 사구,
붉고 흰 모래, 선명히 갈라져 더 어울리는,
모서리마다 빛과 그림자, 그 멋진 곡선들.

바람이 만든 비탈길 가로질러,
아무도 밟지 않은 모랫길 내 발자국도
소리 없이 사라졌네.

바람이 속삭인다.
"날 사랑한 널, 모래가 기억하니 모두 잊으라,
여기 왔던 흔적만으로도 축복이었다,
나미브 사막에서 무엇을 더 남기려나?"

밑에 내려서니 땅바닥이 단단한 것이 영 적응되지 않는다. 사구 곁에는 커다란 나무가 푸른 잎을 두르고 있는데 또 한 그루는 죽었다. 아침을 먹으면서 다시 보는 듄 45는 정말 멋지다.

데드블라이

지프로 갈아타고 데드블라이Dead Vlei(죽은 물웅덩이라는 의미)로 간다. 걸어서 가다 보면 높다란 사구에 겹겹이 둘러싸인 말라붙은 호수에 고사목들이 서 있다. 하늘은 파랗고 사막 모래는 붉은데 강바닥만 하얗다. 기괴한 느낌이다. 옛날에는 나무들이 살아 있던 늪지대였다는데 이제 진흙이 말라붙은 강 바닥은 크고 작은 말발굽 모양으로 갈라져 있다. 호수 가장자리에는 아직도 살아있는 푸른 나무들도 보인다. 아직 땅 어디엔가 물기가 남아 있는 모양이다.

바싹 말라 갈라진 호수 바닥을 걸어 다닌다. 삶과 죽음은 어디에나 같이 있다. 사진 찍는 구도마다 사진이 멋지게 나온다. 제법 자란 수염이 마음에 들어 셀카도 한 컷 남긴다(여행 결심을 제대로 지켜나가고 있다).

건너편 저 멀리 빅마마Big Mama 산이 있다. 이 근처에서 두 번째로 높은 사구라고 한다. 여인이 펑퍼짐한 엉덩이로 앉았던 자리 모양이라 빅마마라는 이름이 붙었단다. 죽은 것 같은 땅 위에 살아 있는 풀 뭉치들이 군데군데 보인다.

데드블라이

데드블라이의 고사목들

데드블라이

소수스블라이

빅마마 앞에 있는 소수스블라이Sussos Vlei(생명이 있는 물웅덩이라는 의미)로 간다. 이곳에는 비가 오면 물이 고인다고 하여 '살아있는 물웅덩이'라고 한단다. 지금은 온통 메마른 땅이라 볼 것은 모래 외에는 별로 없다. 가끔 모래 위를 달리는 작은 도마뱀이 보일 뿐. 태양이 높이 뜨고 그늘 하나 없는 뜨거운 사막인데 젊은 남녀가 걸어서 온다. 대단한 용기다.

돌아오는 길에 세스리엄 협곡에 잠깐 들린다. 옛날 우기에는 물이 흘러 깊게 파였다는데 지금은 말라 있다. 물은 잠시만 고였다 바로 흘러간다. 계곡이 얼마

빅마마

나 좁고도 깊은지 어떻게 이 사막 한가운데 이런 협곡이 만들어졌는지 언뜻 이해가 안 된다.

숙소로 돌아와 간단히 점심을 먹고 나무 그늘에 쉰다. 사람을 겁내지 않는 새들이 주변에서 한가롭게 모이를 쪼아 먹는다. 계속 지켜보고 싶지만 너무 덥다.

우리 기사는 다른 차량 기사들보다 솔선수범하여 열심인데 텐트를 걷고 매트리스 반납하는 일을 동료들이 도와주지 않아서 성질이 좀 났나 보다. 짐들을 챙겨 다시 먼지 길을 지나 대서양 바닷가에 있는 스와코프문트Swakopmunt로 출발한다. 다시 덜컹거리며 차가 달리는데 먼지가 얼마나 들어오는지 머리와 옷에 허연 먼지가 자욱히 앉는다. 속옷까지 밀고 들어오는 모래 알갱이가 성가시다.

세스리엄 협곡

나우클루프 국립공원 건천의 나무들

가방 안은 말할 것도 없다. 사막여행을 하려면 마스크 꼭 챙기길!

너무 더워서 내가 앉은 좌석 밑 열기가 얼마나 센지 점검해달라고 했더니, 기사가 하는 말이 차량 문에 있는 스위치가 올려져 있었단다. 어쩐지 너무 덥더라. 중간에 휴게소 잠깐 들렀다가 다시 끝도 없이 달려간다.

나미브·나우클루프트 국립공원(실제로는 나무들은 없고 거의 사막과 돌 뿐)을 가로질러간다. 왈비스베이 140km 지점 표지판부터는 끝없는 사막과 기묘한 돌과 보이는 건 건조한 땅이 전부다. 풀 한 포기 없어 보이는 땅인데도 쿠두, 오닉스, 얼룩말들이 보인다. 참 신기하다. 이 동물들은 어떻게 살아가는 걸까. 어디엔가 물이 있는 모양이다. 멀리 앞을 바라보면 간혹 사막에서 보는 신기루도 나타난다. 마치 저 멀리 넓은 호수가 있는 것처럼.

흑돌 층층으로 쌓인 신기한 모습의 평원에 차를 잠깐 세워 쉰다. 일행 중 누군가 멀리 보이는 게 기브트리 나무라고 알려준다. 다시 달리자 이제는 간간이 집들과 아스팔트 길이 보이더니 어느새 왈비스베이 공항 팻말과 함께 대서양 바다가 시원하게 나타난다. 바닷가에는 깨끗한 독일식 집들이 늘어서 있다. 바다엔 시추선도 보이는데 파도는 거세다. 바닷가 아스팔트 도로 옆에는 높다란 모래 언덕이 스와코프문트까지 끝없이 이어진다.

숙소Dunedin star guest house 앞에 짐을 내렸는데, 가방을 털고 또 털어도 붉은 황토 먼지가 나온다. 지난번 입국장을 통과하지 못했던 가이드가 먼저 도착해 있

나미브·나우클루프트 국립공원과 기브트리

다. 나미비아 입국장에서 추방되어 다시 보츠와나 국경으로 들어와 1박을 하고, 현지 사무소에 연락해 취업 비자 발급 후 입국했단다.

목욕부터 한다. 아, 이제야 살 것 같다. 옷은 물에 담그기만 해도 순식간에 흙탕물이 된다. 근처 중국집에 가서 새우, 라이스, 생선 수프를 시켜 먹었다. 수프 맛이 다르에스 살람의 중국집 태화루에는 미치지 못했지만, 그래도 입맛 돋우는 데는 중식이 제일이다. 아이들을 데리고 온 백인 가족들이 많이 보인다.

스와코프문트

넓고도 깨끗한 거리에 독일의 식민지 건축 양식을 띤 건물들이 많다. 과연 '아프리카의 유럽'이라 할 만한 도시다. 바닷가까지 이어지는 길에는 커다란 파인애플 가로수들이 정갈하다. 박물관을 지나 10분 정도 걸으면 바다가 나온다. 해초 냄새가 물씬 풍기는 바닷가 데크로 가니 데크 위에서 한가롭게 여유를 즐기는 사람들이 보인다. 예쁘장한 카페와 꽃과 나무들이 가득한 바닷가 공원이다.

바닷가를 따라 독일식 혹은 유럽식으로 지어진 호화 주택들이 즐비하다. 방파제와 넓은 백사장에 부서지는 대서양의 파도, 갈매기 떼들이 어우러진 풍경이 멋지다. 자동차에 달린 트레일러에서 바다로 바로 내리는 요트와 수영하는 사람들도 있다. 일행 중 한 사람은 백사장 해초에 붙은 조가비를 주워 숙소에서 국물을 끓여 수제비를 떠서 먹겠단다. 실제로 조가비로 수제비를 해먹었고 맛이 좋았단다. 그들 일행은 밀가루까지 챙겨왔다.

이곳은 아프리카가 아니라 유럽의 작은 해변 도시처럼 보인다. 조용하고 정갈하다. 옛날 선박 부두용으로 바다쪽으로 기다랗게 만들어 놓은 철제 다리 끝

스와코프문트, 바닷가 끝부분에 제티 레스토랑이 있다.

에 집을 만들어 현재 레스토랑으로 사용하고 있다. 들어가는 입구에 있는 큰 바위 사람 얼굴이 칠레 이스터 섬의 모아이 석상을 연상시킨다. 이곳의 레스토랑 '제티1905'는 tvN 〈꽃보다 청춘〉 팀이 방문한 곳으로 유명하단다. 레스토랑 옥상에서 보는 해안은 멋지다.

다리 옆 바다에는 물개가 헤엄치고, 왈비스베이로 가는 우측 해안에는 고풍스러운 교각이 보인다. 그리고 끝없이 긴 사구를 배경으로 차들이 줄지어 달리는 모습은 한 폭의 그림이다.

일행들은 사막에서 즐기는 스카이다이빙과 사륜 오토바이를 타러 갔고, 나는 바닷가에 있는 박물관에 들어간다. 혼자 온 아주머니가 뒤따라 들어온다. 독일

스와코프문트의 바닷가 모래언덕

하노버 박물관의 스태프와 아트 기술자들의 도움으로 만들고 전시해 놓았는데, 볼 거리가 정말 많다. 탄자니아 다르에스 살람의 박물관과는 딴판이다. 코뿔소와 새, 코끼리의 머리뼈, 돌고래와 물개, 거북이 등의 동식물 박제, 원시 풀이 아직도 살아 있다는 웰치 사진도 떡하니 자리잡고 있다.

식민지 시절 독일 사람들이 사용했던 의료도구들과 재봉틀, 식탁, 병 같은 생활용품도 전시되어 있다. 특히 1730년과 1818년에 제작된 아프리카 지도는 그 상세함에 혀를 내두른다. 극동으로 가는 무역 루트도 그려놓았다. 그러나 1904년 독일 제국군이 원주민 헤레로족과 나마족을 10만 명 이상이나 대량 학살했던 사실은 박물관 그 어느 곳에도 안 보인다.

나미비아 공화국

나미브 칼라하리 사막에는 유목민 부시멘족이 최초로 정착했고 뒤이어 코이khoi족이 이들을 몰아내거나 흡수하여 지배 민족이 되었다. 이후 차츰 나마쿠아Namaqua족, 헤레로Herero족, 다마라Damara족, 반투Bantu족, 힘바Himba족 등이 유입되었다. 14세기 이후에는 반투족이 주류를 이루었다.

박물관에 전시된 '병 속의 배 모형'

1884년 독일의 식민지가 되었으며 영국의 지배하에 있던 왈비스베이를 빼고 독일령 남서아프리카로 불렸다. 독일제국이 제1차 세계대전에서 패망하기 전까지 식민 통치하면서 원주민들의 땅, 가축, 농작물을 빼앗고 광산 채굴에 강제 동원했다. 이에 1904년 헤레로족과 나마쿠아족이 무장봉기하여 독일인 123명을 살해하는 사건이 발생했다. 당시 총독이었던 로사 폰 트로사Lothar von Trotha 장군이 헤레로족과 나마쿠아족의 학살을 지시했다. 이때 헤레로족의 80%, 나마쿠아족의 절반이 죽었다. 학살로는 부족했는지 생존자들을 맨몸으로 물도 없는 사막으로 쫓아내 기아와 목마름으로 죽게 했다.

1904~1908년 사이에 8만 명이었던 헤레로족 인구가 1만 5천 명으로 줄었으며, 심지어 수용소에서 숨진 시신을 독일로 가져가 의학 연구용으로도 활용했다. 세계 제국주의 대량학살(미국의 인디언 체로키족, 터키의 아르메니아와 크루드족, 호주의 태즈메이니아, 일본의 중국 난징 대학살, 2차대전 독일의 유대인 학살 등) 중 나미비아 원주민 학살은 20세기 최초의 인종학살이었고, 역사

학자들은 이를 2차 세계대전 중 나치가 자행한 유대인 홀로코스트의 모델로 추론한다.

1920년부터 70년 동안 '남아공 연방의 위임 통치령'으로 바뀌었고, 살아남은 원주민들은 또다시 인종차별정책하에서 핍박받았다. 1966년부터 23년간 이어진 독립 전쟁에서 케냐, 잠비아, 탄자니아와 쿠바의 카스트로 등의 도움을 받아 1990년 마침내 남아공으로부터 분리·독립했다.

2017년 헤레로족과 나마족의 부족장들이 미국 맨해튼 지방법원에 독일 정부를 상대로 집단 손해 배상청구 소송을 제기했다. 독일이 홀로코스트 유대인 학살에는 사과하고 금전적 보상을 했으나 110년 전의 나미비아 집단 학살에 대해서는 전혀 사과나 보상이 없었다는 이유였다.

토속품을 파는 골목에는 아프리카 동물들의 토기와 마스크 등 목각 조각품들이 많다. 다른 골목길 한쪽에는 힘바족 여인들이 붉은 진흙으로 물들인 레게 머리에 가슴을 드러내고 아기를 안고 있는데, 아기는 엄마와는 어울리지 않게 현대식 하얀 기저귀를 차고 있다. 전통과 문명의 조합이랄까?

세계에서 가장 큰 석영이 있는 것으로 유명한 크리스털 갤러리Kristall Galerie는 석영 원석은 물론 석영으로 만든 온갖 조각과 공예품을 볼 수 있다고 하여 찾아갔는데 일요일이라 문이 닫혀 있었다. 어제 갔던 제티1905 레스토랑에 가서 점심을 먹는다.

더운 낮인데도 파도와 바람에 몸을 움츠린다. 멋진 대서양 바다에서 스시와 쇠고기 샐러드, 맥주로 먹는 기쁨을 누린다. 종업원이 사진을 정성 들여 찍어주었는데, 막상 건진 건 별로 없다.

낮에 푸짐하게 먹어서인지 저녁 생각이 별로 없다. 마트에서 맥주인 줄 알고 사온 것이 알고 보니 음료수다. 마트에 맥주 사러 갔더니 일요일에는 술을 팔지 않고, 레스토랑에 가면 사 먹을 수 있다고 알려준다. 마트는 안 되고 레스토랑은 된다니, 이게 뭐지? 나미비아 돈을 남아공 화폐로 바꿔줄 수 있느냐고 물으니 별도의 수수료 없이 조금 바꿔준다. 어제 갔던 중식당에 들러 맥주를 좀 비싸게 구입했다. 숙소 앞 야외 의자에서 닭고기, 생선, 고추장으로 맛있게 저녁을 대신한다.

스카이다이빙 하러 갔던 한 분은 기가 잔뜩 죽어있다. 날씨가 안 좋아 스카이다이빙은 해보지도 못했고, 대신 모래 썰매를 탔는데 그 와중에 핸드폰을 잃어버렸다는 것이다. 아이고, 이 일을 어떻게 하나? 여행 중에 찍은 사진이 핸드폰에 모두 들어 있을 텐데. 일행의 일인데도 너무 안타깝다.

스와코프문트의 토속품 파는 골목

12장 남아프리카공화국

만델라의 투쟁과 아프리카 대륙 최남단, 폭풍의 희망봉

케이프타운 가는 길

남쪽 왈비스베이 공항을 거쳐 마지막 여정인 남아공 케이프타운으로 간다. 사막 한가운데에 있는 공항 좌우에는 아무런 장애물이 없다. 어이없게도 출국장에는 직원이 자리를 비워 출국 스탬프도 찍지 않고 통과한다. 우리가 탈 비행기는 거의 경비행기 수준이다.

나미브 왈비스 공항 밖, 척박하고도 황량한 모래 바닥에 'PEACE'라고 돌을 모아 쓴 글자가 뚜렷하게 보인다. 백 년 전 헤레로, 나마의 원주민들의 학살과 사막에 갇혀 죽은 억울한 원혼을 진혼하려는 듯…. 붉은 사막이 눈부신 이 땅에 그런 끔찍한 일이 다시는 일어나지 않고 평화만 깃들기를 갈망하는 염원이리라. 비행기는 바닷가 해안을 따라 남으로 내려간다. 창밖으로 붉고 흰 모래로 가득한 사막이 계속 이어진다. 모래는 곳에 따라 여러 색깔을 띠고 있다. 그리고 사막이 끝나는 곳에는 하얀 물거품이 무심히 철썩이다 사라진다.

기하학적 도형과 여러 색깔의 도로들, 케이프타운이 가까워진다. 산봉우리를 옆으로 칼로 벤 듯 위쪽이 반듯한 테이블 마운틴이 구름 속에서 환상적으로 나타났다가 숨었다가 한다.

현대식 멋진 청사로 입국한다. 검은 철사로 만들어 놓은 거대 코끼리 모형이

왈비스베이 공항

하늘에서 내려다 본 나미비아 해변

반긴다. 타고 온 비행기가 경비행기라 수화물을 싣지 못해서 나중에 짐을 숙소로 따로 보낸단다. 그래, 여긴 아프리카니까….

바람, 바람, 바람! 폭풍의 언덕이 따로 없다. 거센 바람에 몸을 지탱하기 위해 힘을 엄청나게 써야 한다. 겨우 숙소에 도착하니 고급스럽고 편안해 보인다. 숙소에 휴대한 짐들을 푼다. 롱스트리트에서 환전부터 하고 마트에 먹을 것을 구하러 시내로 걸어서 간다. 이곳은 아프리카라기보다 유럽에 더 가깝다. 순식간에 유럽 어느 도시에 온 듯하다.

택시로 워터프런트로 간다. 바다 건너 가까이 보이는 테이블 마운틴은 한가운데 구름만 조금 떠 있을 뿐 시야가 좋다. 항구에는 만델라 등 노벨상을 받은 남아공 출신 4명의 위인의 동상이 쭉 서 있다. 수많은 선박이 정박되어 있는데 근처엔 이를 수리하는 조선소도 보인다.

테이블산을 배경으로 사진을 찍을 수 있도록 큼직한 사각형 테두리를 만들어 놓은 곳에서 하라는대로 인증샷을 찍는다. 바닥에 큼직하게 만들어 놓은 체스판, 스윙브리지 건너 붉은색 3층 시계탑, 큰 나무 아래에서 민속 악기 공연을 하는 사람들 등등 평화로운 관광지 분위기가 물씬이다.

빅토리아 부두로 이동한다. 유럽에서 인도로 가는 항해 선박들의 식량, 물 등을 보충하던 기지가 지금은 거대한 쇼핑 거리가 되었다. 지나가는 아저씨한테 선셋 크루즈를 타고 싶은데 어디로 가야 하냐 물었더니 빅토리아 부두까지 나를 데려가서 같이 알아봐준다. 정말 친절하다. 안타깝게도 지금은 바람이 거세게 불어 출항이 불가능하단다.

빅토리아 워프 빌딩 지하에 있는 대형마트에서 먹거리를 구입한다. 아줌마가 즉석에서 떠주는 연어 스시와 초밥이 먹음직스럽다. 우연히 만난 현지 한국분이 와인도 추천해준다. 케이프타운은 맛있는 와인 생산지로 이름나 있다. 맥주

워터프론트에서 본 테이블 마운틴

워터프론트에서 본 테이블 마운틴

는 옆 가게에 따로 판다.

오늘 저녁은 유명한 악어 꼬리 요리로 저녁을 할까 생각했는데 아무래도 어렵겠다. 따라나선 아주머니들이 싫다고 도리질을 친다. 택시를 타고 숙소로 돌아가는 길에, 운전 기사에게 시청 앞 광장을 거쳐서 가자고 했다. 남아공의 인종차별정책(아파르트헤이트)에 반대한 만델라 대통령이 28년 동안 로빈 섬에서 감옥살이를 하다 풀려 나와서 처음으로 한 연설 장소가 바로 이곳 시청 건물 베란다다. 이때 시청 앞 광장에 수십만 명의 시민들이 운집해 열광했다. 그 감격이 아직도 남아 있는 듯하다.

숙소에 도착하니 짐이 와 있다. 연어회와 치킨, 망고, 달걀, 와인, 맥주로 풍성하게 즐긴다. 악어 고기 맛이 궁금하긴 하지만 부럽지 않다.

테이블 마운틴의 십이사도봉

창밖은 바람이 그야말로 폭풍이다. 신발도 깨끗하게 씻어 창밖 넓은 베란다에 둔다. 혹시 신발이 바람에 날아갈까 봐 걱정되지만, 바람에 금방 마를 것 같다. 가족과 친구에게 카톡 사진으로 소식을 전한다. 내일은 아프리카 대륙 남단 끝 희망봉 가는 날인데 이런 바람 속에 움직이려면 옷을 단단히 챙겨야겠다.

희망봉, 볼더스 비치

새벽에야 바람이 잠잠해졌다. 케이프 반도를 해안선을 따라 도는 일주로, 아프리카 끝이자 인도양과 대서양이 만나는 최남단 희망봉으로 간다. 테이블 마운

바닷가에서 본 라이언 헤드

틴의 남쪽 바닷가를 따라 십이사도 봉우리가 쭉 늘어서 있다. 아름다운 해안에 멋진 집들과 백사장이 펼쳐진 풍경이 멋지다.

채프먼 피크Chapman's peak 드라이브 코스는 대서양을 낀 아찔하고도 멋진 절벽인데, 죄수들을 투입해 건설했다. 지금은 절경을 즐기려는 자전거 타는 젊은이들이 많이 보인다. 아픈 기억도 시간이 지나면 그저 역사로만 남는구나. 물개 섬 투어는 한 시간이나 기다려야 한다기에 건너뛴다. 물개는 페루 바예스타 섬에서도 많이 봤다. 바다 건너편 전망 좋은 데서 멀찍이 물개섬을 보는 것으로 만족하련다. 부자들이 사는 해안은 부유한 은퇴자 마을이다. 세계적인 유명 인사들의 별장이 많단다. 팝가수 마돈나, 축구선수 베컴의 별장도 있다고. 어느 곳에는 말 타는 아가씨들도 보이고, 타조 농장도 지나고, 원숭이 가족들이 도로

희망봉 가는 길에 보이는 물개섬 앞산

희망봉 바닷가

옆에서 한가로이 놀고 있다.

희망봉 공원에 들어선다. 바람에 누운 누런 풀들 너머 푸르디 푸른 바다가 펼쳐진다. 하얗게 부서지는 파도와 물결에 흔들리는 해조류가 눈에 들어온다. 케이프타운에 해조류가 많은데 일본, 한국 등으로 수출되기도 한단다. 만델라 대통령이 자서전『자유를 향한 머나먼 길Long Walk to Freedom』에 쓴 내용에 따르면, 그가 종신형을 선고받고 27년간 복역한 로벤 섬Robben Island에서 해초 수거 작업을 했고, 그렇게 모은 해조류를 수출한다고 했단다.

바위 위에는 갈매기들이 앉아있고 하얀 배설물 때문에 얼룩덜룩하다. 파란 바다와 부서지는 파도, 그 사이로 돛을 달고 거센 바람을 이용해 서핑하는 스포츠 팬들이 많다. 그들의 열정이 멋지다. 바닷가에는 아프리카 최남단이라는 글귀와 함께 '희망봉Cape of Good Hope' 팻말이 서 있다. 우리도 기념사진을 찍으려고 줄을 서서 기다린다.

등대 가는 길은 계단을 한참 걸어 올라간다. 꼭대기에 올라가니 바람이 얼마나 거센지 그냥 바람에 날려갈 것 같다. 여기서 좌측은 인도양, 우측은 대서양이라는데 늘 보아온 바다지만 느낌이 어째 다르다. 등대 절벽 밑에는 거센 바람만큼 세차게 왔다가 부서지는 하얀 물거품이 가득하다. 우측 대서양쪽 바닷가에 툭 튀어나온 언덕과 모래사장의 멋진 풍경이 계속 시선을 끌어당긴다. 등대 기둥에는 이곳을 다녀간 각국의 대표 관광객들 이름이 빼곡히 적혀 있다. 세계 유명 도시의 방향과 거리를 알려주는 표식도 있다.

드디어 왔다, 아프리카 대륙 최남단 희망봉에. 내가 왔노라!

1488년 포르투갈 선장 바르톨로뮤 디아스가 발견하였으며 처음에는 '폭풍의 곶Cape of Storm'으로 불렸다. 1498년 바스코 다가마가 이곳을 돌아 인도에 도착하는 항로를 개척함으로써 향신로 무역의 길을 열었다. 이후 포르투갈 주앙 2세가 이곳을 '보아 에스페란사' 즉 희망봉으로 부르도록 하였고, 아프리카 침탈의 시발지가 되었다. 기후, 자연, 농산물, 광산, 동물 등 가진 것이 너무 많다는 이유로 서구 제국주의는 아프리카를 가만히 놓아두질 않았다.

절벽 전망대 옆으로 바람을 막아주는 아늑한 곳이 있어 그곳에 자리 잡고 준비해 온 점심을 먹는다. 춥다고 하여 내의까지 입었건만 햇볕이 따뜻하기만 하다. 바람은 거세지만 춥지는 않다. 다람쥐 두 마리가 왔다갔다 한다.

돌아오는 길에 조그만 체구의 자카스 펭귄Jackass penguin 보호구역인 볼더스 비치Boulders Beach로 간다. 마을을 지나는 길목에는 꽃들이 흐드러지게 피어 있다. 살기 좋아 보인다. 나무 데크를 지나가면서 보니 펭귄들은 모래 바닥에 많이 모여 있다. 아프리카에 펭귄이라니 참 생소하다. 데크 옆에는 플라스틱 병처럼 만들어진 반쯤 묻어 놓은 펭귄 집들이 있는데 관리를 위해서인지 각각 번호도 새겨 놓았다. 바다에서 사냥 갔다 돌아오는 놈, 털갈이 중인 놈, 열심히 연애 중인 커플 등 제각기 바쁘다. 짧은 순간에 알을 낚아채가는 도둑 갈매기도 눈앞에 있다. 건너편에서 이쪽을 보는 관광객들을 보는 것도 구경거리다. 바다 앞에 바로 보이는 네모반듯한 섬이 이색적이다. 돌아오는 차 안에서 케이프타운 현지 가이드는 핍박받는 흑인들의 위대한 아버지라며 만델라 대통령 찬양을 끝도 없이 쏟아낸다.

숙소로 돌아가기 전에 우리는 어제 갔던 워터프런트에 내렸다. 구름 한 점 없는 깨끗한 하늘은 테이블 마운틴을 사진에 담기에 아주 그만이다. 눈과 마음이 시원해진다. 아프리카가 우리에게 주는 선물 같다. 케이프 반도 일주와 희망봉은 생각보다 훨씬 좋았다.

인종차별 분리 거주 정책의 하나로, 흑인들의 집을 철거하고 외곽으로 쫓아낸 것을 기록·보관해 놓은 디스트릭트 식스 박물관District Six Museum이 숙소 가까

희망봉 등대

이에 있길래 숙소 직원에게 어떠냐고 물었다. 직원은 가볼 만한 곳이지만 약간 골목 안에 있으니 해가 진 후에는 그쪽으로 가지 말라고 귀뜸한다.

수염이 한껏 자란 모습을 나미비아 데드블라이에서 셀카로 찍었는데, 그 사진을 친구에게 보냈다. 친구가 사진을 바둑 모임 카톡에 올려서 말들이 많다.

"그냥 나미비아에서 눌러 살아라."

"남미가 더 잘 어울린다."

"△△ 닮았다."

"기다려라, 친구들아. 돌아가면 나미브 사막에서 받은 기로 혼을 내줄 테니."

브라질 상파울루에 있는 아들이 보낸 장문의 글을 보니 가슴이 먹먹하고 뿌듯하다. 벌써 이렇게 훌쩍 커 버렸구나.

희망봉 등대에서 본 바닷가(위), 희망봉 최남단에서 기념 사진 포인트(아래)

볼더스 비치의 펭귄들

테이블 마운틴, 식물원, 와이너리

테이블 마운틴 가는 날, 날씨가 화창하다. 일행 중 한 분이 8시에 같이 움직이자고 식당에서 얘기했는데 그것을 깜빡 잊고 조금 일찍 출발했다. 나중에야 생각나서 종일 마음에 부담이 되었다. 롱스트리트에서 현지 중년 아저씨한테 일일 버스투어 사무소를 물었더니, 버스 정류소에 있는 투어 사무실까지 먼 길을 안내해준다. 너무 고맙다.

버스투어 표를 구입하여 빨간색 이층 버스를 타고 테이블 마운틴부터 찾아간다. 탑승하는 곳에 <세계 7대 자연경관New 7 Wonder of Nature>을 알리는 세계 지도에 테이블 마운틴과 함께 제주도가 표시되어 있어 얼마나 자랑스럽던지!

테이블 마운틴으로 올라가는 케이블카는 바닥이 자동으로 회전하여, 사람들이 모든 방향을 공평하게 볼 수 있게 되어 있다. 정상은 평지다. 그야말로 산 정상을 칼로 쓱 잘라놓은 듯 3km 거리의 넓은 평지다. 멋진 라이언 헤드 봉우리, 바닷가로 쭉 늘어선 십이사도봉, 그 아래 캠프베이, 까마귀, 암벽을 타고 내려가는 맹렬 청년들, 쥐와 토끼를 닮아 귀여운 다시Dassie(케이프 하이랙스)들과 풀꽃, 작은 나무, 그리고 바위가 만들어놓은 멋진 자연 정원이다.

구름 한 점 없는 하늘 아래 멀리 물을 가둬 놓은 하늘색 저수지가 보이고, 길따라 피어있는 이름 모르는 꽃과 풀, 돌무덤과 널따랗게 자리 잡은 돌 제단. 어제 반도 투어에서 보았던 물개섬 너머로 희망봉도 보이고, 워터프런트, 라이언헤드, 2010년 월드컵이 열린 경기장도 눈에 들어온다. 정상에서 마운틴 끝자락 길을 따라 거의 3시간을 걸으며 아름다운 자연을 만끽한다.

워터프론트가 보이는 데크 길 옆에는 불에 탄 검은 재들의 흔적이 있다. 가끔 화재가 나는가 보다. 바위 틈새에는 잎사귀도 없이 유난히 붉은 꽃이 피어 있

테이블 마운틴에서 보는 라이언 헤드

고, 바위 끝에 앉아 손을 꼭 잡고 속삭이는 젊은 연인들도 있다. 케이프타운은 평화, 다인종, 혼혈 문화, 무지개 나라임에 틀림없다.

다시 케이블카로 하산하여 버스를 타고 가다가 파란색 버스로 갈아타고 테이블산 뒤쪽에 있는 식물원으로 간다. 숲속에 넓은 잔디밭이 펼쳐져 있는데, 공연장으로 사용되는 곳이란다. 온통 잔디밭이라 적당한 자리에서 도시락을 먹는다. 공룡 모형의 공원도 있고 미술관에 들어가 그림도 관람한다. 힐링하기 좋은 곳이다.

다시 버스를 타고 이번에는 와이너리로 간다. 온통 포도밭이다. 와이너리 입장료가 만 원 정도라 별로 내키지 않아, 우리는 천사의 눈물Angel's tear이라는 화이트 와인을 한 병 주문하여 의자가 있는 그늘진 테이블에 자리 잡고 시원한 와

테이블 마운틴에서 본 풍경들

인을 음미하는 것으로 대신한다.

또 다른 버스를 타고 해안길을 따라 워터프런트로 간다. 해안 풍경은 멋지다. 시포인트Sea Point마다 백인들이 나와 운동을 하고 있고, 가까이서 보는 라이언 헤드는 더욱 늠름하고 멋져 보인다. 바닷가의 한 곳에는 바람이 평소에 얼마나 센지, 모래가 날려 골목길을 막고 있기도 하다. 중턱의 도로 높이에 맞춰 해안 쪽 집 옥상을 배열해 놓아 차량들이 집 옥상에 자연스럽게 주차하고 있다. 바닷가에는 거센 바람에도 불구하고 사람들이 얼마나 많은지! 버스투어를 안 했더라면 크게 후회할 뻔했다. 190란트의 값어치가 충분하다.

워터프런트의 커다란 원형 놀이기구 앞에 하차한다, 거리에는 묘기 공연하는 사람, 그림 그리는 화가, 집단 노래공연, 관광객들로 넘쳐난다. 이제 여행 막바

테이블 마운틴 아래 식물원

지라 돌아갈 택시비만 남겨 두고 현지 돈을 여기서 쇼핑하느라 다 쓴다. 사위에게 줄 티셔츠, 여러 가지 먹거리와 연어회를 구입했다.

숙소에 돌아오니 안내실에 비디오 열심히 찍던 아저씨가 아침에 시내 나가다가 넘어졌다며 다리에 붕대를 감고 있다. 그래도 많이 다치지 않아서 다행이다. 여행 중간에 다쳤다면 지장이 많았을 텐데, 마지막 날이라서 정말 다행이다.

오카방고 가는 길의 마운 야영장에서 어댑터를 연결해주신 선생님은 구글 어스 지도를 이용하여 혼자 걸어서 테이블 마운틴을 등정했단다. 그동안 높은 산을 5~6번이나 등정했다고 하시더니, 정말 의지의 한국인이다.

구글 어스 지도로 25년 만에 인도 고향을 찾아가는 호주 입양아 사루의 실화소설, 『영화 라이언』이 생각난다. 그는 5살 때 인도의 고향 기차역에서 형과 헤

와이너리 포도밭

어져 길을 잃었다. 고향 이름(가네쉬 탈라이)도 정확하게 모른 채 콜카타 거리를 헤매다가 나쁜 사람을 만나 인신매매 위기도 넘기고 구걸로 버티며 살아남았다. 다행히 마음씨 고운 청년의 도움으로 보육원으로 들어가고, 원장님의 소개로 오스트레일리아 태즈메이니아의 백인 가정에 입양된다.

어린 사루는 청년이 되었어도 고향을 찾겠다는 집념이 여전했다. 어릴 때의 가물가물한 기억의 단편들(기차역, 급수탑, 공원 분수대, 철길, 다리, 강)을 모아서 고향과 비슷한 지명을 찾아서 구글 어스 지도로 검색한다. 마침내 인도 중부에 있는 고향 집을 찾아내고 엄마를 만난다

사루 엄마는 어린 아들이 반드시 찾아올 것이라고 굳게 믿고 그곳을 떠나지 않았고, 모자의 상봉은 25년 만에 꿈같이 이루어졌다. 사루 브리얼리의 원래 이름은 '세루'였고, 힌두어로 '사자Lion'를 의미한다고 엄마가 말해준다.

가족의 의미, 그리고 고향이 무엇이길래…. 자신의 뿌리를 찾고자 하는 사루의 집념이 없었다면 도저히 이루지 못했을 감동이다.

숙소에서 맥주, 샴페인, 스시로 무사고 여행을 자축하며 즐겁게 쫑파티를 한다. 하루도 빠뜨리지 않고 일기를 쓴 나 자신에게도 칭찬을 보낸다.

여행을 마치고

드디어 귀국하는 날이다. 한 달이 금방 지나갔다. 오늘은 바람도 없다. 환송 인사에 감사를 보낸다.

뒤쪽으로 보이는 테이블 마운틴에는 구름이 잔뜩 껴있다. 이게 전형적인 케이프타운 날씨라고 한다. 숙소 옆에 중·고등학교가 있는데, 학교 담장 사이로

깔끔한 교복을 입고 책가방을 메고 등교하는 아이들이 보인다. 가난과 인종차별에서 벗어날 수 있는 답은 교육뿐이다.

만델라 대통령도 "운좋게도 나는 학교 교육을 통해 영어를 배우고, 변호사가 되었다. 인종차별 철폐에 헌신하게 된 기본 배경이 바로 교육이었다"라고 하지 않았던가? 그는 로벤 섬에 갇혀 있으면서도 백인들의 언어인 아프리칸스어를 교도관들한테서도 열심히 배웠다. 교육만이 계층의 사다리를 타고 위로 올라갈 수 있는 유일한 통로다. 책가방을 매고 등교하는 저 아이들이 이 땅의 미래이고 희망이다.

숙소 안내실 직원들에게 고맙다고 인사하고 출발한다. 공항 가는 길가에는 조그만 집들이 닥지닥지 붙어 늘어서 있다. 이 작고 가난한 동네는 바닷가의 백인들 거주지와는 다른 나라인 듯한 흑인들이 모여 사는 판자촌이다. 테이블 마운틴도 점점 멀어져 간다.

공항 거울에 비친 나의 모습을 바라본다. 한달 동안 샌들을 애용한 덕분에 발등은 샌들에 덮였던 곳만 하얗고, 다리는 온통 새까맣다. 수염도 제법 자라나 뿌듯하다. 엄지발가락에 티눈이 훈장처럼 박혀있다. 수염이 자란 내 모습이 마음에 든다. 다음 여행에도 면도는 하지 말아야지. 집에 오니 아이들이 보고 멋있다며 계속 기르라고 한다. 믿어야 할지….

SA334 케이프타운 13:15 → 요하네스버그 15:10

SA286 요하네스버그 17:55 → 홍콩 12:45(다음 날)

CX416 홍콩 16:40 → 인천 21:10

홍콩에서부터 한국 신문들이 보인다. 최순실 특검, 박근혜 대통령 탄핵, 촛불

비행기에서 본 케이프타운

귀국길, 요하네스버그 상공

시위. 출국한 지 한 달이 지났는데 아직도 시끄럽다. 자정이 가까워서야 집에 도착한다. 여행도 좋지만 우리집이 제일이다. 여행지에서의 들뜬 마음과 기대감이 있다면, 집은 따뜻한 온기가 있어 마음 편히 쉴 수 있는 푸근한 공간이다.

아프리카 여행을 마치며

아프리카는 너무나 생소한 곳이다. 가고 싶은 곳이긴 한데 잘 갔다 올 수 있을까? 제일 두렵고 꺼려지는 것이 말라리아, 에볼라 같은 풍토병이다. 병원장 친구에게 갔더니 말라리아약, 설사약, 감기약 등을 처방해주면서, "아프리카 뭐하러 가냐? 걱정부터 드는 곳이기도 하다"고 말한다. 그래도 다녀온 소감은 '잘 갔다 왔다'이다. 아프리카 사람들은 너무나 순박하고 친절했다.

나이로비 시장통에서 화장실로 앞장서서 데려다주던 아기를 업은 젊은 엄마,

마사이마라 야영장에서 지갑을 주워 찾아주었더니 클랙슨을 누르며 손을 흔들며 지나가던 운전수, 마사이족을 진심으로 사랑하던 가이드 모리, 빅토리아 폭포 앞 어두운 밤길을 헤맬 때 숙소를 알려주던 사람들, 케이프타운 롱스트리트에서 버스 투어 사무실을 찾아 데려다주던 중년 신사, 그리고 워터프런트에서 선셋 크루즈 사무실을 찾아주던 신사! 젊은이들의 눈빛은 살아 있고, 어린 남녀 학생들의 교복에서 아프리카의 희망을 보았다.

잘 먹고 다녔음에도 몸무게가 4kg이나 줄었다.

버킷리스트 중에 가장 까다로운 숙제 하나를 마침내 끝내 후련하다.

유럽과 아시아의 경계 지역이다. 예로부터 동서 문명이 교차하는 실크로드의 요충지였으며 동쪽은 카스피해, 서쪽은 흑해, 남쪽은 터키와 이란, 북쪽은 러시아와 국경을 접하고 있다. 주변 강대국의 침략에 의한 정복 전쟁이 잦았던 고난의 땅이어서 우리 역사와 비슷해 동병상련을 느낀다. 지금도 민족, 영토, 종교 분쟁이 끊이지 않고 있다.

노아의 방주가 대홍수 끝에 표류하다 처음으로 닿았던 아라랏트산Mount Ararat이 있으며, 백인들의 조상이 처음 정착한 고향이라 하여 백인들은 자기들을 코카서스인Caucasian으로 부른다. 불을 훔쳐 인간에게 건넨 신화의 주인공 '프로메테우스'와 황금 양털을 훔친 '이아손과 메데아'의 전설이 있고, 노아가 포도를 처음으로 재배한 곳이며 와인의 발생지이기도 하다. 인종도 다양해 50개 종족이 넘는다. 미인이 얼마나 많은지 옛 페르시아 속담에 '왕이 미치면 코카서스로 전쟁하러 간다'라는 말이 있단다. 코카서스 지역의 자연 풍광은 그야말로 장관이다. 아름답고 순수한 사람들과 중세의 흔적이 곳곳에 남아 있는 마을들은 그 자체로 풍경화다. 비옥한 대지와 초원, 만년 설산은 잠시 스쳐가는 이방인에게도 대자연의 포근함과 감동을 주기에 충분하다.

3부

코카서스 3국

전쟁과 평화의 땅, 동병상련 코카서스

아제르바이잔
조지아
아르메니아

2019년 7월 21일~8월 14일

13장 아제르바이잔

꺼지지 않는 불의 나라, 조로아스터교의 불 숭배

서유럽으로 이어지는 관문으로 코카서스 지방의 요충지이며, 5000년이 넘는 역사를 가진 나라다. 인구는 천만 명, 종족은 튀르크계가 90% 이상을 차지하며 레즈긴인, 러시아인, 아르메니아인, 아바르인, 타트족이 거주하고 있다. 수천 년에 걸쳐 주변의 강대국인 페르시아제국 → 알렉산더 대왕 → 로마제국 → 몽골

바쿠의 헤이다르 알리예프 공항

제국 → 이란 사파비 왕조 → 오스만 터키 → 러시아 제국 → 소련의 지배를 받아왔다. 그에 따라 국가 정체성이 매우 복잡하고 다양하다. 지배적 종교는 이슬람, 언어는 아제르바이잔어가 공용어이나 러시아어와 터키어도 사용한다. 아제르바이잔('불의 땅'을 뜻함)이라는 이름에 걸맞게 풍부한 석유, 가스 자원으로 경제발전 가능성이 크다. 1991년 소련 붕괴로 독립한 이후 분쟁지역인 나고르노-카라바흐를 둘러싼 문제로 이웃 아르메니아와 전쟁을 겪었고, 지금도 충돌이 발생하고 있다.

바쿠

인천공항에서 러시아 항공을 타고 13시 10분에 출발하여 모스크바 경유를 거쳐 새벽 4시경 아제르바이잔의 수도 바쿠의 헤이다르 알리예프Heydar Aliyev 공항에 도착했다. 둥근 모양의 멋들어진 현대식 건물이다.

메이든타워

모스크바에서 바쿠행 비행기에 탑승하자마자 깊은 잠에 빠져들어 꼬마가 끊임없이 울었다는 데도 전혀 몰랐다. 복도 건너 앞 좌석의 중년 여승객이 컨디션이 좋지 않아 승무원들이 산소 호흡기로 응급조치를 하는데, 울던 아이 엄마가 능숙하게 도와주었다. 아마 의사나 간호사인가 보다. 그들의 노련한 처치로 승객은 위기를 넘겼다. 이번 코카서스 여행도 즐겁고 행운이 가득할 징조라는 생각도 들었다.

숙소는 올드시티의 차리 사하르 성벽과 파운틴 광장 근처의 호텔이다. 성안 길은 사람들의 발길에 닳아 반들반들하다. 옛날 풍의 집들과 식당, 바자르, 카펫 가게, 골목과 옛 건물터 흔적들을 둘러본다. 해안 가까이에 있는 메이든 타워Maiden's Tower(처녀 망루. 원통형 벽돌탑으로 불을 숭배하는 조로아스터교의 성스러운 예배당이었으며 외적에 정복된 적이 없다는 전설이 있다)에도 올라간다. 옥상에서 성 안쪽과 해변을 바라보니 '바람의 도시'답게 시원한 바람이 얼굴을 스치며 어깨 뒤로 넘어간다. 잠시 머물다 내려와 해변을 거닐며 불바르 공원으로 가서 바닷바람을 마음껏 들이킨다. 오랜 비행시간에 지친 마음에 청량감이 가슴을 확 뚫어준다. '바람의 도시'라는 바쿠에 왔다는 게 실감이 난다.

택시로 언덕 위에 있는 바쿠의 명물 플레임 타워(불꽃 모양으로 지은 최신식 빌딩

불꽃 타워

현충탑에서 내려다 본 바쿠 바다

3개 동)로 가보니 바다가 내려다보이는 곳에 높다란 현충탑이 서 있다. 구소련과 아르메니아와의 전쟁에 희생된 영혼들을 기린다. 아르메니아와의 국경 분쟁은 '나고르노-카라바흐' 아르메니아 자치지역(아제르바이잔 영토 내 아르메니아 주민이 다수를 차지하는 곳)과 '나흐체반' 아제르바이잔 자치 공화국(아르메니아 영토 내 남쪽 터키 국경에 접하고 있는 아제르바이잔 주민이 다수인 곳)에서 일어난다. 소비에트가 지배하던 시절 스탈린이 민족 구성의 세밀한 분석 없이 국경을 나눈 결과 생긴 비극의 씨앗 때문이다.

바쿠 바닷가에는 시드니의 오페라 하우스에 버금갈 만한 둥그런 꽃잎 모양의 해상건물도 보인다. 이 나라가 석유 부국임을 맘껏 자랑하는 멋진 건축물이다. 몇 해 전, 아프리카 여행에서 만난 누군가 했던 이야기가 떠오른다. '인간은 태어나면서 본인이 선택할 수 없는 중요한 세 가지가 있다. 태어난 땅, 부모, 그리고 시대.'

하지만 바로 거기에 인생을 좌우할 미래가 숨겨져 있다고 한다. 태어나는 자손들은 부모와 시대를 선택할 수 없다. 오직 신만이 아는 운명일 수밖에.

꺼지지 않는 불꽃, 야나르 다그

택시 기사와 '불타는 산' 야나르 다그Yanar Dag(천연가스로 발화하여 일 년 내내 꺼지지 않는 곳)와 조로아스터교의 성지이자 신전인 아테시카 사원Ateshgah Temple까지 다녀오는 데 90마나트(약 53달러)로 합의했다. 너무 멀어서 하루에 다 못 가겠구나 생각했었는데 다행이다. 하루 만에 여기저기 구경하고 시간을 절약하려면 택시 타는 게 제일 좋다. 바쿠 시내를 벗어나 야외로 접어드니 도로 근처에 원유 채굴을 위한 유전 펌프가 쉴새 없이 움직이고 있다. 야나르 다그에 도착하니 많은

야나르 다그

관광객이 땅속에서 나오는 천연가스에 활활 타는 불을 구경하고 있다. 사방은 황량한 벌판이라 불이 다른 곳으로 번질 일은 없을 듯하다. 그리스 신화에 제우스 몰래 불을 훔쳐 인간에게 전해준 프로메테우스가 바위에 묶인 채 날마다 독수리에게 새로이 돋는 간을 쪼이는 형벌을 받은 곳이 코카서스 산이라더니 바로 이곳이려나 싶다.

이곳 땅은 옛날 옛적부터 불의 땅이었음이 틀림없다. 건물의 한쪽 방 창에는 멋진 색깔로 큰 독수리 날개를 어깨높이에 양 날개를 그렸는데 가운데에 서면 구도가 딱 잡힌다. '이것이 혹시 독수리 날개를 단 인간 프로메테우스?'

아테시카 조로아스터교○ 신전

기원전 600년경 페르시아 예언자 조로아스터(자라투스트라의 영어명)가 불을 보면서 깨달음을 얻고, 악을 태워 인간을 정화하고 보호해주는 불을 경배하는 조로아스터교(배화교)를 창시했다. 신성한 불을 찾아서 자신의 영혼이 선해지길 빌며 불멸에 이르길 기원한다. 사원 입구에는 항상 불이 꺼지지 않고 일렁이고 있다. 조로아스터교는 기독교와 이슬람 세력에 밀려 실크로드를 따라 이란 북부-파키스탄-인도-중국으로 밀려났다. 그래도 그 종교철학은 독일 철학자 니체

○ 조로아스터교; BC 660년경 아프가니스탄(혹은 이란 동부 옥수스강 유역)에서 출생한 자라투스트라는 최고의 신 아후라 마즈다(Ahura Mazda, 지혜의 주)로부터 계시를 받아 종교를 창시했다. 세상은 선과 악이 투쟁하는 현장이며 바른 생각, 옳은 말, 옳은 행동이 결국 악을 이기며 인생에 행복과 축복을 준다고 믿는다. 선과 악의 이원법으로 현상을 설명하는 오래된 고대 종교의 하나로 아베스타(Avesta)가 경전이다. 불은 지혜를 상징하고. 모든 빛에는 스스로 밝히는 에너지가 있다며 불을 숭상한다. 사산 왕조(224-651) 때는 국교로 채택되기도 했다.

에까지 영향을 끼쳐 『자라투스트라는 이렇게 말했다』라는 책으로 나온다. 유명한 철학자가 심취하였으니 뭔가 심오한 철학이 있을 것이다.

영화 〈보헤미안 랩소디〉 초반에 이런 대화가 나온다.

"아들아, 좋은 생각, 좋은 말, 좋은 행동이 네가 추구해야 하는 것들이야!"

"네, 아버지. 그렇게 살아서 성공하셨나요?"

파키스탄 출신 영국 이민자 아버지와 공항 화물 노동자인 아들 프레디 머큐리의 도발적 대화다. 아들은 마침내 세계적인 가수로 성공하고, 마지막엔 아버지와 화해한다.

"아프리카 기아를 위해 공연해요. 돈은 안 받아요! 좋은 생각, 좋은 말, 좋은 행동! 아버지가 가르쳐준 대로 하려고요."

프레드 머큐리는 동성애자이자 마약 애호가로 살다가 45세에 에이즈로 생을 마감하는데 영화 막바지에 그가 가족의 종교인 조로아스터교 관습에 따라 화장했다는 자막이 흐른다.

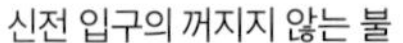

신전 입구의 꺼지지 않는 불

조로아스터교 신전

20세기 초 아제르바이잔은 세계 석유의 약 50%를 생산했었다고 한다. 노벨상을 만든 것으로 유명한 노벨 형제가 이 나라에서 유전 발견, 채굴, 정유, 수송 사업을 하여 유럽 최고 부호가 되었는데, 원유 수송선의 이름도 '조로아스터 호'였단다. 여태까지 노벨이 다이너마이트를 발명해서 부자가 된 줄 알았는데, 이곳에 와서 새로운 사실을 알게 되었다.

숙소로 돌아와 피곤해 단잠을 자다 저녁 먹는 시간을 놓쳤다. 광장 옆 일식집에서 초밥으로 간단히 해결하고 바닷가 공원으로 나간다. 밤이라 바람은 거세지만 언덕 위 불꽃 빌딩들은 여러 가지 색깔로 바뀌며 볼거리를 제공한다. 바닷가 공원 가는 길거리에는 누구든지 체스를 할 수 있게 그려놓은 체스판에 나이든 현지인들이 빙 둘러서서 놀이를 하고 있다. 아이스크림 파는 가게 아저씨는 아이스크림을 줄듯 말듯 손으로 잽싸게 빙빙 돌리면서 1분 가까이 약을 올린다. 이렇게 실랑이를 하고 귀하게 얻은 아이스크림이 더 맛있다. 바쁜 하루였다. 거리엔 젊은 여행객들로 활기가 넘쳐난다. 내일은 남쪽으로 고부스탄 암각화를 보러 간다.

고부스탄 암각화와 진흙 화산

버스로 단체 관광에 나서는데 인당 50달러다. 고부스탄Qobustan은 '돌이 많은 땅'이라는 뜻이란다. 바쿠에서 해안을 따라 남쪽으로 약 60km 위치에 있다. 선사시대 전부터 사람들이 살았고 돌에 새긴 암벽화가 많이 남아 있어 유네스코 문화경관 지역으로 지정되어 있다. 도착하니 사방이 황량한 돌산이고, 좌측 산은 정상이 제법 평평해 보이고 우측은 암각화가 새겨진 그 돌산이다. 우측 박물관

고부스탄 암각화

에는 온갖 동물들, 사냥하거나 배 타고 노 젓는 그림, 다산과 풍요를 기원하는 그림 등 암각화의 사진과 자료들이 전시·상영되고 있다. 일행 중 미국과 프랑스에서 10여 년 공부하고 직장생활도 하셨다는 호리호리한 교수님이 안내원의 설명을 친절하게 통역해준다.

안내원을 따라 바위산을 올라간다. 몇천 년 전의 암각화들이 생생하게 남아 있다. 산 바로 아래에 있는 카스피해에 나가서 물고기 잡고 해조류도 채취하고 뭍에서는 사냥도 하고 농사도 짓고 널따란 동굴 속에서 추위도 피했겠지. 그리곤 신에게 풍요로운 먹을 것과 번성하게 해주십사 기도하면서 염원을 담아 돌에다 그림으로 새겼겠지. 한 곳에는 70여 점의 암벽화가 남아 있는 곳도 있다.

평평한 땅에 박힌 바위에는 뚫린 구멍들이 많다. 곡물 껍질을 벗기고 갈아서 가루로 만들 수 있게 바위 안쪽을 둥그렇게 파놓은 것도 있고, 밀고 당기면 맷돌처럼 갈아 쓸 수 있는 맨질맨질한 바위도 있다.

다음 목적지인 진흙 화산Mud Volcano으로 택시를 타고 이동한다. 황량하고 포장도 되지 않은 길을 어찌나 빨리 달리는지 덜컹덜컹해 머리가 어질어질하다. 둥그렇게 솟은 언덕에 한참 만에 도착했다. 볼록 올라온 검은색 진흙 봉오리들

진흙 화산

이 가스로 인해 기포가 퐁퐁 계속 올라온다. 작은 진흙 구멍에 한쪽 다리가 무릎까지 빠진 여자분도 있다. 피부에 좋다니깐 그나마 다행이다. 일부러 페트병에 진흙 물을 담아가는 여자분도 보인다.

돌아오는 길에 바쿠 문화센터에 잠시 들렀다. 바쿠 문화센터는 서울 동대문

바쿠문화센터 앞 I Love Baku 조형물

디자인 플라자DDP를 디자인한 이라크 출신 여성 건축가인 자하 하디드가 설계한 곳이란다. 미래지향적인 곡선미를 지닌 건물을 배경으로 널따란 푸른 잔디에 만든 큼직한 조형 글씨 'I BAKU'가 눈에 띈다. 알파벳 B를 하트 모양으로 만들어 I love Baku가 되니 관광객들에겐 기념사진 찍기 제격인 곳이다.

저녁을 먹으러 성곽 안으로 갔다. 메이든 타워 근처 12세기부터 영업했다고 하는 레스토랑이다. 아래층에는 나무로 만든 식탁들이 놓여 있는데 옛날 실크로드 상인들의 숙소 분위기가 물씬 난다. 단체 손님만 받는 모양이다. 옆에 있는 식당에 들어가니 젊은이 세 명이 전통악기로 무감 연주를 열정적으로 하고 있다. 무감Mugam은 음유시인들의 시나 노래를 엮어서 길게 부르는 예술 음악인데, 식사하는 내내 들어보니 구슬프고 애잔한 느낌이다. 생선과 채소빵을 먹었다. 카스피해에서 나는 생선은 뼈가 많고 억세다. 채소도 향이 세다. 메이든 타워 옆을 지나 바닷가로 간다. 온몸을 가렸지만 여인들의 옷차림이 다양한 색상과 무늬로 개성이 돋보인다.

바람은 여전히 세차고 사람들은 분주하고도 여유롭다. 바쿠 시내 어디서나 보이는 조로아스터교를 상징하는 언덕 위 불꽃 타워는 밤에 사진을 찍어도 참 잘 나온다. 카스피해의 밤이 너무 멋지다.

섀키로 이동하는 날

바쿠를 떠나 북서쪽 조지아 방향으로 섀키Sheki로 가는 날이다. 딸에게서 전화가 온다. "여행은 잘하고 계세요? 지도 찾는 건 불편하지 않으세요?"

바쿠 시내를 벗어나자 바로 황량한 벌판이다. 곳곳에서 도로를 넓히는 작업

디리바바 영묘

주마 모스크

이 한창이다. 끝없는 언덕에도 나무라곤 보이지 않는다. 그래도 어떤 곳은 나무를 인공으로 식목해 제법 자라고 있다. 바쿠로 옮기기 전, 아제르바이잔 시르빈샤 왕조의 수도였던 쉐마키Samaxi 가는 길에 작은 협곡 위 절벽에 있는 디리바바Diri Baba의 영묘에 들린다. 15세기에 활동했던 이슬람교 성자의 무덤이다. 작은 모스크처럼 만든 건축물 내부의 가파른 계단을 기어오른다. 계단을 나와 움푹 팬 흙산에 오르니 주변 경관이 확 트인다. 앞쪽엔 옹기종기 자리잡은 마을들이 보이고, 우리네와 다른 모양의 공동묘지가 함께 있다. 무덤 안에 누워서 안식을 원하는가 윤회를 꿈꾸는가? 뒤편 언덕 위에는 양떼와 농장이 보이고 축사에는 건초가 가득하다. 멀리 구릉과 언덕이 누군가의 발길을 기다리는듯 끝없이 이어지고 있다. 화장실은 차마 사용할 수 없을 정도로 지저분한데도 풀꽃들은 철없이 이쁘기만 하다. 바쿠의 넘치는 불꽃으로 조금만 신경 쓰면 산뜻한 화장실 하나쯤은 뚝딱 만들 수도 있을 텐데…. 갑자기 자금성의 화장실이 떠오른다. 지금에야 많이 변했겠지만, 중국과 수교를 맺은지 얼마 되지 않아 북경에 갔었는데 그때 본 화장실 풍경이 충격이었다. 차마 사용하지 못하고 힘겹게 용무를 참아야 했던 기억이 이곳에서 추억이 되어 떠오르다니. 인생사 알 수 없다.

다시 길을 달려 쉐마키의 주마 모스크Juma Mosque로 간다. 첨탑 두 개가 우뚝 선 건물은 깔끔하고 멋있다. 천정도 높고 이슬람 문양의 카펫이 쫙 깔려있어 경건한 기도 분위기를 저절로 조성한다. 신발장에 내 신발과 비슷한 게 있어서 바꿔 신을 뻔했다. 마당에 서 있는 돌은 이곳이 743년에 처음 터를 잡았고, 수차례의 지진과 아르메니아 민족주의자들이 불을 지르는 만행을 겪어 새로이 단장되었다는 그간의 역사를 새겨놓았다. 뼈대만 남은 벽 앞에 나무, 풀, 돌로 단장한 연못과 정원이 평화롭기만 하다. 섀키로 가는 도중에 도로 옆 울창한 숲속에 집 한 채가 있어 식사도 하고 쉬어갈 수 있었다.

조그만 정자와 닭장도 있다. 손잡이 없는 솥뚜껑에 밀가루로 얇게 구운 전통 음식 쿠프타Qupta도 맛본다. 햇살도 피하고 싸가지고 온 복숭아도 먹으며 여유로운 시간을 가진다. 이곳은 양고기 같은 기름진 음식이 많아 과일과 채소를 갖고 다니는 게 필수가 되었다. 산 너머로 웅장한 산들이 보이기 시작하니, 어느새 코카서스 산맥에 들어섰나 보다. 넓은 강바닥에는 물은 거의 안 보이고 온통 자갈밭이다.

섀키의 카라반사라이Karavansaray에 도착했다. 옛날 실크로드를 오가는 대상들이 머물고 짐을 나르느라 피곤한 낙타도 꼴을 먹고 쉬던 큰 숙소다. 18세기까지 섀키에는 카라반사라이가 다섯 개나 있을 만큼 동서 교역이 활발한 지역이었는

카라반사라이

데, 지금은 두 곳만 남아 있다. 밖에서 보니 3층 건물인데 길가의 1층은 기념품을 파는 가게가 촘촘히 들어서 있고, 건물 입구는 높은 쪽 길 모서리 2층에서 바로 들어갈 수 있다. 큰 고리 문을 열면 둥그런 원형의 넓고 높은 컴컴한 공간이 맞이한다. 중앙에는 작은 분수가 있다. 벽 끝쪽에 프런트가 있다. 더 들어가면 넓은 중앙에 큰 나무와 잔디로 꾸민 정원이 있고, 숙소 역할을 하는 2층 건물이 사각형으로 빙 둘러싸고 있다. 방 입구 앞으로 아치형 기둥과 돌벽들이 튼튼하게 버티고 있어 널찍하다.

지금은 호텔처럼 운영하고 있어 우리는 이곳에 묵기로 했다. 방 안은 어둑하고 양옆으로 침대가 두 개 있다. 불을 켜지 않으면 암흑 그 자체에서 옛 상인들의 체취가 느껴진다. 이런 숙소들이 있어서 대상과 낙타들이 수천 리 실크로드를 다닐 수 있었으리라. 낙타가 하루 가는 거리 정도마다 숙소가 세워져 있었다고 한다. 상인들이 오가며 정보도 오가고 물건도 사고팔고 세금도 냈을 테니 카라반사라이는 교역의 핵심 거점 역할을 톡톡히 했을 것이다.

새키 칸국Khanate의 칸(왕)의 여름 궁전부터 찾는다. 숙소에서는 걸어서 약 15분 걸린다. 문 앞에 줄이 처졌고 문은 닫혀 있다. 경찰 두 명이 지키고 있는데 내일도 열지 않는단다. 알고 보니 며칠 전 관광객 한 명이 궁내 문 입구에 있는 커다란 나무에 올라갔다가 추락하는 사고가 있었단다. 궁 앞 도로 건너편에 칸이 기도하던 건물이 있는데 지금은 박물관으로 사용하고 있다. 입장료를 내고 들어가니 유품 등 볼거리가 많다. 카펫, 공작품, 도자기, 주전자, 깃발, 장구를 닮은 악기도 보이고, 옷가지와 침구도 있다. 박물관에서 같이 구경하던 젊은 아기 아빠는 우리가 한국인이라고 호의를 베풀고 일행들과 같이 기념사진도 찍자고 권했다. 한국을 좋아한단다. 주변 강대국들의 침략과 전쟁, 합병의 아픈 역사를 잘 알고 있어 동병상련을 느끼는 듯하다. 그리고 왕궁 내부는 못 들어가도 왕궁 뜰에는 들어갈 수 있도록 현지 경찰에게 부탁해 보겠단다. 결국은 실패했지만 그의 호의가 너무 고맙다. 딸과 아들을 둔 멋진 아빠다. 부디 가족 모두의 앞길에 행운이 가득하길….

근처 2층 도서관 건물도 둘러본다. 좌우 칸에 책들이 빼곡하다. 호기심 많은 현지인이 '한국에서 왔죠?'라고 묻더니 같이 사진 찍자고 한다. 자랑스러운 아이돌 방탄소년단의 인기를 실감한다. 태어난 땅이 코리아라 뿌듯하다.

카라반사라이 숙소 옆 아치문을 지나면 넓은 야외 가든식당이다. 양고기와 빵이 나오는 요리 피티Piti에다 M 회장이 가져온 보드카로 함께 유쾌한 저녁 시간을 가진다. 음악 밴드는 은은한 노래를 연주하고 흥겨워진 사람들은 나가서 춤도 춘다. 식사는 이곳 전통의 양고기 수프였다. 너무 기름져 못 먹겠다는 이도 있었지만 나는 그럭저럭 다 먹었다. 어떤 음식이든 잘 먹고 적응이 빠른 내 식성은 여행하는 내내 큰 축복이었다. 감사하다. 내일은 바자르에 들렀다가 키스Kish에 있는 알바니아 교회에 가기로 하고, 잠에 빠져든다.

알바니아 교회, 테제 바자르, 겨울 궁전

10시에 마을 마이크로버스를 타고 출발. 잘생긴 청년이 고맙게도 자리를 양보해 줘서 앉아서 테제 바자르(시장)까지 간다. 기다렸다가 키스행 마이크로버스를 갈아타고 중간중간 타는 승객이 많아 뒤로 밀려오는데 누군가가 "여기 아가씨들이 보통 미모가 아니네"라며 감탄한다. 정말 아름다운 아가씨들이다. '왕이 미치면 코카서스로 전쟁하러 나간다'라는 페르시아 속담이 괜히 나온 말이 아니로군!

알바니아 교회

잘 정돈된 오르막 자갈길을 걸어가다 보면 과일들이 주렁주렁 매달려 있고 산딸기도 많이 보인다. 시골집치고는 너무나 우아한 문양이 그려진 대문을 구경하다 보니 금세 아담한 둥근 탑의 알바니아 교회Albanian Church가 나타난다. 옛날 아제르바이잔 북부인 이곳에 기독교가 세를 떨친 적이 있었다. 교회 이름은 발칸 반도에 있는 국가 알바니아와는 전혀 상관이 없고, 백인White을 의미하는 알비노Albino 코카서스인Caucaisiam과 관련이 있단다. 교회 내부는 조그마하고 예쁘다. 교회 한가운데 지하 바닥에는 유리를 통해 보존된 인골이 훤히 보인다. 교회 뜰에는 기념품들이 벽에 붙어있고 정원에는 꽃들도 많다.

돌아오는 길에는 택시를 타고 테제 바자르로 다시 왔다. 시장에는 과일과 채소, 정육점, 옷 가게들이 즐비하다. 이곳 과일은 정말 맛있고 저렴하다. 복숭아 1kg에 1마나트(1달러=1.70마나트)이니 우리 돈으로 1,000원도 안 된다. 정육 식당에 들러 꼬치와 함께 들이키는 시원한 맥주 맛이 더위를 잊게 한다.

햇살이 누그러질 때쯤 겨울 궁전을 찾아 나섰는데, 위치가 숙소 근방인데도 찾기가 어렵다. 한쪽 눈이 불편한 할아버지가 친절히 알려주시고 아이들도 자세히 알려주었지만 겨우 찾아갔다. 입장료를 내고 들어서니 아담한 2층 건물이다. 1층은 기도실인데 우측 방은 남자용, 좌측 방은 여자용이다. 2층은 칸이 사용했다는데 스테인드글라스가 화려하고 영롱하다. 나머지 세 벽면은 은은한 색

채의 벽화 문양들이 칸의 기품을 뿜어낸다. 관람객이라곤 우리뿐이다. 칸이 앉았던 보료에도 앉아 보고 사진도 맘껏 찍는다. 어제 여름 궁전에 못 들어간 아쉬움을 말끔히 보상받은 느낌이다.

밖에 나왔을 때 아프리카 여행에서 만났던 L 선생님을 우연히 만났다. 옆에는 젊은 스님도 계신다. 반가워서 뜰에서 기념사진도 찍는다. 근처 스테인드글라스를 만드는 곳(여기서는 스테인드글라스 격자를 못이나 접착제를 사용하지 않고 만든다)에 들렀더니 이미 문을 닫아 기념품점에 들렀다가 숙소로 돌아왔다. 숙소 입구에서 L선생님을 우연히 다시 만났는데, 숙소를 여기에 하고 싶었는데 예약하지 못해서 카라반사라이 내부 구경이라도 하고 싶다고 하신다. 모시고 카라반사라이를 안내해 드렸다. 우리가 묵는 방은 물론이고 건너편 방에도 허락을

겨울 궁전

받고 가봤다. 그런데 건너편 방은 엄청 넓고 뒤쪽 창문으로 가든 식당이 환하게 보인다. 이런 방도 있었군! 여긴 별도 가격인가 보다. 숙소 밖까지 배웅해 드렸다. 남은 여행 건강히 잘하시길.

그러고 보니 오늘이 돌아가신 아버님 생신이네. '아버지, 생신 축하드립니다. 10남매 키우느라 고생 많으셨습니다. 요즘 시대였더라면 저는 세상 구경도 못했을 텐데…. 덕분에 코카서스 여행도 잘하고 있습니다. 잘 계시지요?'

역시 태어난 땅. 부모와 시대. 이 세 가지가 중요하다는 말이 실감 나네!

조지아 가는 날, 텔라비

뒤뜰 정원에는 여러 가지 과일도 많다. 낙타 조형물도 여럿이다. 숙소를 9시 30분에 출발해서 12시경 조지아 국경에 도착한다. 국경 출입 검문소 이동 거리가 꽤 길다. 한참을 기다려 버스로 텔라비 숙소에 도착해 짐을 푼다. M회장이 가져온 전투 식량으로 함께 배도 채우고, 가평 꿀로 기운을 채운다.

14장 조지아
전쟁과 신화의 땅

캅카스 지역에 위치한 조지아(그루지야)는 북쪽은 러시아, 남쪽은 터키와 아르메니아, 남동쪽은 아제르바이잔과 국경을 접하고 있다. 조지아의 수도는 트빌리시다. 1936년 소비에트 연방을 구성하던 공화국의 하나인 그루지야 소비에트 사회주의 공화국을 이루다가 1991년 4월 9일 독립했다. 영토의 크기는 한반도의 3분의 1, 인구는 약 400만 명이다. 주민의 상당수는 조지아인이고, 종교는 동방정교회가 80% 이상이다.

조지아가 속해있는 캅카스 지역은 아시아와 유럽의 중간에 있어 오랫동안 각 방향에서 온 강대국의 침략을 받았다. 고대 그리스인들이 콜키스로 알려진 흑해에 접한 조지아 서쪽 바다를 침략(BC 8~6세기) → 페르시아(BC 5세기) → 콜키스 왕국 → 동쪽 이베리아 왕국(BC 4세기) → 로마제국(1세기) → 로마·페르시아 각축장(700년간) → 이슬람 세력(8세기) → 흑해 동쪽 압하지아 왕국 확장 → 리베리아 왕국 통합(8~11세기) → 조지아 황금시대(10~12세기) → 몽골 침략(13세기) → 페르시아와 오스만 투르크 지배 → 러시아(19세기 후반) → 소련(스탈린 대숙청 시대 1930년대) → 조지아 독립(1991)에 이르렀다.

텔라비

조지아 동부에 있는 카헤티Kakheti의 주도이며 와인의 주산지다. 13세기에는 몽골, 17세기에는 페르시아의 침략을 받았던 곳이다. 특히 페르시아의 압바스 1세 때에는 약 6만 명이 학살되었고, 10만여 명이나 되는 조지아인들이 페르시아로 끌려간 민족의 엄청난 수난과 피해가 있었던 역사적인 곳이기도 하다. 자연과 인간을 파괴하는 전쟁의 역사는 겪지 않으면 안 되는 것인가? 묵직한 감상에서 벗어나 발이 가는 대로 시내 관광에 나선다. 카헤티 왕국 시대의 성Batonis Tsikhe부터 간다. 성안에 왕의 기도실도 따로 있고 박물관도 있다. 실내에 촛불 봉헌하는 사람도 보인다.

카헤티 왕국 성

텔라비 전경

18세기 에레클Erekle 2세가 태어나고 죽었던 곳이다. 그는 진보적인 유럽 문화예술을 조지아에 처음 들여왔다. 성벽에서는 텔라비 시내 전체가 훤히 보이고 멀리 대코카서스로 둘러싸인 긴 산맥의 풍경도 멋지다. 성 근처 텔라비 시내가 내려다보이는 언덕에 있는 에레클 2세의 힘찬 기마상도 보인다.

나디크바리Nadikvari 공원 근처 잔디 넓은 곳에 천 년은 됨직한 큰 나무 한 그루가 떡 버티고 있는 주위에는 빙 둘러앉아 쉴 수 있는 나무 의자도 만들어 놓았다. 현지 젊은이들이 BTS 팬이라면서 우리와 즐겁게 사진도 함께 찍는다. 순박한 중세로

나디크바리 공원

들어온 분위기다.

돌아오는 길에 성모교회The Holy Virgin Church에 들렀더니 문이 닫혀 있다. 밖에서 본 탑은 키스에서 본 알바니아 교회 탑과 거의 똑같다. 풍성한 시장통에 들러 복숭아, 토마토, 오이 등 맛 좋고 값싼 과일을 푸짐하게 산다. 과일가게의 서글서글한 아들도 사진 찍자고 곁에 선다. 숙소에서 M회장팀 방에 가서 맥주 한 잔을 마시며 즐거운 대화를 나눈다. "여행 중에 이렇게 방에 초대받아 보기는 처음이라 고맙습니다", "호기심이 많으시고 앞장서서 찾아다니시는 것을 보니 박수 치고 싶습니다", "하하, 별말씀을요. 그래도 듣기가 싫지는 않구먼요!"

창으로 보는 석양 노을이 편안하고도 아름답다. 남미에 있는 손자가 간식 먹는 동영상을 보니 흐뭇하다.

텔라비 근교 수도원

텔라비 근교에는 유명 수도원이 많다. 오늘은 승합차로 돌아본다. 동쪽 먼 곳부터 시작하여 북쪽을 거쳐 서쪽으로 진행한다.

네크레시 수도원Nekresi Monastery

경사가 높은 산 중턱에 있다. 입구에 있는 서틀버스를 타고 산꼭대기 수도원으로 올라가야 하는데 입구에 도착하니 문이 닫혀 있고 버스가 오려면 한 시간은 기다려야 한단다. 그래서 걸어서 산 중턱까지 올라가기로 한다. 약 1.5km 거리다. 입구 우측 공터에 비석들이 보인다. 잘 생긴 수컷 개와 암컷 개가 가이드를 자처하고 나선다. 날씨가 더워 땀이 많이 나는데 가져간 큰 수건이 요긴하게

네크레시 수도원

쓰인다. 중턱에 이르자 아래는 포도밭, 길옆에는 복분자와 블루베리가 많아 눈도 입도 심심치 않다. 드디어 도착. 산 중턱 지형에 맞춰 붉은색 건물들이 거의 일자로 배치되어 있는데, 맨 아래 조망대부터 위까지 일고여덟 동은 되겠다. 여기저기 사진 찍을 만한 데는 많다. 수도원에서 포도주를 자체적으로 생산했기에 건물 바닥에 동그란 구멍이 여기저기 나 있고 항아리들도 보인다. 벽 쪽에는 나무로 만든 소 여물통 모양의 기다란 통과 끝이 넓적한 막대도 있다. 건물 안 기도실 뒷면에는 프레스코 벽화들이 남아 있다. 지나가는 검은 옷의 수사님의 사진은 찍으면 안 된단다.

여기서 북쪽으로 조금만 더 가면 체첸만큼이나 용감하다는 다게스탄Dagestan

부족이 있는 러시아 땅이다. 1801년 러시아 제국이 여기를 합병한 이후 거의 200년간 수도원이 폐쇄되었다가 조지아 독립 후에야 다시 수도원 기능을 하고 있다. 누군가 제대에 촛불을 올리고 밀봉 와인과 밀랍 촛대를 구입한다.

잘생긴 수캐는 내려올 때도 입구까지 따라와서 마중한다. 충견이로고!

그레미 성채Gremi Archangel Complex

나지막한 언덕 위에 있다. 그레미는 지금은 시골 마을이지만 카헤티 왕국의 수도였고 실크로드의 활기찬 무역도시였다. 카헤티 왕국은 1615년 페르시아의 압바스Abbas 1세의 침략을 받아 점령된 뒤 텔라비로 수도를 옮겼다. 이후 아르메니아인들이 이곳으로 이주해 교회와 상권을 장악했다. 성채에서 근처에 흐르

그레미 성채

는 강까지 연결된 비밀 터널 흔적이 아직도 남아 있단다.

카헤티 왕국의 마지막 여왕은 이슬람으로의 개종 요구에 응하지 않아 고문으로 희생당했다. 여기에도 땅속에 와인 항아리가 있으며 특이한 형태의 항아리와 잔도 보인다.

알라베르디 성당Alaverdi Cathedral

11세기 초 카헤티의 크비리크 왕이 완성한 장엄한 성당이다. 2004년 트빌리시에 있는 성삼위일체 대성당Holy Trinity Cathedral이 세워지기 전까지 거의 천 년 동안 조지아에서 가장 규모가 크고 높은 종교 건축물이었다. 수도승들이 만들어 저장하는 포도주 지하 저장소가 더 유명하단다.

알라베르디 성당

큰 도로에서 바로 들어갈 수 있는 평지에 우뚝 솟은 멋진 큰 수도원이다. 입구에서 허리에 두르는 긴 치마를 걸쳐야 입장할 수 있다. 남성도 예외가 아니다. 사진 촬영에 열중하다 보면 치마가 흘러 내리기도 한다. 건물은 입구부터 범상치 않다. 세월이 느껴지는 장엄한 성화들. 세례받는 아이들과 그 부모들…. 성당 내부는 사진 촬영은 금지다.

밖에 나와 여인들 사진을 찍어주니 같이 온 남자가 고맙다고 악수를 청한다. 둘러보니 옆면 외벽은 보수를 기다리는 부분이 많아 보인다. 한적한 곳에는 땅바닥에 비석들이 줄지어 놓여 있고 담 건너에는 아치형으로 만든 돌탑이 무너질 듯한데도 잘 버텨내고 있다.

이칼토 수도원Ikalto Monastery

이곳은 6세기에 건설되기 시작했고 수도원 겸 교육센터로 조지아를 이끄는 인재들을 양성했던 아카데미다. 성서 번역, 천문학, 수사학, 철학, 지리, 기하학, 음악, 항아리 제조법, 포도 재배와 포도주 제조법, 약학 등을 가르쳤다. 조지아의 12세기 민족시인 쇼타 루스타벨리Shota Rustaveli도 이곳에서 공부했다고 한다. 1616년 페르시아 압바스 1세가 침략했을 때 방화로 폐허가 되는 아픔을 겪었다. 본채에 기도실이 깔끔하게 단장되어 있고 부속 건물 두세 개만 남아 있다. 나머지는 돌로 쌓은 뼈대와 뒹구는 항아리 파편들이다. 높이 솟은 사이프러스 나무들과 무성한 풀들만 옛 영화를 기억하고 있구나.

오늘의 수도원 관광을 다 마치고 숙소로 돌아왔다. 방의 에어컨에 문제가 있어 카운터에 연락해 고치고는 식당으로 간다. 속이 불편하여 국물을 먹으려고 치킨 수프를 주문했는데, 수프에 달걀 하나 동동 떠있다. 에고…. 꼬치구이 샤슬릭도 주문했는데 먹을 만하다. 남은 것을 포장해서 달랬더니 잘 못 알아들어

이칼토 수도원

그냥 치워 버렸다네. 매니저가 미안하다고 빈대떡 같은 전을 하나 더 해주었다. 어린 여종업원이 혼날까 걱정되어 팁을 억지로 쥐어준다. 이건 맛이 괜찮네.

차브차바제Chavchavadze 정원

시인과 묵객들이 자주 모이고 애용했다는 치난달리Tsinnandli에 있는 아름다운 저택과 정원이다. 러시아의 문호 푸시킨, 프랑스 작가 뒤마 등이 여기 머물렀다고 한다. 택시로 왕복 12라리면 갈 수 있다(관람 중 대기 포함). 정원으로 들어가는 길에는 쭉쭉 뻗은 사이프러스 나무가 길게 늘어서 있다. 공원 입장료(인당 2라리)를 내고 한 바퀴 둘러본다. 정원은 넓고 길도 잘 단정되어 있다. 아름드리 나무들이 꽉 찬 느낌이다. 잔디, 대나무, 오솔길, 낙엽도 보이는 길에 편한 의자

차브차바제 공원 입구

들이 곳곳에 놓여 있다. 숲속에는 숙소로 보이는 우아한 이층 돌집이 있고 노래하는 공연장도 있다. 정원 건너편은 제법 넓은 강인데 자갈 강바닥이 보인다. 박물관 건물도 있고. 잔디밭에는 신부가 하얀 드레스로 결혼사진도 찍는데, 행복해 보인다. 나뭇가지에는 사랑의 맹세를 담은 색색의 리본이 매달려 있고, 정원 둘레는 정말 잘 꾸며져 있다.

이 정원은 헤라클리우스 2세가 1797년 러시아 주재 대사였던 알렉산더 차브차바제에게 준 땅이다. 그는 유럽 설계자를 초빙하여 이곳을 아름다운 정원으로 가꾼다. 1846년 아들이 상속받았다. 한때는 외적이 쳐들어 와 가족들이 납치되기도 하고 인질 교환을 위해 어마어마한 돈도 지불했다. 알렉산더 차브차바제 사후 100주기인 1946년에 '시인들의 박물관'으로 개장됐다. 여행객들이 한나

절 느긋하게 보내기에 딱 좋은 곳이다.

돌아오는 길에 시장에 들러 황도 복숭아 등 과일을 푸짐하게 사 들고 온다. 나는 과일을 정말 좋아한다. 코카서스 체질인가 보다.

시그나기

굿모닝 조지아! 산도 잘 보이고 하늘도 맑다. 어제 갔던 사이프러스가 쭉쭉 뻗은 치난달리 공원 입구를 지나 남쪽으로 60km 떨어진 시그나기Sighnagi로 간다.

시그나기는 터키 말로 '피난처'란 뜻이다. 700~800m 고지의 산 높은 곳에 위

시그나기

시그나기

치하며 4km에 이르는 성벽으로 둘러싸인 빨간 지붕이 중세의 아름다움을 그대로 간직한 요새 마을이다. 성 니노○가 잠들어 있는 보드베 수도원이 있고, 조지아에서 가장 사랑받는 국민 화가인 니코 피로스마니Niko Pirosmani의 고향이다.

숙소인 피로스마니 호텔 카운터에 짐을 맡기고는 보드베 수도원Bodbe Monastery부터 가기로 한다. 우리는 공원 놀이터에서나 볼 법한 미니 관광차를 타고서

○ 성 니노(St. Nino)는 서기 3세기의 성인으로, 터키 카파도키아 지방의 왕가 출신이다. 독실한 기독교 신자였으며 신의 계시로 전도자가 되어 조지아 땅으로 넘어와 여러 치유의 기적을 행하여 존경받았다. 죽어가는 아이에게 두건을 씌워주어 살려냈고 조지아 왕비의 불치병도 기도로 치유했다. 조지아 왕 미리암 3세가 사냥 중에 다쳐 눈이 보이지 않고 길을 잃었을 때 '니노의 신'에게 기도 후 길을 찾을 수 있었다고 한다. 그 후 왕은 327년 기독교를 국교로 공인한다. 성 니노는 조지아 포교에 헌신한 뒤 은퇴하여 기도하는 수도자로 여생을 보내다가 이자리에 묻혔다. 왕이 그 자리에 교회를 세우도록 하여 보드베 수도원이 건립됐다.

2km쯤 간다(시내 성벽 구경까지 포함하여 인당 10 라리). 걸어서 가는 사람도 있다.

보드베 수도원은 9세기에 건축되고 17세기에 재건된 곳으로 성 니노의 무덤 위에 지었다고 한다. 사이프러스 나무에 둘러싸인 3단 종탑과 회색의 전형적인 수도원이다. 화창한 꽃나무와 푸른 잔디. 천장 높은 실내 벽화와 깨끗한 제단. 세례받고 있는 아이들도 많이 보인다. 면사포를 쓰고 경건히 기도를 올리는 사람도 보인다.

보드베 수도원

조지아 정교회의 상징인 특이한 형태의 처진 '포도 넝쿨 십자가'는 성 니노가 무츠헤타Mtskheta 가는 길에 성모 마리아에게서 받았다는 이야기와 포도 넝쿨을 자신의 머리카락으로 묶어 십자가로 만들었다는 이야기가 함께 전해온다. 이 교회는 9세기부터 11세기에 걸쳐 확장 개축되고 중세 카헤티 왕들의 대관식 장소로도 사용되었다. 1615년 페르시아 압바스 1세의 침략으로 약탈당하고 부서졌다. 17세기에 복구된 후에는 종교 서적을 보관하는 기독교 순례지가 되었으며 소비에트 연방 시대에는 병원으로도 사용되었다. 1991년 소비에트 연방이 무너지면서 부활하여 지금에 이르렀다. 조지아 역사의 축소판이 여기에 다 녹아 있다.

멀리 코카서스 산맥과 알라자니 계곡Alazani valley에 포도밭이 펼쳐져 있다. 언덕 아래로 내려가면 성 니노의 샘St. Ninio Spring이 있다는데 가 보지는 못한다. 잔디 건너편에 건물 앞 넓은 공터에는 외국인들이 단체로 야외 미사를 보며 성가

시그나기 성벽

를 부르고 있다. 평온하다. 이 땅에 더 이상 전쟁이 없기를 나도 기도한다. 그리스 역사가 헤로도토스는 "나라가 평화로우면 아들이 아버지를 땅에 묻지만, 전쟁이 일어나면 아버지가 땅에 아들을 묻는다"라고 하지 않았던가.

타고 왔던 미니 관광차를 타고 마을 성곽도 둘러본다. 성곽은 4km 정도 되며 망루 탑이 23개나 된다. 18세기 헤라클리우스Heraclius 2세가 북쪽 다게스탄Dagestan 부족의 침입과 약탈에 대비하여 성을 쌓았다. 하지만 40년 뒤(1801)에 조지아가 러시아 제국에 합병되어 버렸다.

자전거로 코카서스를 돌아다니는 젊은이들도 보인다. 아제르바이잔에서 출발했다는데 내년에는 한국에서도 자전거 여행을 할 계획이란다. 이때만 해도 코로

시그나기 마을 입구에 있는 '당나귀를 탄 의사' 청동상

나로 인한 팬데믹은 생각지도 못했다. 교회 탑에도 올라가 본다. 전망이 좋아 사진 찍기 그만이다. 통역 교수님의 팔 올린 요가 자세도 찍는다. 다시 보드베 수도원 가는 길목에 있는 시그나기 마을의 빨간 집들의 전경이 잘 보이는 야외 식당에서 조지아 와인을 곁들어 점심식사를 한다. 코카서스 여행의 진수를 맛본다.

걸어서 마을로 오는 중에 갓 결혼한 커플을 태운 자동차들이 신나게 환호를 지르며 지나간다. 공중 집라인extreme zip line을 타고 마을로 바로 질러가는 사람도 있다. 마을 입구에는 국민 화가 닉칼라의 그림인 '당나귀를 탄 의사Healer on the donkey'를 본뜬 청동상이 익살스럽게 마을로 향하고 있다.

시청 옆에 있는 시그나기 박물관에 들른다. 1층은 지리, 선사시대 역사관이고, 2층에 사진과 그림들이 전시되어 있다. 역시 국민 화가인 닉칼라의 그림이 많다.

애칭이 닉칼라, 니코 피로스마니(1862~1918)는 조지아에서 가장 사랑받는 국민 화가다. 가난한 농부의 아들로 시그나기 근처의 작은 마을 미르자니Mirzaani에서 태어났다. 8살 때 부모님이 돌아가신 뒤 두 누나와 함께 트빌리시로 가서 독학으로 글자를 익히면서 잡일, 역무원, 간판 그리기 등을 했다. 주문에 따라 인물도 그렸다. 고향에 돌아가 목동 생활도 했다고 한다. 평생을 지독한 가난 속에서 살다가 1차 세계대전 중 1918년에 발생한 스페인 독감 대유행 때 폐렴과 영양실조로 트빌리시에서 생을 마감했다. 니노 공동묘지에 묻혀 있다는데 기록은 없다. 그의 그림은 자연, 서민들의 일상생활, 상인, 가게 주인, 노동자, 동물, 국민시인 쇼타 루스타벨리, 타마르Tamar 여왕 등 다양하다. 그는 사후에야 국제적인 명성을 얻었다. 우리가 머무는 숙소도 그의 이름을 딴 호텔이어서 더 맘에 든다. 트빌리시 조지아 아트 뮤지엄에 146점, 이곳 시그나기 박물관에 16점의 그림이 있다.

성벽을 따라가는 길 벽에 1차 세계대전 전사자 중 이 마을 출신의 이름들이 박혀있다. 성벽 위를 따라 쭉 이어져 있는 다음 망루까지 가 본다. 중간에 관광객들이 쉬는 카페도 있고 경관도 멋지다. 그렇다. 인생은 여행이고, 여행은 호기심이다. 호기심을 채우려면 걸어가서 보고 듣고 냄새도 맡고 만지고 맛도 봐야 한다. 내 힘으로 걷고 움직이며 경험하는 모든 것이 인생이다. 걷는 데에서 세상의 모든 자유가 나온다. 걸을 수 있을 때까지 걸어 보자.

나는 매주 한 번은 산에 간다. 전에는 주로 도봉산에 갔다. 도봉산은 서울 가까이 있어 너무 좋다. 도봉산 등산한 총 횟수가 아마 6~700번은 될 것 같다. 청춘일 때는 일 년에 등산을 80회 넘게도 갔다. 난 걸음이 느리다. 여럿이 산행하면 항상 꼴찌는 내 차지다. 바닷가에서 수영하면서 물속에서 나와 숨을 몰아쉬는 듯한 휘파람 소리를 내면 내가 어디쯤 오고 있는지 친구들은 안다. '응. 저쯤 뒤에 도사가 따라오고 있구먼!' 꼴찌로 갈지언정 포기하고 되돌아가지는 않는다. 매년 5~6월 지리산 2박 3일 종주와 10월 단풍철 설악산 1박 2일 산행은 늘 산 친구들과 간다. 그런데 2020년에는 코로나 팬데믹 때문에 가지 못해 안타깝다. 아예 포기하기에는 너무 아쉬워 산 친구들과 당일 코스로 설악동부터 양폭산장 구간의 단풍 구경을 하며 설악산 냄새는 맡고 왔다. 다리가 튼튼해야 여행도 신나게 다닌다!

마을 노천시장에는 없는 게 없다. 차량 투어 때 보아둔 숙소 근처 니칼라 식당에 간다. 조그만 소형차가 얼마나 빨리 지나가는지 깜짝 놀랐다. 국민 화가 이름을 딴 식당이다. 벽에 니칼라 얼굴 그림도 있고 분위기가 좋다. 니칼라 셔츠를 입은 종업원도 K-Pop 팬이란다. 버섯과 소 혓바닥(우설) 요리가 괜찮다. 하나 더 주문하려 했더니, 우리가 먹었던 게 마지막 재료였단다. 아쉽다.

숙소에 돌아와 카톡으로 가족에게 여행 사진을 보냈다. 아들과 며느리는 손주와 외할머니까지 모시고 이과수 폭포 여행을 잘하고 돌아왔단다. 외할머니는 외손주 돌봐주러 멀리까지 가셨다.

'아들아, 장모님께 잘해 드려라!'

시그나기에서는 숙소도, 박물관 그림도, 식당도 모두 '니칼라'로 하루를 꽉 채웠네! 내일은 북쪽으로 향한다. 카즈베기에 가는 날이다.

카즈베기 가는 길

아침에 일찍 일어나 시청 뒤 골목을 구석구석 누비며 마을을 산책한다. 지나치는 길목에 민족시인의 이름을 딴 루스타벨리 길Rustaveli st.이라는 푯말이 붙어 있

아나누리 성채

다. 고즈넉한 마을 정취가 푸근한 우리 누나를 닮았다.

승합차 벤츠는 트빌리시 시내 마트에 들려서 먹거리를 미리 준비하고서 조지아 군사고속도로Georgian military highway를 따라서 북쪽으로 올라간다. 아나누리Ananuri 성채다. 아나누리 강물을 막아 수력 발전소를 건설한 진발리Zhinvali 댐에는 물이 가득하다. 성채는 중세 13세기부터 18세기까지 아라그비 공작 가문이 다스렸는데 라이벌 공작의 침입(1739)을 받고 가족이 몰살당하는 참사를 겪었다. 하지만 4년 뒤 지역 농민들이 다시 반란을 일으켜 침입했던 공작을 살해하고 쫓아낸다. 그러나 그 뒤에도 10년 동안 두 번에 걸쳐 전쟁을 겪었다.

성채 안에는 성당이 있다. 호수를 배경으로 한 풍경은 참으로 아름답다. 성벽을 타고 올라서 내다보면 물을 배경으로 한 풍경이 더없이 좋다. 아름다운 경관은 역시 산과 물을 끼고 있어야 돋보이나 보다. 성벽 옆 나무 그늘에서 점심을 먹는데 도마뱀 한 마리가 벽에 붙어 햇살을 즐긴다. 나뭇가지에 붙어있는 삼각형의 하얀 버섯같이 생긴 건 뭘까?

아나누리 성채

계곡을 따라 올라가면 험준하고도 아름다운 산세가 이어지는 코카서스 산맥이다. 세계에서도 아름다운 풍경의 산길로 이름난 코스다. 예로부터 실크로드 대상들이 다녔던 꼬불꼬불하고 험한 길인데 18세기 러시아 제국주의가 남쪽 코카서스로 향하기 위한 식민지 확장의 일환으로 800여 명의 군 기술자를 투입해 본격적으로 도로를 확장하여 군사도로(러시아~북 오세아티아~조지아 카즈베기~수도 트빌리시까지 연결)를 만들었다. 이 도로는 코카서스 전쟁 등 러시아의 식민지 팽창에 큰 역할을 했다.

멋들어진 경관은 해발 2,200m 구다우리Gudauri 스키 리조트 근처에 있는 확 트인 전망대에 세워진 러시아-조지아 우호 200주년 기념탑(1983)까지 이어진다. 구름이 걸친 산, 이 웅장한 풍경을 즐기려는 듯 하늘에 떠 있는 행글라이더, 푸른 들판에는 양떼들, 온 들판을 수놓은 들꽃들, 계곡 아래에는 파란 호수. 모두가 아름답다.

러시아 제국은 1783년 조지아와 보호국 협정Treaty of Georgievsk을 맺고, 이어 1801년에 공식적으로 조지아를 러시아에 합병시켜버린다. 일본제국이 대한제

러시아-조지아 우호 200주년 기념탑

국을 보호국(1905년 을사늑약)을 거쳐 1910년 한일 병합한 것은 100여 년 전 러시아 제국이 한 것을 그대로 따라 한 것이다.

'과거를 지배하는 자는 미래를 지배하며 현재를 지배하는 자는 과거를 지배한다.' 소설『1984년』에서 조지 오웰이 쓴 냉철한 문구가 갑자기 떠오르는 것은 왜일까? 러시아~조지아 우호 수교 200주년이 1983년이고 소설 제목이 1984라서만은 아닌 것 같다.

멀리 강바닥에는 소떼가 보이고, 온통 푸르고 장엄한 산이 가득하다. 만년설의 카즈베기 산도 잠깐 보이다가 사라진다. 카즈베기 산 아랫마을 숙소에 도착하여 짐을 풀고는 바로 게르게티 마을 근처에 있는 '성삼위일체 성당'(조지아어로는 스테판츠민다 사메바 성당)으로 택시를 타고 간다. 광대한 산맥과 우뚝 솟은 카즈베기 산(5,054m)의 발치, 해발 2,200m에 있는 이 성당은 14세기 건축된 조지아의 수호 성령이 깃든 조지아 인들의 마음의 고향이다. 프로메테우스가 제우

카즈베기 스테판즈민다 사메바 성당

카즈베기산

스 신 몰래 불을 훔쳐 인간에게 줘서 제우스의 분노로 카즈베기 산 중턱 바위에 묶여 밤새 새로 돋는 간을 날마다 독수리에게 쪼이는 형벌을 받았던 신화의 땅, 바로 그곳이다. 확 트인 사방의 멋진 풍경은 저 깊은 곳에서부터 가슴 뭉클하다. 앞쪽에는 우리가 출발한 스테판츠민다 마을이 웅장한 바위산 장벽에 둘러싸여 있고 산 끝자락에 룸스 호텔도 보인다. 성당과 종탑은 포근하다. 18세기에는 무츠헤타에 있던 성 니노의 십자가를 안전을 위해 이곳으로 옮겨 보관 중이란다. 촛불로 기도를 올린다. 흰색 야생화로 월계관을 만들어 머리에 쓰고 갓길 땅바닥에 꿇어앉아 하늘을 향해 두 손을 모아 기도하는사람도 있다.

마을 산을 배경으로 멀리서 찍은 교회 사진은 '여기 오길 잘했지?'라고 묻는 듯하다. '그래. 정말 잘 왔어!'

'역광이라 더 거룩한 카즈베기여. 부디 이 땅에 전쟁 없는 평화를 주소서!'

조지아를 너무나 사랑했던 러시아 시인 푸시킨의 200년 전 목소리가 바람결에 실려 온다. '카즈베기 수도원은 구름 뒤에서 하늘을 흘러가는 노아의 방주처

카즈베기 황금 일출산

럼 보일듯 말듯 산 위를 날고 있다.'

마을 센터 광장에 하차하여 저녁을 먹으러 간다. 토속주 차차를 맛보았다. 야미는 너무 독하다. 즐거운 여행 이야기들로 식사 자리가 무르익는다. 걸어서 숙소에 와서 다시 맥주를 한 잔 한다. 안주로 곁들인 구다우리 전망대에서 산 무화과가 카즈베기 여행 맛을 더해준다. 내일은 인근의 계곡 폭포와 쵸키산이 있는 주타로 트래킹 예정이다.

쵸키산, 주타 트래킹

숙소에서 보는 카즈베기 산 정상이 하얀 눈을 덮어쓴 황금빛 얼굴로 일출을 알린다. 차마고도를 여행할 때 허바 설산 객장의 옥상에서 친구와 보았던 그 황금의 땅 엘도라도가 여기에도 있다니!

아침을 먹고 길을 나선다. 어제 갔던 게르게티 성당이 좌측에 보이고 우측 강바닥에는 양떼가 지나가고, 멋진 풍경의 산들이 이어진다. 산 계곡 입구에서부터 걸어간다. 폭포로 가는 길에는 야생화가 사방에서 반겨주고, 뼈대만 남은 건물 잔해도 지난 세월을 얘기한다. 폭포 물줄기가 뜨거워진 햇살을 시원하게 막아준다. 웅장한 산세가 비스듬히 누워 있다. 물가에는 아예 웃통을 벗고 뛰어든 외국인도 보인다.

우리는 다시 차에 타서 좌측으로 스노벨리Sno valley를 끼고 주타Juta로 간다. 계곡물을 따라 올라가는 길이 제법 길다. 멋진 빨간 집도 보이는 마을에서부터 걸어서 산에 오른다. 산 허리에서 내려다보는 마을은 위용 높은 산을 병풍으로 하고 빨간 지붕들로 알록달록한 동화책 그림 같다. 산 평원에 들어서면 대피소 팻

말이 보이고 말을 타고 트래킹하는 사람들도 많다. 저 멀리 병풍처럼 둘러서서 초원을 포근히 안고 있는 듯한 쵸키 산(3,842m)이 떡 버티고 있다. 멋지다!

평원에 도착해서도 계속 걸어간다. 평원 양옆에 높다란 언덕들이 벽을 치고 있다. 하늘은 쾌청하고 푸른 초원에 야생화가 여기저기 피어 있고, 산에서 녹아 내린 물은 끝없이 이어진다. 중앙을 경계로 좌우로 펼쳐진 모양의 쵸키산에 가까워질수록 경치는 더 장엄해진다. 좌측이 좀 더 높고 모양도 올록볼록해서 더 인상적이다. 도랑 옆에 잔설이 아직도 군데군데 있는 멋진 풍경을 담으려고 누워서 사진을 찍는 사람도 있다. 근처에 작은 간이매점도 있다. 조금 더 가면 있는 호수를 기점으로 적당한 곳에서 되돌아간다. 이렇게 멋진 코스를 트래킹하

쵸키산 트래킹

다니! 이것이 여행의 묘미가 아닌가 싶어 너무 행복하다. 돌아오는 길도 멋지고, 먼 산의 녹색 위풍이 장엄하다. 대피소 근처에 연못이 있는데 올챙이들이 알에서 깨어나 바글바글하다. 해먹에 편하게 누워 있는 평화로운 산객들이 부럽다. 대피소 앞 넓은 뜰에서 빵과 복숭아, 체리로 점심을 먹으며 얘기를 나눈다.

"다음 여행지는 어디로 갈 예정이신가요?"

"아들이 남미에 있어서 손주도 볼 겸 내년 2월쯤에 갈까 합니다(이때만 해도 코로나로 꼼짝도 못 할 줄은 꿈에도 몰랐다)."

주차장 옆 도랑의 큰 바위 위에 조그만 십자가가 세워져 있다. 멀리 병풍 같은 쵸키 산봉우리가 가물가물 보인다. 내려오는 길의 계곡이 깊어 운전하기 상당히 힘들어 보인다. 도로의 주인은 소떼다.

우리는 그대로 룸스 호텔에 하차한다. 탁 트인 호텔 야외 로비에서 보는 카즈베기 산과 게르게티 성당 전망이 너무 좋다. 그리고 뒤편 대머리 산봉우리와 가파른 절벽도 멋지다. 호텔에서 기념으로 방

십자가

룸스 호텔에서 본 카즈베기

문객 리스트에 사인도 하고 맥주와 쇠고기를 곁들여 여행 이야기로 시간 가는 줄 모른다. 여행 마니아 한 분은 100여 개 국가를 갔었단다. 몇 년 전에 친구와 중국 윈난의 차마고도 여행 갔다가 만난 인생 선배 고수님이 70여 개국 여행했다는 이야기에 부러웠는데, 이분은 100여 개국이라니!

숙소 오는 길에 송아지 찾는 어미소의 애잔한 울음소리를 들었는데 숙소에 와서도 몇 시간째 계속 들린다. 어떡하나, 빨리 송아지를 찾아야 할 텐데. 호텔에 와이파이가 잘 터져서 사진도 보내고 가족들과 화상 통화도 할 수 있어서 고마운 날이다.

무츠헤타~트빌리시 가는 길

"선생님, 수염을 기르시니 나후나 닮았어요!"

"아하하, 여행 올 때마다 면도기를 잊어버려서…."

그래도 좋은 점도 있다. 매일 면도 안 해서 정말 편하다. 여행을 다녀온 후 사진을 보면 수염 길이로 여행 코스를 확실히 알 수 있다. 아나우리 성당 밖 광장에서 보았던 외국인 부부 중 부인이 다리 기브스를 하고 목발을 짚고 다녔는데 그들도 우리와 같은 숙소를 사용 중이다. 여행 중에는 조심 또 조심하는 수밖에 없다.

트빌리시 방향으로 왔던 길을 되돌아간다. 곳곳에 도로 공사가 진행 중이고, 산 중턱에 양떼와 말떼가 보인다. 눈 많은 겨울을 대비했는지 산쪽 도로는 터널식으로 만든 곳도 지난다. 수교 200주년 기념탑도 보인다. 다시 꼬불꼬불 내리막이다. 옆에 보이는 코카서스 산맥의 산세가 멋지다. 개울 다리 위에는 소들이 한가롭게 앉아 있는 모습이 평화롭고 아름답다.

월드컵 경기가 열리면 꼭 조지아를 응원해야지!

무츠헤타

무츠헤타는 트빌리시 북쪽 20km에 있는 조지아의 옛 수도다. 고대 이베리아 왕국의 수도였으며 기원전 3세기부터 서기 5세기까지 무려 800여 년간 조지아의 정치·경제의 심장부 역할을 했다. 남쪽의 소 코카서스에서 내려오는 무크바리Mtkvari 강과 북쪽 대 코카서스에서 내려오는 아라그비Araggvi 강이 만나는 지점

무츠헤타 전경

에 위치하고 있다. 무츠헤타에서 합쳐진 강이 트빌리시로 흘러간다. 기원전에는 페르시아의 조로아스터교가 유행했으나 성 니노의 기적에 감화된 미리안 왕이 327년에 기독교를 국교로 공인한 이후 조지아 정교회의 영적 심장지가 되었다. 6세기 바크탕Vakhtang 1세의 아들이 부왕의 유언에 따라 수도를 트빌리시로 옮긴 이후에는 쇠퇴하였으나 대관식을 하거나 왕의 무덤들이 있는 등 계속하여 중요한 위치였다.

스베티츠호벨리 성당Svetitskhoveli Cathedral

'생명을 주는 기둥'이라는 뜻으로 무츠헤타 중심에 있는 조지아 정교회의 본산이다. 스베티츠호벨리 성당자리는 예수님이 예루살렘에서 십자가 처형 때 입

스베티츠호벨리

고 있던 옷을 어떤 조지아인(일설에 의하면 무츠헤타에 살던 유대인)이 가지고 와 신앙심 깊은 그의 여동생에게 주었고, 그녀가 죽었을 때 그 옷과 함께 묻어 준 곳이라 한다. 4세기 미리안 왕이 이곳에 첫 교회를 세우려 했으나 기둥을 세울 수가 없어 성 니노가 밤새워 기도한 후 수의가 묻힌 장소로 이동하고 나서야 기둥을 바로 세울 수 있었다는 전설이 있다. 바로 그 자리에 있는 성당이다.

현재의 건물은 11세기에 재건축되었고 성당 안에는 왕들의 유해가 많이 안치되어 있다. 성당은 조지아 내에서 아름다운 건축물 중의 하나다. 말을 타고 성당을 한 바퀴 관광할 수도 있다. 점심은 성당 앞 식당에 들어가 콩죽을 먹었는데, 부드럽고 맛있다.

즈바리 수도원

즈바리 수도원Jvari Monastery

성 십자가 수도원이다. 무츠헤타 시내에서 보면 동쪽에 있는 산 꼭대기에 아득히 서 있다. 4세기 성 니노가 성모 마리아님께 받은 포도나무로 십자가를 만들어 세웠다는 곳이다. 십자가가 기적을 일으키자 코카서스 전역에서 순례자들이 모였다. 십자가가 세워진 곳에 교회를 세웠으며(585~604) 914년에 아랍의 침입으로 화재로 파괴되었으나 중세에 재건되었다. 대칭형의 작은 성당이며 내부 장식은 특별한 게 없지만 중앙 주춧돌 위에 세워진 나무 십자가는 뭔가 경건해 보인다. 성당 주위는 건물 잔해들이 여기저기 남아 있고, 강 건너 무츠헤타 마을 중앙에 스베티츠호벨리 성당도 보인다.

고개 들면 강 좌측의 높은 산과 무츠바리 탁한 강물. 강 우측에는 마을과 둘러싼 산세, 그리고 북쪽에서 내려오는 아라그비 맑은 강물이 만나는 삼각형의 강마을 풍경이 아주 멋드러지다. 두 강물은 합치자마자 바로 탁한 물이 되어 트빌리시 방향 남쪽으로 쿠라강이 되어 흘러간다. 강 절벽에는 바람이 얼마나 거센지 모든 걸 날려 버릴 기세다. 마침 이곳에서 카메라 조작을 잘못해 여행 중에 찍은 사진이 모두 날아갔다고 안타까워하는 분이 있다. 절벽 바람에 정신이 없으셨나 보다. 여행하고 남는 건 사진뿐인데 어떡하나.

아라그비 강둑 옆 트빌리시로 가는 기차는 무심히 남쪽으로 향하고 있다. 아라그비강 언덕에서 젊은 시절 푸시킨의 애절한 사랑 노래가 들려온다.

'그루지아의 언덕 위에는 밤 안개가 깔려 있고
내 앞에서는 아라그바 강의 강물이 물소리를 내고 있다.'

트빌리시

드디어 조지아의 수도 트빌리시로 간다. 숙소인 호텔 와인 팰리스에 짐을 풀고 4시에 카운터에서 만나 지도를 얻어 9명이 함께 시내 구경하기로 한다.

이베리아 왕 바탕Vakhtang 1세(449~522)가 숲속 우거진 곳에 매와 함께 사냥을 나왔다가 매가 꿩을 잡았는데 한데 뭉친 매와 꿩이 근처에 있던 뜨거운 유황 온천물에 빠져 죽는 걸 보고 숲의 나무를 베고 도시를 건설해야겠다고 결심했다 한다. 일설에는 다친 사슴이 온천수에 들어갔다 나온 후에 상처가 나은 것을 보았다고도 한다. 바탕 1세의 후계자 다치 왕(522~534)이 유지를 받들어 무츠헤타에서 트빌리시('뜨거운 땅'이라는 뜻)로 수도를 옮겼다고 한다.

택시로 강을 건너 케이블카를 타고 나리칼라 요새Narikala fortress로 올라간다. 언덕에 오르니 시내를 한눈에 조망할 수 있다. 중앙을 가르는 쿠라강이 보이고 강 위에는 평화의 다리가 있다. 멀리 사메바 대성당이 보이고 그 뒤쪽으로 넓은 국립 식물원도 보인다. 우측 강에는 원형의 망루들이 있고, 요새 앞의 좌측 능선엔 높다란 조지아 어머니상Monument of Mother of Georgians이 칼과 와인잔을 들고 쿠라강을 내려다보고 있다. 손님이 오면 와인으로 대접할 것이나 적이 쳐들어오면 칼로 무찌르겠다는 듯이.

케이블카를 타고 내려가서 평화의 다리를 건너 시청 자유광장으로 걸어간다. 광장 한가운데 트빌리시의 랜드마크인 말 타고 창을 든 성 조지가 용을 찌르는 금빛 탑St. George&Dragon monument이 위풍당당하게 서 있다. 분수대 뒤 어디엔가 푸시킨 동상

어머니상

트빌리시

이 있다고 하는데 도저히 보이질 않는다. 근처 올드타운 뒷골목에는 오래된 집들이 있는데 너무 낡았다. 어떤 성당 건물은 붕괴 위험이라도 있는지 커다란 H빔을 받치고 있기도 하다.

자유광장 분수대 근처에 올드 트빌리시 투어버스(1시간 30분에서 2시간 소요)를 흥정해 할인 가격으로 탄다. 엄청 큰 모형 자전거가 언덕 길가에 멋진 모습으로 여행객의 눈길을 끈다. 쿠라 강가에 이 도시를 건설한 바탕 왕이 칼을 든 기마상도 보인다.

케이블카 탄 곳에서 하차하여 한식집 '대장금'을 찾아 택시로 이동한다. 이곳 주인장은 여행 중 트빌리시가 너무 좋아 올해 초 식당을 열었단다. 대단한 열정이다. 밥 되기를 기다렸다가 오랫만에 한식으로 김치찌개와 제육볶음을 먹는데, 이만한 성찬도 없다.

숙소에 돌아와 가족과 연락한다. 큰 손주는 멋진 우산을 카톡으로 보여주었고, 멀리 있는 손주 녀석은 배밀이를 시작했는데 뒤로도 잘 간다.

오늘도 즐겁고 멋진 하루를 보낸다. 감사하고 또 행복하다.

트빌리시 시내 관광

호텔의 아침 식사는 훌륭했다. 날씨가 덥다. 어제는 저녁 8시인데도 34도였다. 가져온 여행안내서 론리 플래닛을 펴놓고 구경할 곳을 찾는다. 1층 로비 카운터에 가니 인물이 출중한 호텔 주인이 친절하게 조언해주니 감사하다. 오늘 저녁에는 호텔 지하에서 와인 테이스팅 스케줄도 잡혀 있다고 알려준다. 이렇게 고마울 데가!

택시를 타고 조지아 민족시인 쇼타 루스타벨리○ 기념탑에서 내려 시청 방향으로 시내 구경에 들어간다. 도로에서 총 들고 엎드려 기어가는 군인 장난감도 손주를 위해 하나 산다. 대로변에 오페라 발레 극장, 루스타벨리 극장, 국립 미술관도 있다. 미술관에 들어가 둘러본다. 국민 화가 피로스마니 그림도 많이 보

○ 쇼타 루스타벨리 Shota Rustaveli(1172~1216): 조지아 최고 전성기를 연 타마르Tamar 여왕(1160~1213) 시대의 궁정시인이며 조지아 민족시인이다. 여왕에게 바친 대서사시 '표범의 가죽을 입은 용사'가 조지아 문학의 최고봉으로 유명하다. 유괴된 미인을 용사가 구출하는 이야기로 신에 대한 사랑, 남녀의 사랑, 우정, 정의, 조국애, 자유를 노래한단다. 루스타벨리는 이칼토 수도원, 겔라티 수도원의 아카데미에서 교육 받았다고 전해지며 그의 이름을 딴 거리가 시그나기와 메스티야에도 있다. 수도원에서 세상을 하직했다는 전설도 있다. 타마르 여왕 시대에 지은 예루살렘의 십자가 수도원에 그의 얼굴을 그린 프레스코화가 낙서로 훼손되었다가 복원되었다고 한다.

'키스하는 살로메' 대리석 조각상

이고 대리석으로 만든 살로메의 키스 조각상도 있다.

벼룩시장을 찾았더니, 잘생긴 청년이 앞장 서서 길을 안내해준다. 조지아 사람들은 참 친절하다. 야외 공원에 있는 벼룩시장에는 없는 게 없다. 짐승 뿔로 만든 술잔부터. 칼, 도끼, 숟가락, 물통, 도자기, 놋쇠 주전자, 도자기, 액세서리, 그림, 스탈린과 레닌 사진 등등.

한참을 구경하다 보니, 벼룩시장 옆에 버섯 모양을 딴 큰 퍼블릭 서비스홀 public service hall이 보인다. 거기에서 여러 민원을 함께 처리할 수도 있고 환전할 수도 있고 물과 화장실을 이용할 수 있다. 에어컨이 짱짱하게 나와 쉬었다 가기에도 좋다. 까르프 매장에 잠시 들렀다가 어제 갔던 자유광장으로 걸어간다. 어제 시티투어하기 전에 못 봐서 아쉬웠던 푸시킨 동상을 찾아냈다. '삶이 그대를 속일지라도 슬퍼하거나 성내지 마라.'

푸시킨Pushkin, Aleksandr Sergeevich(1799~1837)

러시아의 낭만주의 민족시인의 동상이 이곳 트빌리시 자유광장에 세워져 있다니! 결투 신청으로 총상을 입고 37세에 생을 마감한 푸시킨의 드라마틱한 인생을 한번 알아보자.

그의 핏줄에는 아브람 페트로비치 간니발(1696~1781)의 피가 흐른다. 그의 어머니가 간니발의 손녀이기 때문이다. 간니발은 에티오피아 흑인 노예 출신으로 콘스탄티노플에서 전쟁 포로로 잡혔다가 러시아제국 표트르 대제의 총애를 받아 귀족이 되었다. 그는 표트르 대제의 사랑을 받아 군인이 되어 실력을 인정받았고, 세례 때는 표트르 대제가 대부가 되어주기도 했다. 귀족교육을 받고 프랑스 유학도 하였으며 러시아의 명문가의 자손으로 자랐다.

푸시킨의 이국적인 외모와 곱슬머리는 외가쪽 혈통에 기인하며 여자들에게 인기가 많았다. 10살에 프랑스어로 시를 쓰고 15살에 첫 시집을 냈다. 귀족 자제 학교를 졸업 후 출세 코스인 외무성 공무원이 된다. 자유주의 사상으로 농노제도를 반대하여 당국의 눈 밖에 나 남부 오데사로 전근(유배) 간다(1820). 1825년에야 상트페테르부르크로 귀환이 허용되었으나 위험인물로 낙인찍혀 사적인 여행도 허가를 받아야 했다.

1831년 31살 때 13살 아래인 상류층 출신의 미인 나탈리야 콘차로바에 청혼한다. 푸시킨 어머니의 결혼 반대에도 불구하고 결혼하여 4명의 자식을 낳았다. 나탈리아 콘차로바는 결혼 후에도 사교계에 인기가 좋았으며 니콜라이 1세와도 불륜 소문이 자자했다. 1834년 푸시킨은 황제의 시종보로 임명되었는데 황제가 그의 부인 콘차로바를 가까이에서 자주 보고 싶어한 음흉한 속셈 때문이었다. 시종보의 임무란 광대같은 제복을 입고서 아름다운 부인을 궁중 연회에 모시고 가는 일이었으니…. 10대 소년에게나 합당한 이 직책은 30대의 유명

푸시킨 동상

시인에게는 모욕이었다.

허영심과 사치를 좋아하는 아내 때문에 빚도 늘어났고 이 비용은 푸시킨이 충당해야 했다. 그는 빚쟁이의 독촉을 매일같이 심하게 받았다. 1836년 〈현대인〉 발행을 통해 재정난을 완화하려 했으나, 가진 돈으로는 출판 비용과 원고료도 되지 못했다. 그래서 잡지의 반 이상을 자신의 작품으로 채워야 했다. 18세기 농민전쟁(1773~1775) 푸가초프 반란을 소재로 한 그의 장편소설 『대위의 딸』도 〈현대인〉에 처음으로 발표되었다.

푸시킨도 여성 편력이 화려하고 결투 신청도 좋아했다. 최초 결투 신청이 17살 때였으며 평생 결투 신청한 것이 20회가 넘는다는 설도 있다. 1837년, 그의 자유주의와 반역정신을 적대시한 귀족들이 보낸 것으로 보이는 '네덜란드 공사 헤케른 남작의 양자로 입적된 잘 생긴 프랑스인 단테스와 아내 나탈리아가 바람을 피운다'라는 익명의 투서를 받고 조르주 단테스에게 결투를 신청한다. 상트페테르부르크에서 결투를 벌이다가 치명적 총상을 입고 죽음을 맞이했다. 황제는 푸시킨의 미망인과 자식들에게 섭섭지 않는 금전적 보상을 해주었다. 몇 년 후 나탈리아는 란스꼬이 장군과 재혼하여 비교적 행복한 여생을 보냈다. 한편 단테스는 파리로 돌아가 정치가로 변신했다.

푸시킨은 1829년 조지아 여행을 했는데, 이때 코카서스의 멋진 풍광과 음식에 매료되었다. 특히 조지아의 요리 하나 하나와 와인이 시와 같다고 감탄했다.

트빌리시 삼위일체 성당

그래서인지 조지아에서 푸시킨의 인기가 높다. 푸시킨 동상 앞에는 누군가 갖다 놓은 꽃도 보인다. 근처 갤러리 백화점 쇼핑몰 4층에 있는 중국 식당에 들러 만두와 유산슬, 고추와 소고기볶음에 시원한 맥주를 먹는다.

강 건너 엘리아 언덕에 우뚝 솟아 있는 트빌리시 성 삼위일체 대성당 혹은 츠민다 사메바 대성당Holy Trinity Cathedral of Tbilisi, Tsminda Sameba으로 간다. 터도, 건물도 엄청나게 넓고 크다. 2004년에 완공된 세계에서 세 번째로 큰 동방정교 성당이란다. 소비에트 연방 시절 실력자 베리아Beria의 명령에 의해 파괴된 아르메니아인들의 공동 묘지에 있던 교회 터 일부도 포함됐다는 설이 있다. 내부 규모도 엄청나다. 성화와 벽화도 화려하기 그지없다. 부모와 함께 와서 세례 받는 아이들도 보인다.

언덕길을 내려와 쿠라 강가 메테키 언덕에 있는 메테키 성당Metekhi St. Virgin Church으로 걸어간다. 성당의 우측 넓은 공터가 어제 탔던 케이블카 출발지인 유럽 광장이다. 이 성당은 트빌리시 도시 건설자인 바탕 1세Vakhtang 1 혹은 그의 후계자가 5세기 궁중 예배당으로 처음 지었다고 전해진다. 13세기에는 아랍군의 트빌리시 침략 때 주민들이 저항하다 10만 명이나 처형 당했으며 시신들은 모두 쿠라강에 수장되었다는 처참한 현장이다. 성당 안에서는 미사가 진행 중이었고 한쪽에는 면사포를 쓴 4명의 여신도가 반주 없이 성가를 부르고 있다.

밖에 나오니 강가에는 기마상의 왕이 칼을 차고 쿠라강과 나리칼라 요새를 향하여 손을 흔들고 있는데, 나라칼라 요새가 아주 가까이 보인다. 택시 타고 숙소로 오는데 거의 다 와서 기사가 길을 잘못 들어서 엉뚱한 곳에 내려줬다. 내일 먹을거리와 과일을 준비해서 숙소로 간다. 날씨가 더우니 빨래도 금방 마른다.

호텔 지하 1층에서 한다는 와인 테이스팅 시간에 맞춰 내려갔다. 와인 저장층에는 와인이 빽빽하다. 시음도 하고 사장이 참석자 모두에게 본인의 사인을 하여 와인 한 병씩 선물한다. 잘 생긴 사장이 마음씨도 너그럽고 건배사도 멋지다.

'평화를 위하여!'

'세상의 모든 어린이들을 위하여!'

'조지아와 대한민국의 우정을 위하여!'

우리도 어린이들을 위하여 얼마씩 내어 기부하는 데 보태도록 했다. 이런 기분 좋은 여행도 있구나! M회장은 예전에 본인이 팩용기 디자인에 참여했다는

트빌리시 시내를 흐르는 쿠라강

팩소주 2개에 사인하여 호텔 사장에게 선물로 준다. 사장도 고마워하며 먹지 않고 전시하겠단다. 내일은 일정이 변경되어 흑해 바투미 대신 서북쪽 스바네티Svaneti의 메스티아 위쉬굴리로 먼저 간다. 오늘 밤 와인에 취해 푹 자야지.

머나먼 메스티아

호텔 사장이 어제 와인 테이스팅에 참석하지 않았던 사람들에게도 와인을 한 병씩 챙겨준다. 마음 씀씀이가 넉넉한 분이다. 오늘 가는 메스티아Mestia는 서북쪽 방면 조지아에서 제일 높은 산자락에 위치했으며 트빌리시에서 11시간 예상한다. 오늘은 종일 차로 이동할 것 같다. 차창 밖으로 남코카서스Lesser Caucasus 능선이 끝없이 이어진다. 휴게소에서 구운 빵과 보르조미 광천수도 맛본다.

스바네티Svaneti의 주도인 주거디디Zugdidi에 도착해 시청 로터리 근처 광장에서 가지고 온 먹거리로 점심을 먹는다. 로터리에 있는 분수대는 원형 3단에 줄을 주렁주렁 늘어뜨리고 꼭대기 부분만 지구본(혹은 십자가) 모양이 트빌리시에서 본 모양이랑 똑같다. 차량은 본격적으로 북쪽 대코카서스Greater Caucasus로 향한다.

꿀벌통, 소떼, 말들. 엔구리Enguri 강물을 막은 댐과 즈바리 저수지. 힘차게 쏟아져 내리는 회색의 골짜기 물. 아슬아슬해 보이는 좌측 높은 벽면들. 갑자기 넓어진 시야에 눈이 쌓인 산 정상이 보인다. 위시굴리 표시 팻말이 보이기 시작한다. 이렇게 반가울 수가! 집집마다 있는 중세의 굴뚝 같은 방어탑이 높이 솟은 스반타워Svaqn tower(코쉬키)도 보인다. 어둑어둑해져 가로등에 전깃불이 들어올 무렵에야 메스티아에 도착했다.

숙소에 짐을 풀고 건너편 룸스 레스토랑으로 간다. 오늘의 메뉴는 꼬치구이

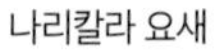
나리칼라 요새

메스티아 코쉬키 마을

사슬릭, 로비아니lobiani, 빈 파이, 맥주다. 4인조 악기 공연에 미녀의 춤이 시작된다. 전통 춤을 보고 싶었는데 여기서 보게 되는구나. 산티아고 순례길 40일, 남미와 아프리카, 히말라야 등등 그동안 다녔던 즐거운 여행 이야기들도 오간다. 중세 분위기가 고스란히 남은 코쉬키의 밤 풍경은 색다른 느낌을 준다.

위쉬굴리

메스티아는 해발 1,500m 위치에 있는 어퍼 스바네티Upper Svaneti의 중심 마을이다. 북쪽 러시아 국경을 건너면 유럽 제일봉인 엘브루스 산(5,642m)이 있고, 동쪽 위쉬굴리 쪽에는 조지아 최고봉인 해발 5,193m의 샤카하라 산Mt. Shkhara이 있는 오지 중의 오지다. 아침 식당에는 중국인들도 많이 보인다. 워낙 숙박객들이 많아 자리가 없어 서서 먹는 사람도 있다. 우유도, 커피도 기다려야 된다. 오늘은 메스티아의 하이라이트인 위쉬굴리Ushguli 마을로 간다. 47km 거리에 1시간 40분 정도 예상한다.

코쉬키 탑과 마을의 구도가 꽤 멋지다. 엔구리Enguri 계곡 물가에 있는 4층 높이의 코쉬키에 입장료를 내고 올라간다. 돌로 지어 튼튼해 보이지만 여기도 입장객들이 많다. 층고를 오르기 위한 사다리가 있고 맨 꼭대기 층에는 주위 적들의 침입에 대응하고 경계할 수 있도록 구멍이 제법 큼직하게 나 있다. 이곳으로 돌도 던지고 활도 쏘고 총도 쏘아 방어한다. 오래된 것은 8~9세기에 만들어졌고 18세기 것도 있다. 위시굴리 마을로 가는 마지막 구간은 협곡이 제법 깊어 차량이 교차할 때 신경도 쓰인다. 언덕에는 소떼들이 보이고 두세 명씩 걸어가는 등산객도 보인다. 힐링 코스로는 최고겠다.

마지막 마을 위쉬굴리에 왔다. 해발 2,100m에 위치해 유럽에서 가장 높은 지역에 있는 마을이다. 사방을 둘러봐도 온통 푸른색과 야생화가 핀 초록 언덕이다. 만년설이 녹아내리는 엔구리 강이 시작하는 계곡 코쉬키. 조지아 최고봉인 샤카하라 산은 하얀 눈이 쌓인 산봉오리에 구름이 휘감고 있다. 성 마리아 성당 넘어 물가의 소떼와 그 옆으로 말 타고 트래킹하는 젊은이들이 보인다. 경치가 압권이다.

한참을 걸어 물가에 소들이 있는 데까지 간다. 멍하니 자연 속에서 보고 숨 쉬고 듣고 걷기만 해도 자유로움을 느낀다. '행복이란 하늘이 푸르다는 사실을 발견하는 것만큼이나 단순하다'라고 하더니 그냥 하늘을 보니 행복하다.

되돌아오는 언덕 위에는 12세기에 만들어진 성마리아Lamaria 성당과 코쉬키가

위시굴리

코쉬키탑 옆의 성 마리아 성당

있다. 뜰에는 세 개의 종이 나란히 걸려 있는 한없이 평화로운 정경이다. 실내도 좁고 벽화도 오래되고 소박하다. 마을로 내려가는 언덕에는 말들이 풀을 뜯고 있고 개울 넘어 평지에는 산에서 굴러 내린 커다란 바위들이 여기저기 자유롭게 늘려 있다.

마을 골목길에 들어서면 조그마한 위쉬굴리 돌집 민속 박물관이 있어 들어가본다. 옛 생활하던 모습을 그대로 재현해 놨는데 가축 공간, 음식 만드는 기구며 촛불 등 볼거리가 많다. 전통 털모자를 쓰고 칼까지 들고 앉아 사진도 찍어본다. 퀴퀴한 냄새가 나는데 입장료까지 내고 들어갔다.

메스티아로 돌아오는 길에 하츠발리 스키장에 들러 로프웨이(중간에 한번 갈아

메스티아 산

탄다)를 타고 올라가 웅장한 풍광을 구경한다. 주변의 경치가 정말 멋지다. 한켠에 스키 경기의 시상대가 있는 것을 보니 국제 경기도 열리는 모양이다. 정상의 휴게실 옆 확 트인 넓은 공간에서는 아가씨 2~3명이 틀어놓은 음악에 맞춰 열정적으로 춤을 추고 있다. 역시 젊음은 아름답다. 식당에서 음료수를 마시며 여유롭게 바라보는 풍경도 좋다. 나와서 야생화가 핀 동쪽 길로도 가본다. 로프웨이를 내려오면서 보는 건너편의 메스티아 마을을 둘러 싼 우쉬바Ushba 산과 우측편 레키찌리Lekhziri의 만년설, 그 아래 강과 코쉬키 마을 풍경은 정말 이곳이 아니면 볼 수 없는 모습이다.

어제 갔던 룸스 식당의 음식 맛을 못 잊어 오늘도 갔다.

바투미로 가는 길

어제는 중국 관광객들과 겹쳐서 아침 식당이 혼잡하더니 오늘은 중국 관광객들이 떠났는지 그런대로 괜찮다. 하지만 음식은 여전히 빈약하다.

오늘은 흑해 연안에 있는 도시 바투미Batumi로 간다. 푸르고 웅장한 산세가 꾸불꾸불한 도로를 따라 끝없이 이어진다. 어느 모퉁이에는 무릎 높이의 작은 돌성당도 만들어져 있다. 아마 사고난 지점이라 망자를 추모하는 듯하다. 여행 좋아하는 대구의 H 교수도 메스티아에는 꼭 한번 왔다 가야 될 곳이로군.

흑해로 빠지는 엔구리강 계곡에는 흙탕물이 힘차게 흘러간다. 길이 굽이져서 운전하기 힘들어 보이는 코스가 많다. 엔구리 댐 도로까지 거의 두시간 반은 걸린 것 같다. 이제 길가에 꿀벌통도 군데군데 보이니 거의 다 내려왔나 보다.

평지 휴게소에서 잠시 휴식을 하기 위해 머무는데 근처 개울가에서 돌을 찾는 분도 있고, 속이 좋지 않은 일행에게 침을 떠주는 분도 있다. 기브스한 선생님은 알고 보니 트래킹 마니아시다. 뉴질랜드 남섬의 밀포드 사운드, 카라코람, 알프스, 히말라야 등지를 다녀오셨단다. 나도 비슷한 트래킹 마니아를 알고 있다. 그 훌륭한 후배는 히말라야 7회, 알프스, 남미, 이탈리아 돌로미테 등을 다녀왔다. 가히 호적수가 되겠군! 점심으로 케밥을 먹는다. 내 수염이 길어서 현지인인 줄 알았다며 옆에 앉은 분이 면도기를 빌려주겠다고 했다.

"면도기 빌려드릴까요?"

"괜찮습니다. 알아보는 사람들이 없어 너무 편합니다. 서울 가서 바둑 친구들 보고 나서 깎을 겁니다."

잠시 웃음꽃이 핀다.

바투미

메데아 탑

서쪽 압하지아○로 가는 철길에는 풀만 무성하다. 달리던 차창 밖으로 갑자기 바다가 확 나타난다. 포티항 근처인 모양이다. 해안을 따라 남으로 내려간다. 20세기 초 스웨덴의 노벨 형제가 동쪽 카스피해 바쿠에서 생산된 원유를 철길과 파이프 라인을 통해 여기 자유항인 바투미에 보관·정제했다가 흑해를 통해 세계로 수출했다. 숙소인 바투미 아이시 호텔에 도착한다.

바투미는 조지아 최대의 항구로 터키 국경 20km 지점에 있다. 옛적에는 콜키스로 불렸으며 그리스 식민지였고, 17세기 이후에는 오스만 터키 지배하에 있었다.

바닷가로 가서 흑해 바닷물에 손부터 담가 본다. 바람이 센데도 몽돌해변에는 사람들이 많다. 불리버드 공원Boulevard park 우측 길로 걸어간다. 커다란 하트 조각물, 아쿠아, 쉐라톤 호텔, 알파벳 타워 등 현대식 건물도 많고 휴양지답게 공원도 깨끗하다. 공원 끝 바닷가에 등대와 알리&리노 탑도 있다. 구 시가지 유럽 광장Evropas Moedani에는 황금 양가죽을 손에 쥔 높다란 메데아 탑Medea Monument이 번쩍거린다.

○ 1992~1993년 조지아-압하지아 전쟁 중에 주도인 수후미Sukhmi 대학살로 수많은 인명이 희생되고 추방 당했다. 이곳에서 2700년이나 살아왔던 그리스인들도 그리스로 도망 간 전쟁의 땅이다. 이곳 여인들은 미인이 많고 남자들도 인물이 좋고 기골이 장대하여 비잔틴 제국이나 오스만 투르크의 환관으로도 뽑혀갔다. 이슬람 지방정권의 군대에서 맘루크(터키, 비잔틴, 쿠르드, 슬라브 출신의 백인 군인 노예)로 활약했다. 어린 시절부터 노예로 잡혀와 군인으로 길러지며 성장하면서 이슬람으로 개종한다. 노예 신분에서 해방되더라도 자신을 양육한 주인에 대해 충성을 다한다. 그들은 비록 노예라 할지라도 기회를 얻으면 교양을 쌓고 국가 요직에도 등용되었다. '무슬림이면 누구나 신 앞에 평등하다'라는 이슬람 사회의 융통성 때문이다. 이집트의 맘루크Mamluk 왕조(1250~1517)는 250년간 지속되었으나 오스만 제국에 의해 멸망했다.
이곳 압하지아 출신의 알리 베이 알 카비르Ali Bey al Kabir의 반란(1728~1773)도 비슷하다. 그는 이곳 압하지아에서 태어나 15세 때 이집트 카이로로 노예로 잡혀갔다. 1760년에는 지방 최고 직위까지 올랐다가 라이벌 제거에 실패하여 2년간 유배를 당하였다. 그러나 재기하여 1768년 오스만 제국이 임명한 이집트 총독을 축출하고 권좌에 올랐다. 이집트의 독립과 맘루크 국가 재건을 내걸고 시리아까지 점령하였으나 믿었던 동료의 배신으로 퇴각해 카이로 근처에서 패배하여 살해당하고 만다.

그리스 로마 신화 이아손과 메데아 이야기

그리스 테살리아 왕 아이손이 죽기 전 아들 이아손이 너무 어려서 왕위를 물려주지 못하고 대신 동생 펠리아스에게 '내 아들 이아손이 크면 다시 돌려준다'는 조건으로 왕위를 물려주었다. 훌륭한 청년이 된 이아손이 숙부를 찾아가 왕위를 돌려달라 하니 '콜키스의 황금 양가죽을 가져오면 왕위를 주겠다'라고 한다. 황금 양가죽은 콜키스 왕의 소유로 숲속에 잠들지 않는 용이 지키고 있는 보물이었다. 이 황금 양가죽이 사라지면 콜키스 왕도 왕위를 잃는다는 신탁이 전해졌다.

이아손은 그리스 청년 50명과 당대 최고의 목수 아르고스가 만든 배를 타고 우여곡절 끝에 이곳 콜키스에 도착한다. 왕에게 '황금 양가죽을 가지러 왔다'고 하니 콜키스 왕은 '황금 양가죽을 지키고 있는 용의 이빨을 가져오면 주겠다'고 한다. 그러나 이건 불가능한 일이었다. 한편 콜키스 왕의 딸 메데아는 첫눈에 이아손에게 반하여 '나와 결혼하겠다고 하면 용을 처치하는 비법을 알려주겠다'는 조건을 건다. 둘은 밤에 신전에 가서 결혼을 약속하고 메데아는 마법의 약초와 돌을 사용하여 이아손이 황금 양가죽을 갖도록 도와준다. 메데아는 아버지를 배신하고 이아손과 배를 타고 도망가는데 왕의 명령으로 뒤쫓아온 남동생에게 항복하는 척하다가 기지를 발휘하여 오히려 납치해 이아손에게 넘겨 흑해 바다에서 죽게 만든다.

이아손이 황금 양가죽을 가지고 고국에 돌아왔음에도 숙부 펠리아스왕은 딴청을 부렸다. 게다가 선왕인 아버지 아이손까지 죽였다는 사실을 알아낸 이아손은 복수를 결심한다. 이번에도 메데아가 나섰다. 펠리아스의 딸들에게 아버지를 젊게 만드는 마술을 보여주겠다며 늙은 양을 끓는 물에 넣었다가 꺼내자 어린 양으로 변해 있었다. 이에 딸들은 아버지를 끓는 물에 넣었다. 그 길로 펠리아스는 즉사하고 말았다.

이 일로 이아손과 메데아는 이웃나라 코린토스로 추방되었으나 10년 동안 아이 둘을 낳고 행복한 결혼 생활을 했다. 그러나 어느 날 이아손이 메데아를 배신하고 코린토스의 공주와 결혼하기 위해 메데아를 내쫓는 일이 발생하였다.

이에 분노를 참지 못한 메데아는 공주를 불태워 죽이고, 자신이 낳은 이아손의 자식들까지 모두 죽여 이아손에게 복수한다. 메데아는 날개 달린 뱀이 끄는 수레를 타고 도망쳐 아테네로 건너가 그곳의 왕과 결혼한다.

메데아는 사랑밖에 모르는 여인인가, 증오와 복수의 화신인가. 아니면 진짜 마녀인가? 메데아 황금 양가죽 탑 아래에는 아르고 호에 탄 영웅 이아손과 그리스 청년들이 아직도 용감하게 노를 젓고 있다.

일식집에 들러 오랜만에 일식도 맛본다. 선선한 바닷가 밤길을 걸어 돌아오는 길에 총쏘기 놀이로 명사수의 즐거움도 만끽한다. 흑해의 바람소리는 카스피해 바람보다 더 세다. 내일은 식물원에 가기로 하고 과일과 맥주를 사서 숙소로 온다.

바쿠미 식물원

밤새 비바람이 얼마나 거셌는지 호텔 앞 사거리가 온통 물바다가 됐다. 13층 호텔 식당은 바다를 보는 전망이 좋다. 식물원까지 거리는 9km 정도인데 택시로 (20라리) 움직인다. 바닷가 철길을 건너면 식물원 입구인데 언덕으로 올라가면서 흑해를 조망할 수 있다. 언덕에 서면 바닷가를 끼고 가는 기차와 거센 파도가 보여 풍경이 볼 만하다. 식물원 내부는 천천히 걸으면 2시간 정도의 규모로 힐링하기 좋다. 오래된 고목도 많고 일본식 정원도 보인다. 다리 하나가 불편한 큰 수컷 개는 우리를 따라다니다가 식물원 작업 차량이 지나가면 짖으며 공격하는 자세를 취한다. 아마도 작업 차량에 치인 적이 있나 보다. 암컷들과 물장난도 치며 잘 놀다가도 다른 검은 수컷이 나타나면 경계하며 몰아내려 애쓴다. 어떤 곳에는 바람에 고목이 개울 위로 넘어져 다리 역할을 톡톡히 하고 있는데 누운 나뭇가지에서 또 가지가 나와 하늘로 자라고 있다. 햇빛을 찾아가는 끝없는 생존이다. 식물원 내에 운행하는 긴 차량를 타고 입구로 이동한다. 지프차를 타고 어제 갔던 일식 집으로 또 간다. 먹을 수 있을 때 먹자.

식사를 마치고 해변으로 간다. 흑해는 내해라서 잔잔하지 않을까 생각했는데 천만의 말씀! 파도가 이렇게나 거칠 줄이야! 조셉 콘라드의 소설 『어둠의 심

바투미식물원에서 본 흑해와 철길

흑해의 파도

흑해에서 해수욕을 하고 있는 평화로운 모습

연heart of darkness』의 배경이 아프리카 콩고 강이 아니라 혹시 이곳 흑해였어야 하지 않을까? 황금 양가죽을 쥐고서 사랑했던 이아손의 배신에 분노을 삭히지 못한 메데아의 복수와 분노가 아직도 계속되고 있는지? 파도가 너무나 무자비하고 흉폭해 두려움마저 느낄 지경이다. 물가에 있는 사람들을 그냥 덮칠 기세다. 그래도 다들 아랑곳하지 않고 태평스럽고 즐거운 표정이다. 우리 일행 중에 두 분도 발 담그러 들어갔다가 파도를 덮어 썼다. 가까이 있던 외국인 남성이 급히 도와주러 간다.

어깨에 둘러 멘 가방에도 파도가 덮친다. 에그머니나! 자갈밭에 큰 대자로 그냥 누워 하늘을 본다. 하늘이 푸르다. 행복감이 그냥 밀려온다. 기어코 여기 흑해에 오긴 왔구나! M회장은 수석 수집가라 희귀한 돌을 찾겠다며 몽돌해변에 혼자 남고 우리는 숙소로 돌아온다. 조금 전에 파도가 덮친 일행의 휴대전화에 바닷물이 들어가 일반 수리점에서는 고칠 수 없단다. 어쩌지, 추억의 사진이 많이 담겨 있을 텐데….

몽골제국과 흑해·코카서스 이야기

1220년 칭기스칸 군대는 알렉산더 대왕도 해내지 못했던 동양과 서양을 하나로 잇는 위업을 달성했다. 코카서스 산맥을 넘어 북진한 뒤, 흑해의 크림반도에 있는 이탈리아인들의 항구 도시 카파를 점령했다.

몽골군은 적의 병사에게 자비가 없었고, 지역 주민들도 대부분 죽임을 당하거나 노예로 팔렸다.

한편 무적의 몽골군도 전염병에는 취약했다. 이동 중에 많은 병사가 말라리아에 감염되었으며 통설에 따르면 칭기스칸 역시 전쟁 중에 말라리아에 걸려 1227년 65세 나이로 세상을 떠났다고 한다. 세상에서 가장 용맹했던 칭기스칸도 미물인 모기를 이겨내지 못한 셈이다.

몽골제국은 칭기스칸의 손자인 쿠빌라이 칸 때가 전성기였으며 영토도 가장 넓었다. 몽골의 세력이 약해진 뒤에도 크림반도와 남코카서스 벽지에는 18세기 후반까지 몽골 세력이 미약하게나마 명맥을 유지하였다. 유전학자들은 한때 몽골제국에 속했던 지역 주민의 8~10%가량이 몽골 혈통일 것으로 추정한다.

여기서 다윈의 진화론이 떠오른다. 세상에서의 성공은 자손의 수로 지불된다는 이론이다. 또한 '살아있는 모든 개체는 수많은 세대의 몸을 거쳐온 족보 있는 조상들의 유전자가 만든 것'이라는 리처드 도킨스의 말도 새겨 들을 만하다.

한편 중국 땅에 있던 페스트균은 설치류에 기생하는 벼룩을 매개로 몽골군의 실크로드를 따라 유럽 전역으로 퍼져나갔고, 결국 유럽 인구의 절반이 페스트로 희생된 것으로 추정한다. 세계 인구가 페스트 이전 수준으로 회복하는 데 무려 200년이 걸렸다.

그리고 동방에는 보물과 진귀한 것이 많다며 유럽인의 상상력에 불을 지핀 마르코 폴로의 『동방견문록』과 특히 몽골제국의 이야기는 200여 년 뒤인 1492년 콜럼버스의 신대륙 발견에 지대한 영향을 주었다.

쿠타이시

쿠타이시Kutaisi로 이동한다. 흑해 해안을 따라 왔던 길로 올라간다. 항구 안쪽 벽에는 타워 크레인이 쭉 늘어서 있다. 쿠타이시 숙소에 짐을 풀고 타고 온 차량으로 다시 시내 중심에 있는 콜키스 분수대Colchis fountain에 내린다.

쿠타이시

쿠타이시는 11~12세기 조지아 왕조의 황금시대를 거쳐 트빌리시로 옮기기 전까지 수도 역할을 한 유서 있는 조지아의 두 번째로 큰 도시다. 거리는 깨끗하고 운치 있다. 근처 유명 식당으로 알려진 곳으로 점심 먹으러 간다. 먹을거리도 많고 양도 푸짐하다. 택시로 모차메타 수도원, 겔라티 수도원, 바그라티 수도원을 둘러 보기로 한다(40라리).

모차메타 수도원Motsameta Monastery

북동 방향으로 5km쯤에 철길을 지나면 융기된 산에 있는 작은 수도원이다. 깊은 계곡에 흐르는 강은 '붉은 강'으로 불린다. 8세기 아랍 군대의 대학살에서 유래한 지명이다. 희생자 중에는 공작의 형제 둘도 있는데, 아랍 군인들이 시신을 강바닥으로 던졌다. 그러나 기적적으로 사자가 물어다가 수도원 있는 곳에

모차메타 수도원

겔라티 수도원

대코카서스 산맥

옮겨 놓았다. 유골은 아직도 수도원 제단 아래에 안치되어 있다는 이야기가 전해지고 있다. 좌우로 보이는 계곡과 경치가 볼만하다.

겔라티 수도원Gelati Monastery

모차메타 수도원에서 3km 정도 더 가면 산허리에 위치하고 있다. 중세 황금시대에 문화의 중심지였고 왕들이 많이 묻혀 있다. 특히 1106년 다비드 왕은 기독 문화와 그리스 학문의 중심지로 아카데미를 세웠으며, 제2의 예루살렘, 뉴 아테네로 불렸다. 수도원의 성모 마리아 성당 벽화들이 아름답다. 특히 성모와 아이의 모자이크 벽화가 유명하다. 남쪽 문 입구에는 건설자 다비드 왕의 무덤이 바닥에 있는데. 그는 유언으로 '모든 이들이 나의 무덤을 밟고 수도원으로 들어가길 원한다'라고 했으나 방문객들은 밟지 않으려고 조심스럽다. 꽃도 놓여 있다. 한편 전성기를 만든 타마르 여왕의 무덤도 이 수도원에 있다고 추정하는데 위치는 오리무중이다. '그녀의 묘소는 조지아인들의 마음 속에 있다'라고 위로한다. 수도원은 1510년 오스만 투르크에 의해 파괴되는 화를 입었으나 후계 왕이 재건했다. 건물 외부는 수리 작업이 한창이다. 앞 뜰에서 보는 저 멀리 북쪽 대코카서스 산맥의 위풍은 정말 대단하다. 경치 좋은 곳만 골라서 성당과 수도원들을 세웠나 보다. 내려오는 길에 택시 기사가 여기가 뷰 포인트라며 사진을 찍으라고 세워준다.

타마르Tamar 여왕(1160~1213)

조지아 최고 전성기의 여왕이며 왕 중의 왕으로 추앙받는 인물이다. 독재권력을 휘두르지 않고도 귀족들을 견제하고, 정치·군사·외교 능력이 탁월했으며 영토도 흑해에서 카스피해, 대코카서스에서 터키 땅 에르주름까지 이르렀다. 특히 1204년 흑해 폰티크에 트레비존드 제국을 세우도록 도와주었다. 여왕은 두 번 결혼하였는데 첫 번째 결혼은 귀족들의 압력으로 하였으나 남편의 알코올 중독과 불화로 이혼했다. 두 번째 결혼은 자신이 원하는 상대인 다비트 소슬린과 재혼하여 자녀 두 명을 낳았고, 그들이 왕위를 연속 계승하였다. 여왕은 경제와 문화발전에도 힘썼으며 법률을 성문화하고 대성당을 건축하여 동방정교의 성인으로도 추대되었다. 국력과 명성으로 기독교도를 보호하고 수도원에도 후원하여 다른 나라와 대조되게 조지아인들은 예루살렘에서 자유왕래가 허용되었다고 한다. 여왕은 53세에 질병으로 숨졌으며 무덤은 겔라티 수도원이라고도 하며 다른 곳이라고도 한다. 여왕의 사망 뒤 왕국은 20년 만에 몽골의 침략으로 붕괴되고 만다.

바그라티 대성당

바그라티 대성당Bagrati Catheral

시내로 돌아와 쿠타이시의 랜드마크인 언덕 위에 있는 바그라티 성당으로 간다. 조지아에서 가장 아름다운 성당 중의 하나다.

11세기에 처음 성당이 건축되었고 17세기에는 터키군에 파괴되기도 했으나 다시 복구되었다. 내부는 볼 만한 게 별로 없다. 성당 동쪽에는 왕궁터 성채가 파괴되어 폐허로 남아 있고, 사람들이 성벽 담 위로 걸어 다니기도 한다. 우측에 리오니Rioni강이 보이고 넓은 뜰의 앞쪽에 커다란 십자가가 엄숙하게 쿠타이시를 향해 세워져 있으며 시내 전체를 조망하기 좋다.

이제 시내 마켓으로 향한다. 마켓 근처 건물 벽에 중세 기사들 그림을 본따 조각조각 붙인 벽 조형물이 멋있다. 지하도에도 상가들이 있고 1층 시장에는 옷, 카펫, 과일, 먹거리 등 온갖 게 다 있다. 마켓에서 만난 일행 중 여자분들은 20km 거리의 프로메테우스 동굴에 갔다 왔단다.

스탈린 박물관과 우플리스츠게 동굴마을

스탈린(강철의 인간)의 고향 고리Gori로 간다. 트빌리시 가는 길에 있다. 이오시프 스탈린(1879~1953)은 고리의 구두 수선공 아들로 태어났다. 키도 작아(168cm) 아이들의 놀림도 당하고 자랐다. 아버지는 술주정뱅이에 난폭했다. 엄마는 아들이 성직자가 되길 바랐다. 트빌리시 신학교에 장학생으로 기숙사에서 엘리트 교육을 받았고 역사와 문학에 심취했다. 칼 마르크스의 사회주의 이론과 폭력 혁명론에 빠져 졸업을 앞두고 사제의 길에서 이탈하였다. 시도 썼다. 1902년 직업 혁명가가 되어 지하활동을 했다. 스탈린의 지하활동 암호명은 '코바'다. 코바

박물관 마당에 있는 스탈린이 애용한 전용 기차

는 19세기 조지아 출신의 작가 알렉산드르 카즈베기의 소설『부친 살해』에 등장하는 훔친 재물을 가난한 사람에게 나눠주는 의적인 주인공 이름에서 따왔다.

이후 11년간 체포 7회, 시베리아 유형지에서 6번 탈출했다. 1912년 당중앙위원이 되고 공산당 기관지 프라우다의 창간 편집인이 되었다. 이때부터 스탈린이라는 이름을 쓴다. 레닌의 신임에 힘입어 소련 공산당 서기장이 되었다. 레닌도 스탈린의 권력욕과 포악한 성격을 간파하고 나서는 스탈린을 제거하라는 유서를 남겼으나 스탈린은 그 유서를 숨겼다. 레닌 사후에 최고 권력자가 되어 비밀경찰, 반대자 대숙청, 강제수용소 운영, 나치 독일과 독-소 불가침조약을 맺었다. 2차 세계대전 연합군 일원으로 테헤란, 얄타, 포츠담 등 거두회담에 참석하여 연합국과 공동전선을 펴 승전국으로서 소련을 초강대국으로 도약시켰다. 1921년에는 조국 조지아를 침공하는 데도 선봉에 섰다.

히틀러의 유대인 학살이 600만 명이나 스탈린 시절의 희생자는 두 배 이상으

스탈린 신문 기사들(레닌과 함께 있는 사진도 보인다)

로 추정된다. 우크라이나 대기근 때 700만~1,000만 명, 대숙청은 800만 명쯤 된다. 그의 정적인 유대인 출신 레온 트로츠키를 망명지 멕시코에까지 암살요원을 보내 치밀하게 암살한다(1940).

스탈린은 두 번 결혼했다. 첫 부인은 신학교 친구의 여동생으로 미인이며 재봉사였다. 아들을 하나 낳고 일 년 뒤 결핵으로 숨졌다. 두 번째 부인과는 1남 1녀를 두었으나 1932년 혁명 기념 파티에서 부부싸움을 한 뒤 그날 밤 의문의 권총 자살했고, 그의 세 자녀 모두 비운의 삶을 살았다. 첫 아들 야코프는 독소전쟁 참전 포로가 되었고 독일의 포로교환 제의를 '항복과 포로는 반역이다'라며 거부한 뒤 수용소에서 숨졌다. 둘째 아들 바실리는 공군 장군이었으나 알코올 중독자로 생을 마감하였고, 막내딸 스베틀라나는 미국으로 망명하여 영국에서 거주하다가 마지막에 미국에서 숨졌다.

스탈린 박물관은 스탈린이 심장마비로 죽은 지 4년 뒤 1957년에 개관했다. 고리 출신 소년이 20세기 세계 최고 지도자가 된 것에 대한 기념이다. 그의 일생 행적과 수집 애장품을 전시하고 있다. 2층 건물이다. 층계 올라가는 중간에 스탈린 동상이 있고, 방마다 사진이 전시되어 있다. 얄타회담 신문기사, 가족 사진, 본인이 쓴 내용을 알 수 없는 시도 있다. 본인의 데드 마스크도 보인다. 스탈린 동지 70회 생일기념 '중국 인민해방군 제2야전군' 이름의 '70주년 생일 축하 만수무강' 한자어로 수놓은 자수 선물도 보인다.

아침

분홍 꽃봉오리 피더니 연한 푸른 빛 제비꽃이 되네

부드러운 산들 바람에 계곡의 백합 풀 위에 눕고

짙푸른 하늘에서 종달새 노래하며 하늘 높이 날고

목청 좋은 나이팅게일 새 넘불에서 아이들에게 노래하네

꽃이여 아! 나의 그루지아여 평화가 내 나라에 퍼지게 하라

친구여 노력하자 나라를 빛내자

_신학교 재학 당시 스탈린이 쓴 시

당시 트빌리시 문단은 스탈린의 시를 호평했다. '자연과 조국에 대한 순수한 감정'이라고 한다(『결정적 순간들』 박보균 지음).

밖으로 나오면 넓은 광장에 분수대가 있고, 박물관 입구 근처에 스탈린 동상과 전용 기차도 있다. 비행기 타기를 싫어한 그는 기차를 많이 이용했다. 실내엔 침실, 변기, 회의실 등 모든 게 갖춰져 있다. 생가는 줄을 쳐놓아서 들여다 볼 수 없다. 박물관 길거리에서 스탈린 머그잔을 15라리 주고 하나 산다.

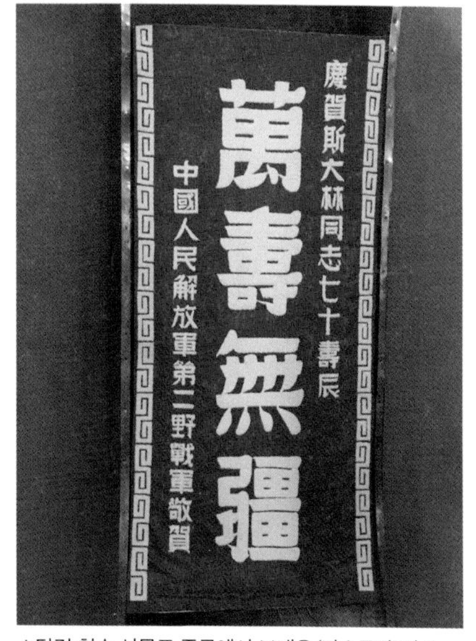

스탈린 칠순 선물로 중국에서 보내온 '만수무강' 자수

조지아인들의 스탈린에 대한 평가는 엇갈린다. 농노국 러시아를 중공업 국가로 만들고, 2차 세계대전을 승리로 이끈 전쟁 영웅이며 소

련을 초강대국으로 만든 고리 출신 소년의 자부심이라는 평가와 본인의 약점을 덮기 위해 고향 사람들을 더욱 가혹하게 다룬 배신자이며 조지아의 인간 백정이라는 평가다. 2010년 고리 시청 앞에 서 있던 그의 마지막 동상도 철거되었다.

우플리스츠케 동굴마을은 고리의 동쪽 10km 무츠바리강 옆 산 언덕에 있다. 기원전 6세기부터 서기 1세기까지 태양신을 모시는 정치·종교의 중심지였다.

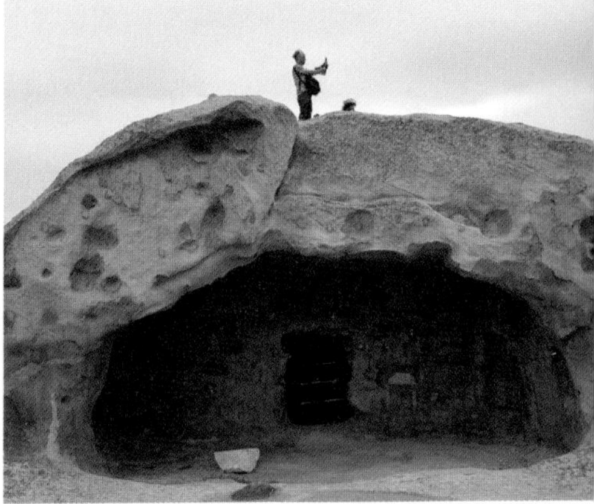

우플리스츠케 동굴마을

우플리스츠케 동굴마을

언덕의 돌을 깎아 만들어 움막처럼 만들어져 있는데 유럽과 아시아로 가는 캬라반들의 왕래가 잦아 전성기에는 인구가 2만 명이나 되었다고 한다. 트빌리시로 수도를 옮기고 곧이어 1240년 몽골 군대의 침입으로 완전히 파괴되어 잊혀진 도시가 되었다가 1957년부터 발굴되기 시작했다. 돌 바닥의 입구를 지나면 넓은 돌 언덕이다. 큰 도로 옆으로 돌을 파서 극장도 만들었고, 타마르 여왕홀도 있다. 돌 위에 2층 교회도 보인다. 이곳은 기독교가 들어오기 전에는 태양신께 동물을 잡아 제사 지내던 터이다. 맨 꼭대기 동굴 위에는 바람이 만만찮게 거세게 불어 안경도 날아갈 정도다. 그래도 다들 신나게 사진들 찍는다. 길가 옆에는 움푹 파진 구멍에 철망 덮개로 해놓았는데 이곳은 범법자에게 형벌을 가하는 땅속 감옥이었단다. 내려오는 길에 양 한 마리의 다리를 묶은 채 남자들 셋이서 쉬고 있다. 아마 아직도 태양신께 양을 제물로 바치러 올라가는 사람들이 있나 보다. 하산 후 매표소 근처에 보니 코카서스 도마뱀을 철사로 멋지게 만들어 놓았다. 솜씨가 놀랍다.

스탈린의 고향 고리를 떠난다. 여기서 북쪽으로 13km 가면 2008년 러시아와의 전쟁 원인이었던 남오세티아와의 국경이다. 러시아군의 폭격으로 20여 명이 피해를 입고, 시민들이 탈출하고 러시아군이 10일 동안 지배하는 등 분쟁의 기억이 생생한 곳이다.

트빌리시로 돌아와 루스타벨리 거리의 시발점인 동상 근처 숙소로 간다. 저녁은 한식을 먹기 위해 서울식당으로 간다. 오랜만에 김치찌개와 된장 맛을 보니 한국에 돌아온 기분이다. 숙소 돌아오는 길에 과일 등 내일 먹을거리를 구입하는데 상점 주인 아주머니가 너무 친절하다. 뭐 딴 거 도와줄 건 없느냐고 연신 묻는다. 오늘도 즐거운 하루! 조지아의 마지막 밤이다. 내일은 또 무엇이 나를 반길까? 아르메니아여! 설레는 마음으로 하루를 마무리한다.

아르메니아

노아의 방주가 도착한 아라랏산, 슬픔과 고행의 디아스포라의 땅

실크로드의 요충지로 정치·군사·종교·문명 충돌의 무대이다. 로마 → 페르시아 → 동로마 → 셀주크 → 몽골 → 오스만 → 러시아의 침략을 받은 전쟁과 유린의 역사로 점철되어 있고 민족·영토·종교 분쟁이 아직도 이어지고 있다. 남코카서스에 위치하고 있으며 북쪽은 조지아, 동쪽으로 아제르바이잔, 남쪽으로 이란, 서쪽으로 터키로 둘러싸인 내륙국이다. 국토가 아르메니아 고원 지대에 있어 90%가 해발 1,000m 이상의 산악 지대이다. 지진이 자주 발생하나 장엄한 산세와 아름다운 자연은 여행객의 피로를 말끔히 씻어준다. 기원전 782년에 우라라트 왕국이 예레반에 요새를 건설하였고 2018년은 예레반 창도 2800주년이다. 전성기(기원전 1~4세기) 때 아르메니아의 영토는 카스피해부터 흑해까지 이르렀다.

카치카르 십자가 문양 돌비석

구약성서 노아의 방주가 처음 닿은 아라랏트산을 성스러운 산으로 여기며 자신들이 노아의 직계 후손이며 이곳이 포도주의 고향이라고 말한다. 6000년의 유구한 역사를 가지고 있으며 기독교를 국교로 공인한 시기(301)는 로마제국보다 30

여 년 앞선다. 405년에는 성 메스로프 마시토츠가 아르메니아 문자를 창제하여 고유 문자로 성서번역, 문학과 역사 기록을 한 문화민족이다. 국민의 94%가 아르메니아 사도교회 신자이며 수도원과 성당이 많다. 카치카르Khachkar 십자가 문양의 붉은 돌비석을 많이 볼 수 있다.

1차 세계대전 중 오스만 제국 내에 산재해 살고 있던 150만 명의 아르메니아인이 대량학살(제노사이드) 당한 슬픈 역사가 있다. 살아남아 해외로 간 디아스포라가 700만 명으로 조국에 있는 인구 300만 명보다 두 배 이상 많다. 1920년 터키와의 전쟁으로 알렉산드로폴(그리스렁) 조약으로 아르메니아군은 무장해제되었으며 국토의 절반 이상이 터키에 할양되었다. 성지인 아라랏트산은 아직도 회복하지 못하고 있다. 1991년 소비에트연방 해체 이후 독립하였고 아제르바이잔 영토 내에 있는 나코르노 카라바흐 자치구 문제로 1992년 아제르바이잔과 전쟁이 있었으며 지금도 분쟁 중이다.

아르메니아 가는 길

이제 아르메니아로 간다. 트빌리시 시내 쿠라강을 지나 남으로 끝없는 벌판이 이어진다. 산에는 나무가 별로 보이지 않는다. 한 시간 반 정도 가니 국경이다. 입국장에 줄이 길게 늘어서 있다. 체크 인원이 세 명밖에 되지 않아 그런가 보다. 환전을 하고 마트에 들렀다가 한 시간쯤 포장과 비포장이 번갈아 나오는 열악한 도로를 달리니 알라베르디Alaverdi다. 광산 도시라서 그런지 오래된 구리 제련공장에 굴뚝이 높이 솟아 있다. 산 위쪽 마을과 사나힌 수도원으로 가는 케이블카도 보인다.

사나힌 수도원

데베드 협곡

사나힌 수도원Sanahin Monastery

데베드 협곡Debed canyon 북쪽에 자리 잡은 중세 수도원 아카데미다. 934년에 처음 세워졌고 의학, 철학, 서예 등으로 이름을 날렸다. 도서관은 1063년에 세워졌다. 성모성당holy mother of god church의 성소에는 아르메니아 특유의 석비인 카치카르Khachkars의 십자가 비석이 경건하게 놓여 있다. 촛불 예배를 드리는 여인들과 아이의 모습이 엄숙하다. 공동묘지에는 12세기 왕자의 무덤도 있다. 묘지 앞에서 보이는 데베드 협곡은 풍치가 놀랍다. 꾸불꾸불한 협곡에 90도로 깍아지른 절벽, 그리고 평화로운 마을과 어우러져 환상적이다.

하그파트 수도원Haghpat Monastery

차로 동쪽으로 조금 가다 언덕을 올라가면 숙소다. 높은 곳에서 보는 풍광은 더 멋있다. 건너편에 골프장처럼 넓고 평평한 섬 같은 고원에는 소떼가 한가로이 풀을 뜯고 있다. 그 앞 작은 산꼭대기에는 무너진 수도원 돌기둥 잔해가 애잔한 역사를 들려준다. 경치에 취해 아르메니아 기사와 기념 사진도 담는다. 숙소가 멋진 위치에 자리잡고 있다. 숙소에서 걸어서 20분을 더 올라가면 수도원이 나온다. 하그파트 수도원이다. 관광객이 많다. 966년에 건축되었고 곳곳에 아르메니아 카치카르 십자가석이 있다. 여기에도 성모성당이 중심에 자리하고 두 개 동이 더 있다. 넓다란 홀에 프레스코화가 볼 만하고 이곳에서도 아버지와 어린 아들이 정겹게 촛불 예배를 드리고 있다.

인근 돔형 큰 홀은 넓어서 종종 음악회도 열리나 보다. 공연을 알리는 포스트도 세워져 있다. 일행 중 김 교수는 이곳에서 음악을 틀어서 소리가 어떤지 들어본다. 높은 천정까지 소리가 닿아 제법 그럴듯하다. 김 교수는 색소폰도 다룰 줄 알고 아침마다 일찍 일어나 동네를 한 바퀴씩 돌고 마라톤도 취미이며 하루

하그파트 수도원

에 두 끼만 먹는단다. 대단하시다.

뒤쪽 공터에는 붉은 돌에 새긴 아르메니아의 독특한 십자가 문양 비석인 카치카르가 모여 있고 검은 옷의 수도사도 보인다. 높은 언덕에서 보는 데베드 협곡 풍치는 더 멋지다.

내려오는 길에 길가의 열린 창 너머로 예쁜 아이들과 엄마, 할머니와 사진도 찍는다. 골목에는 닭들이 나와 모이를 쪼는 풍경이 우리네 1960년대 시골 비포장 골목길과 똑같다. 길가에는 무화과, 블루베리가 달린 나무가 많다. 어떤 집 담벼락은 십자가 문양을 만드는 붉은 카치카르 돌로 쌓아 놓았다. 이 지역이 붉은 돌 산지인가 보다. 아름다운 데베드 캐년은 '아르메니아의 푸른 그랜드 캐니언'이다. 통역 교수님은 프랑스 부부와 한참 동안 불어로 대화한다.

"무슨 대화를 화기애애하게 오랫동안 나눴습니까?"

"1차 세계대전 때 터키가 아르메니아인 150만 명을 학살한 사건에 대해서 이야기했는데 아르메니아 제노사이드genocide를 세계에서 최초로 인정한 나라가 프랑스였다고 하더군요."

프랑스 9년 생활로 다진 불어 실력이 너무 부럽다. 참고로 아르메니아 제노사이드를 처음으로 인정한 나라는 그리스라는 설도 있다. 맥주와 함께 처음 먹어보는 아르메니아 음식으로 즐거운 저녁 시간을 보낸다.

세반 호수 가는 날

세반 호수로 간다. 곳곳에 도로 공사 중이어서 수신호로 차량을 통제해 차가 가다 서다를 반복한다. 계곡을 따라 철길로 화물 차량이 지나가는데, 아르메니아여서 그런지 기차도 슬퍼 보인다. 중간에 들린 화장실은 청소가 덜 되어있다. 화장실에 관한 한 우리나라는 정말 훌륭하다. 세계 최고 수준이다. 계곡을 벗어나니 언덕에 소떼가 한가로이 풀을 뜯고 '추모 조성 숲' 팻말도 보인다. 길가 '추모의 집'에는 차량들도 많이 주차되어 있다.

도로는 패어진 부분만 보수를 했는지 달리는 차는 시종 덜컹덜컹거린다. 세반 호가 가까워졌는지 삼거리 로터리 근처에 송어 낚시 광고와 딜리잔 공원Dilijian park이라는 글귀도 보인다. 산 위로 오르막을 한참 올라가다 마지막에 터널을 통과하니 나무는 별로 없고 돌이 많이 보인다. 푸드 마켓에 들어가 먹은 송어구이와 된장 비슷한 국이 맛있다. 말로만 듣던 아르메니아 전통 빵 라바쉬 만드는 걸 처음 본다. 큰 장독 같은 화덕 안이 벌겋다. 화덕 안쪽 벽면에 얇게 펴

세반 호수

진 밀가루 반죽을 신속히 붙였다가 잠시 후 다시 들어내는 움직임이 뜨거울 텐데 능숙하게 잘도 한다. 드디어 세반 호수다.

세반 호수Sevan lake는 해발 1,900m에 있는 코카서스 최대 크기의 청정 호수이고 아르메니아의 바다로 불리는 국민 휴양지다. 스탈린 시대에 수력 발전소를 만든다고 일련의 공사로 수심이 20m 가까이 내려갔다. 다행히 스탈린 사후 건설 계획이 재검토되어 1980년대 이후 원래 규모에 가깝게 되돌리려 노력 중이다. 우리가 가는 세바나반크Sevanavank 성당도 원래 섬이었으나 물을 빼는 바람에 육지와 붙어 버렸다. 물이 맑고 송어가 유명하다.

먼저 성당 뒤 언덕으로 간다. 갈매기와 곳곳에 카치카르 십자가 비석이 보이고 멋진 풍경을 그린 그림들도 전시되어 있다. 넓디넓은 호수는 푸르고 또한 검푸르기도 하다. 날씨에 따라 물 색깔이 변한다더니. 북쪽 산 너머는 아제르바이잔이다.

관광객도 많고 사진 찍을 데도 너무 많다. 가만히 바위에 앉아 명상하는 사람, 두 손을 하늘 높이 들고 있는 사람 등 다양하다. 바람이 거칠지만 하얀 물살을 가르며 달리는 보트도 있다. 멀리 보이는 교회가 호수와 어우러져 정말 멋지다.

내려오면서 세바나반크 성당에 들린다. 원래 경치 좋은 섬이었다. 기독교가 들어오기 전에는 이교도들의 신전이었고 4세기에 처음 성당이 생겼다가 없어지고, 9세기에 2개 성당이 다시 신축되었다가 이후 17세기에 대대적인 수리를 해 지금에 이른다. 19세기에는 교회 규율을 어긴 수도자를 교화시키는 장소로도 쓰였다.

사제가 결혼식을 주재하고 있다. 이 아름다운 곳에서 결혼식을 하니 얼마나

세바나반크 성당

성당에서의 결혼식 / 결혼식에 온 어린아이

행복할까? 하객으로 온 아빠 품에 안긴 어린 아이가 얼마나 이쁘고 표정도 귀여운지…. 근처에 있는 성당에도 들렀는데, 촛불 예배를 올리고 있다.

호수 건너 남쪽 숙소로 간다. 호수가에 방갈로를 만든 멋진 장소다. 제법 큰 비행기도 언덕 중앙에 전시해 놓았다. 호수에 파도가 치고 갈매기가 나는 모습도 보인다. 우리가 갔던 세바나반크 반도가 멀리 보인다. 한여름인데도 날씨가 서늘하다 못해 춥다. 서울은 35~37도를 오간다는데 여긴 추워서 등산 내의도 꺼내 입고 바람막이도 걸친다.

6시에 모여 식당에서 송어구이를 먹기로 한다. 그런데 방문이 안 잠긴다. 낑낑대고 있는데 근처 젊은이가 와서 도와주는데도 안 된다. 할 수 없이 카운터에 가서 직원 도움을 받아 잠궜다. 한 손으로 손잡이를 위로 올리고 다른 손으로 돌려 잠궈야 한단다. 여행을 하다 보면 문 잠그는 방식도 제각각이다.

철갑상어도 처음 먹어보았는데 담백하고 맛있다. 쌀밥은 짜고 덜 익었다. 빵

노이랜드에서 본 세반호수 석양

은 잘 굽는데 쌀밥 짓기는 어려운 모양이다. 다시 해달라고 하니 제대로 나와서 송어구이에 맥주를 마시니 더 바랄 게 없다. 세반 호수의 아름다운 석양을 보러 옥상으로 올라가니 옥상에는 영화 촬영이라도 하려는지 몽골 게르처럼 크게 쳐 놓고 풀잎을 줄로 엮어 열심히 치장하고 있다.

세반 호수와 붉은 석양을 배경으로 갈매기가 나는 이 환상적인 풍광! 석양이 물든 호숫가를 따라 숙소 가는 길에는 호수욕을 할 수 있게끔 나뭇가지로 만든 멋진 파라솔과 눕는 의자들도 구비되어 있다.

호숫가 숙소에 들어온다. 호수의 파도 소리가 이렇게 크고 거칠고 지치지 않는 줄 몰랐다. 어둠 속에서도 끊임없이 들린다.

예레반-막바지 여정

아침에야 파도가 잠잠하다. 혼자서 일찍 숙소 주변을 한 바퀴 둘러본다. 숙소 노이랜드가 굉장히 넓다. 호숫가 물 속에는 그네가 매어있고, 호수 건너 툭 뻗어나온 반도의 언덕 위에는 어제 갔던 그 성당이 보인다. 호수 바다에 갈매기들이 옹기종기 모여 있다. 그네 있는 호숫가에는 외국인이 웃통을 벗고 사진기를 들고 물에 들어간다. 시원하고 고요하고 아름답다.

아침 식사 후 예레반으로 출발한다. 어제 온 길이 아닌 남쪽으로 바로 향해 예레반 숙소에 짐을 풀고 내일 일정 차량을 예약해둔다.

세바나반크 반도

고문서 보관소Matenadaran

택시를 타고 간다. 예레반 중심인 공화국 광장에서 가깝다. 수많은 외적의 침략과 약탈, 화재 속에서도 남아있는 고문서들의 보관소로 아르메니아의 문화와 민족의 자부심이다. 건물 입구에는 아르메니아 알파벳을 만든 성 메스로프 마슈토츠St. Mesrop Mashtots가 제자에게 공부를 가르치는 큼직한 석상이 있다. 그는 고대 언어학자로 아르메니아 고유 문자 36개(이후 3개 추가)의 알파벳을 405년에 창안했다. 세종대왕의 훈민정음 창제(1446)보다 천 년 이상 빠르다니 놀랍다. 기독교가 도입된 지 100여 년이 지났지만 문자가 없어 성경을 보급할 수 없어 새로운 문자를 만들었다고 한다. 당시 로마와 페르시아로 양분되어 지배받던 민족의 정체성을 일깨우는 계기가 되었으며 아르메니아 사도교회의 성인이자 아

고문서 보관소

전시된 고문서

르메니아 역사의 아버지로 추앙받고 있다.

두꺼운 고문서에 채색된 삽화와 전성기 때의 아르메니아 영토 지도를 보니 자신들의 문화와 민족에 대한 자부심이 얼마나 큰지 눈에 보인다. 1915~1916년에 자행된 150만 명의 대학살과 천만 명의 해외 유랑민족(디아스포라)는 유대인 역사를 연상시킨다.

캐스케이드Cascade Complex와 카페스쟌 문화센터Cafesjian center for art

공화국 광장으로 내려왔는데 날씨가 덥다. 2018년이 '예레반 창도 2800년'이었다고 한다. 그 기념으로 만든 '#2800 조형물'을 지난다.

쇼핑몰, 국립극장을 지나 캐스케이드 방향으로 간다. 입구 정원에는 재미있는 조각품들이 있는데, 엎드려 담배 피우는 여인의 형상이 익살스럽다. 에스컬레이터 타는 입구에서 섀키에서 만났던 스님을 또 만났다. 동행인 영어 선생님은 다른 곳으로 갔단다. 어제도 이곳 전시장에 왔었는데, 너무 좋아 오늘 또 왔다고 한다. 실내 에스컬레이터로 올라가는 옆 공간에도 멋있는 조각품들이 많이 전시되어 있다. 이 예술 작품들은 이 캐스케이드를 완성하는 데 큰 도움을 준 재미 아르메니아인 독지가인 카페스쟌의 개인 소장품과 조각품, 가구 등이라고 한다. 특히 대리석으로 매듭 없이 만든 신기한 조각작품 이름이 매듭knot이다. 스님도 사진 찍기를 아주 좋아하신다.

캐스케이드 꼭대기까지 올라오니 예레반 시내가 한눈에 조망된다. 가운데 우뚝 선 높은 탑이 보인다. 탑 맨 위에는 황금색으로 빛나는 깃털 펜이 올려져 있

예레반 창도 2800년 조형물

캐스케이드

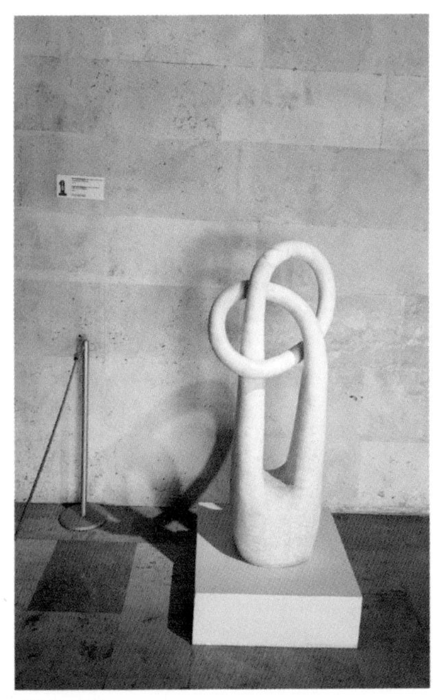

매듭 조각상

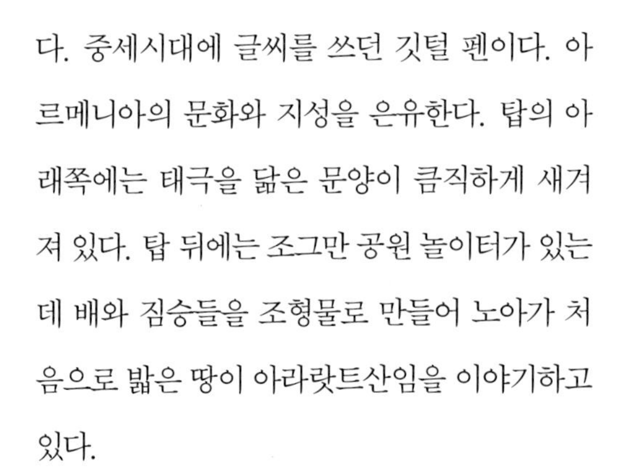

다. 중세시대에 글씨를 쓰던 깃털 펜이다. 아르메니아의 문화와 지성을 은유한다. 탑의 아래쪽에는 태극을 닮은 문양이 큼직하게 새겨져 있다. 탑 뒤에는 조그만 공원 놀이터가 있는데 배와 짐승들을 조형물로 만들어 노아가 처음으로 밟은 땅이 아라랏트산임을 이야기하고 있다.

우측 길 건너에도 높다란 탑이 있다. 아르메니아의 어머니 상Mother Armenia Statue이 두 손에 커다란 검을 들고 결연한 자세로 예레반 시내를 지키고 있다. 원래는 스탈린 동상이 서 있

케스케이드 꼭대기 탑

탑 위 황금색 깃털 펜

아르메니아 어머니 상

었는데 허물고 어머니 상을 세웠단다. 탑 지하에는 군사 박물관이 있다. 택시를 타고 구미슈카gumi shuka 시장으로 갔는데 내가 찾던 시장이 아니었다. 오늘도 열심히 돌아다녔구나.

예레반 근교 여행

오늘은 예레반 근교를 여행하는 날이다. 어제 예약한 대로 와이파이도 가능한 멋진 차로 출발한다.

코르비랍으로 들어가는 길, 멀리 아라랏트산과 코르비랍 수도원이 보이고 가

아라랏트산

까운 곳은 포도밭이 가득 펼쳐져 있다. 우측 언덕의 아르메니아 국기봉까지 애잔한 역사가 담긴 풍경이다. 돌 언덕에 세워진 수도원 가는 길에는 카치카르 십자가 비석이 군데군데 보이고 수도원에 서면 눈을 머리에 인 아라랏트산Mt.ararat이 가깝게 보인다.

아라랏트산은 터키에서 가장 높은 산(5,165m)으로 아르메니아와 이란의 접경 지역에 위치한 활화산이다. 대 아라라트와 소 아라라트(3,896m)로 2개의 봉우리가 있다. 창세기에 나온 노아의 방주가 대홍수 끝에 표류하다 도착한 곳이 바로 아라랏트산이라 한다. 옛부터 아르메니아 인들이 많이 거주하였기에 아르메니아 민족의 상징이나 다름 없는 곳이다. 그러나 안타깝게도 지금은 터키 땅이다.

1918년 3월, 소비에트 러시아의 볼셰비키 정권이 동맹국(독일, 오스트리아-헝가리 제국, 오스만 터키 제국 등)과 맺은 브레스트-리토프스크(현재 벨라루스령) 조약에서 연유한다. 당시 1917년 혁명을 일으킨 레닌의 볼셰비키 정권은 1차 세계대전 중인 독일·오스트리아군의 진격을 막아낼 여력이 없었기에 절대적으로 불리한 이 조약을 받아들일 수밖에 없었다. 조약의 내용 중에 '러시아는 독일에게 발트해 3국을, 오스만 제국에는 남코카서스의 카르스Kars주 (아라랏트산이 있다)를 양도한다'라는 항목이 있었다. 이 조약으로 인해 레닌의 볼셰비키는 러시아 내전에 집중할 수 있었고 최종적으로 러시아 국가 권력을 잡을 수 있었다. 1차 세계대전이 끝난 후 1920년 8월, 연합국과 오스만 제국 간에 세브르 조약이 체결되어 아르메니아는 독립하게 되고 빼앗긴 땅도 돌려받기로 하였다. 그러나 그 후 터키군이 아르메니아 공화국을 침입하여 전쟁이 발발하였고, 알렉산드로폴(그리스령) 조약에 따라 아르메니아군은 무장해제를 당하였다. 또한 아르메니아는 전쟁 발발 전 영토의 50% 이상을 터키에 할양하게 되었다. 세브르 조약에 의한 이전 영토 회복은 포기할 수밖에 없었음은 물론이다.

1923년 연합국과 술탄 제국이 몰락한 뒤 케말 파샤의 터키 공화국 사이에 그리스-터키 전쟁을 종식시키기 위해 체결된 스위스 로잔 조약은 러시아를 견제하려는 서방 연합국의 친 오스만 터키 정책의 일환으로, 현재의 국경으로 확정되었다. 강대국 사이에 낀 약소국의 슬픈 역사다.

코르비랍 수도원Khor Virap Monastery

수도원 안으로 들어간다. 보이는 모습은 여느 수도원이나 같다. 촛불 봉헌하는 사람들, 성화와 성상들…. 그러나 이곳에는 특별한 장소가 있다. 코르비랍은 '깊은 지하감옥'(혹은 깊은 우물)이라는 뜻을 가지고 있다. 전설에 따르면 이교

코르비랍 수도원

도 왕 트르닷Trdat 3세가 기독교의 성인 그레고리St. Gregory를 이곳의 깊은 지하감옥에 12년 동안 감금했다고 한다. 그런데 성 그레고리를 가둔 후 병에 시달리던 왕이 결국 성 그레고리에게 치료를 받고 나왔다고 한다. 왕은 기독교로 개종하고 301년에 세계 최초로 기독교를 국교로 승인하였으며 성 그레고리는 이곳에 수도원을 세웠다.

지하 감옥으로 가려는 사람들이 입구에 줄을 많이 서 있다. 내 차례가 언제 올지 모르겠다. 그냥 지나간다. 수도원 담 뒤쪽 야트막한 언덕을 따라 국기봉으로 올라간다. 큼직한 십자가가 서 있고 바람은 거칠어 아르메니아 국기가 힘차게 휘날린다. 아라랏트산과 포도밭, 그리고 들판엔 풀들이 가득하다. 뒤쪽은 민둥산이고 저 아래는 공동묘지다. 언덕 위에서 보는 수도원은 더욱 조그맣게 느껴진다. 주차장 근처 기념품 가게에서 아라랏트산이 그려진 벽걸이도 하나 산다.

나비 동굴

동쪽으로 노라반크 수도원을 향해 가는 길에는 엄청 높이 쌓은 소멱이 풀을 실은 트럭들이 지나간다. 우리 차는 아르메니아 속의 아제르바이잔 땅인 니히체반과의 경계선을 남쪽에 두고 달린다. 운전기사가 '아르메니아와 한국의 역사가 닮았다'고 말한다. 한국과 일본, 아르메니아와 터키-아제르바이잔, 인도와 파키스탄 모두 비슷한 역사를 갖고 있단다. 동병상련이다. 수도원 가는 초입 우측에 나비 동굴이 있다고 알려줘서 들렀다. 기원전 4000~6000년 된 동굴인데 최근에 발굴됐다. 포도주 저장 항아리들은 땅속에 그대로 있는 상태로 볼 수 있고, 태양신에게 제물로 인신공양한 흔적의 해골 무덤도 발견되었다. 그리고 기원전 3500년 경의 물건으로 밝혀진 여성용 가죽 신발도 나왔는데 이 유물은 아

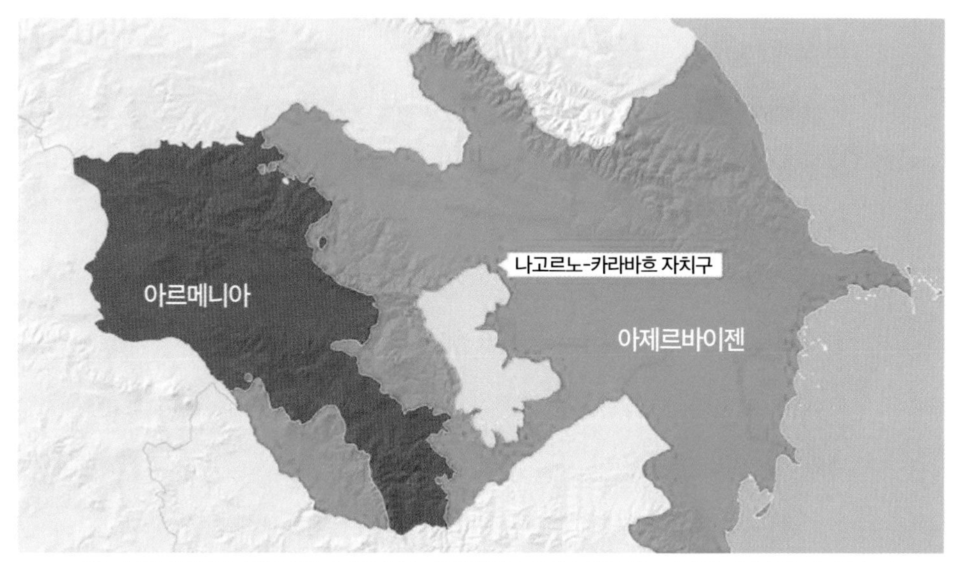

아르메니아 아랫부분(파란색)이 아제르바이잔의 니히체반이고, 아제르바이잔 영토 내 회색 지역이 아르메니아 땅 나고르노-카라바흐 자치구이다.

르메니아 역사박물관에 전시되어 있다고 한다. 무려 기원전 6000년에 포도주를 제조했다니! 아라랏트산에 방주가 닿고 노아가 발을 디딘 후 땅에 내려와 처음으로 심은 것이 포도나무였다더니 정말 포도주의 역사가 오래됐다. 이 나라가 포도주 종주국임을 과시할 만하다.

노라반크 수도원 Noravank Monastery

계곡을 따라 높은 바위를 타는 맹렬 여성 산악인도 보인다. 멋진 경치가 펼쳐지는 가운데 계곡 깊숙히 들어가면 높은 곳에 수도원이 있다. 관광객이 많다. 차량 통행과 주차가 힘들 정도다. 어떤 사람은 차를 오르막길에 세워놓고 걸어서 가버렸다. 나무 하나 없는 붉은 바위산으로 둘러싸인 곳에 붉은빛이 도는 돌로 지은 수도원이 특이하고 아름답기 그지없다. 카치카르 십자가 석비와 비슷한 돌인가 보다. 높은 곳에 세워진 요새라 적의 침입이 어려웠겠다. 주변 경관도 멋지다. 건너편 산에는 멋진 부채 모양의 붉은 바위가 특히 눈에 띈다. 수도원 2층으로 올라가는 돌계단이 매우 가파른데, 손잡이 줄이 있어 안전하게 오른다. 널따란 실내의 엄숙한 분위기에 꼬마아이부터 여자아이들과 나이 든 남자 인솔자까지 10여 명이 손에 손잡고 성가를 부르고 있다. 아르메니아라서인지 더 경건해 보인다. 끝나고 단체 사진도 찍는다. 나도 몇 장 찍었다. 인솔자가 나에게 악수를 청한다. 나중에 사진 보내줄 테니 이메일 주소를 달랬더니 여자아이가 주소를 적어준다. 그런데 귀국 후 이메일 주소로 사진을 보냈는데 전송 실패했다. 아이의 글씨가 너무 달필이어서 해독하기가 너무 힘들어 보내지 못해 미안하고 안타깝다.

옆 건물에는 촛불을 봉헌하는 경건한 신자들이 가득하다. 바닥에 사자 모습이 담긴 돌 무덤도 있고, 소용돌이 태극 문양이 새겨진 돌기둥도 보인다. 예레

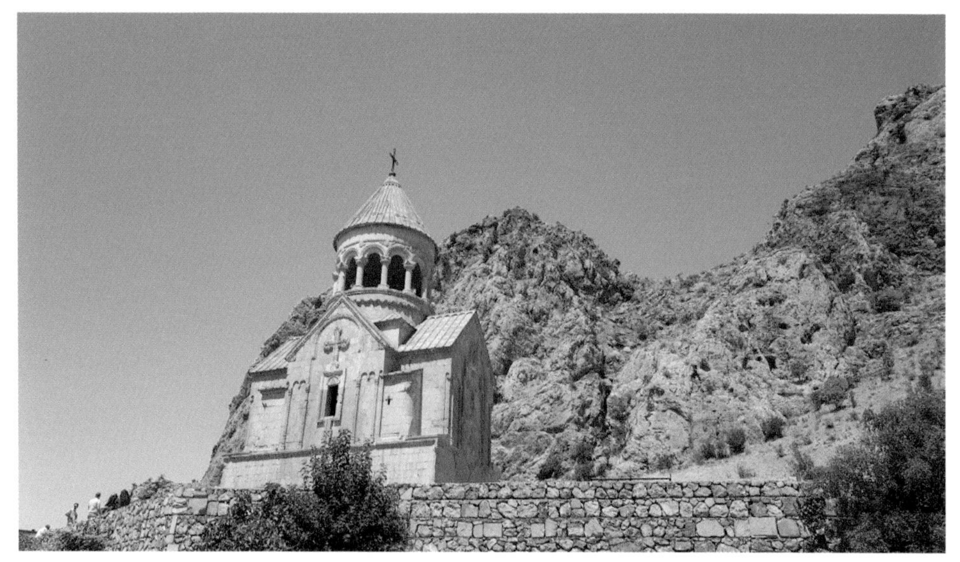
노라반크 수도원

반 캐스케이드 언덕 위 탑 밑부분에서도 보았던 그 문양이다. 무슨 의미가 있을 것 같은데, 궁금하다. 동양의 태극과 같은 의미일까? 태극 문양이 실크로드를 따라 여기까지 흘러왔을까?

차도 많고 지나다니는 사람도 많은 복잡한 산길을 요리조리 피하며 운전하는 솜씨가 베스트

노라반크 수도원의 태극 문양

노라반크 수도원에 들어가려고 기다리는 관광객들

드라이버다. 나비동굴 맞은편 절벽 아래에는 폭포가 흐르고, 풀장도 제법 크고, 커다란 포도주통 모양의 작은 집도 보인다.

주상절리 가는 길에 교통사고 현장도 지난다. 기사는 그냥 지나치지 않고 손으로 성호를 긋고 간다. 독특한 산세와 그로테스크한 지형도 있고 멀리서도 아라랏트산은 계속 보인다.

가르니 신전Garni Temple

코르비탑 앞길을 지나 예레반 근처에서 남동쪽으로 약 한 시간 소요되는 거리에 있다. 입구는 차량으로 장사진이다. 아자트Azat 강 절벽 위 넓은 공간에 지어진 옛날 태양신을 모시는 이교도 신전 터다. 기원전 3세기에 지어진 가르니

가르니 신전

신전은 그리스 헬레니즘의 영향을 받은 건축물로 17세기에 지진으로 무너졌다고 한다. 지금의 그리스 파르테논 신전을 닮은 열주 건축은 1975년도에 새로 세워진 것이다. 신전 주변 폐허에서 기원전 8세기 설형문자도 발견되었다 한다. 주위의 경관이 매우 빼어나 관광객들이 많이 찾을 만한 곳이다.

세계 최대 규모의 주상절리 Sympony of Stone

차를 타고 아래쪽 계곡으로 간다. 내려가는 도로가 좁고 울퉁불퉁해 길에 익숙한 동네 청년이 아니면 아무나 운전해서 가지 못할 것 같다. 원활한 차량 통행을 위해 차에서 내려서 올라오는 차량을 손으로 밀어주기도 한다.

거대한 주상절리의 풍광에 압도된다. 주상절리는 화산 활동 중 용암이 분출

주상절리

하지 못한 채 육각형 형태로 굳었다가 나중에 지상으로 노출된 것을 말한다. 머리 위에 있는 돌 아래로 물이 흘러나오고 계곡에는 맑은 물이 흐른다. 계곡 건너편 절벽에도 주상절리로 가득하다. 우리 제주도의 주상절리도 대단한데, 이곳과는 비교가 안 된다. 도로는 포장하려는지 자갈을 깔아 놓았는데 차가 지나면 온통 먼지투성이다. 올라오는 도로에는 마을 소들도 함께 한다. 위쪽 가르니 신전보다는 여기가 볼거리가 훨씬 풍성하다. 그러나 오는 길이 험해서인지 관광객은 그리 많지 않다.

오늘도 즐겁게 멋진 풍경들 잘 보았다. 이틀 동안 봐야 할 코스를 하루에 다 돌아본 셈이다. 예레반 오는 길에 교통사고 난 차량이 또 보인다. 우리가 탄 차량의 기사는 운전을 거칠게 하는 다른 차량에 화도 잘 내고, 앞선 차가 잘 나가지 못하면 연세 드신 분이 운전해서 그럴 거라며 이해도 한다. 나이를 물으니 우리 아들하고 동갑이다. 멋있는 기사 덕분에 오늘도 즐거웠다.

에치미아진, 블루 모스크, 대성당

에치미아진 대성당Holy Echmiadzin

아르메니아 사도교회의 바티칸 같은 역할을 하는 곳이다. 택시로 30분 정도 걸리는 거리에 있다. 성당 입구 양쪽에 세워진 높다란 돌에 두 사람이 새겨져 있다. 303년에 처음으로 건축되었고 15세기에 재건되었다. 대지가 엄청 넓어 보인다. 오늘은 월요일이라 박물관도 휴관이다. 우측으로 들어가니 촛불 봉헌하는 신자들이 있다. 본관 건물은 수리 중이다. 주 출입문 입구 위에 성인들의 벽화가 있고 담벼락에는 유명 수도원들의 사진을 천조각에 인쇄해 깔끔하게 전시하고 있다. 기념품 가게에는 카치카르 석비와 십자가를 새긴 붉은 석류, 아라랏트산을 그린 벽걸이가 주를 이룬다. 특히 석류는 포도와 함께 아르메니아의 오래된 과일로 다산과 풍요를 기원한다. 새 건물에 청소년 도서관도 있고 넓은 정원 너머로는 묘지와 석관들, 작은 성당도 보인다. 나오는 길에 명랑한 사내아이들과 사진도 같이 찍는다. 터키와의 전쟁 때에는 이곳에서만 하루에 700~1,000명 가까이 살해되어 나갔단다.

택시를 타고 에레부니Erebuni 고성으로 간다. 입구 로타리에 기원전 782년에 우라르투 왕국을 세운 아르기쉬티Argishti 대왕이 전차에 서서 힘차게

에치미아진 대성당

에치미아진 대성당

에레부니 고성 앞 아르기쉬티 1세 동상

블루 모스크

말을 호령하는 조각상이 서있다. 들어가려니 월요일이라 휴관한다고 해서, 아쉽지만 내일 다시 와야겠다.

블루 모스크Blue Mosque로 간다. 푸른색의 아담한 모스크다. 첨탑도 자그마하고 기도처도 소박하다. 근처 식당에는 양고기인지 5~6마리의 고기가 걸려 있다. 이란 기금으로 지어 운영되는 모스크라고 하는데 여러 종교가 자유롭게 허용되는 모습이 보기 좋다.

큰 도로를 따라 서쪽으로 걸어가다 보니 석류와 포도를 담은 쟁반을 한 손으로 든 할아버지 청동상이 있다. 다리 건너로 멀찌감치 유명한 아라라트 와인 공장이 보인다. 행위예술 센터Center for contemporary experimental art로 가려고 택시를 탔다. 그런데 이곳도 월요일은 휴관이란다.

할아버지 동상

어쩔 수 없이 성 그리고르 루사보리치 대성당Sourp Krikor Lusavorich Cathedral으로 바로 간다. 아르메니아의 기독교 공인 1700년을 기념하기 위해 2001년 건축·봉헌된 아르메니아 사도교회 중 세계에서 가장 큰 규모의 성당이다. 대성당 입구 좌측 뜰에는 다리를 높이 든 두 필의 말을 모는 늠름한 장군상이 있다. 성당에는 결혼식이 한창이다. 아르메니아는 해외에 나가 있는 디아스포라 동포들이 결혼식은 아름다운 조국에서 꼭 하고 싶어 한단다. 고국에 경제적 도움도 주고 아름다운 고국에서 여행도 한 뒤 다시 사는 나라로 돌아간다. 참 애잔하다. 성당 옆 숲속 물가 휴게소로 가서 뱃놀이하는 사람들을 보며 시원한 맥주 한 잔을 맛본다.

공화국 광장으로 간다. 바람이 불어서인지 밤인데도 사람들이 많다. 옆 자리의 꼬마는 이가 두 개 났다. 7개월된 우리 손주랑 비슷하겠구나. 조금 더 큰 형아는 두 번이나 할머니 곁을 벗어나서 혼나고 운다. 이런 번잡한 곳에서 잃어버리면 미아가 된단다, 아가야. 광장에 안 왔으면 후회할 뻔했네. 그야말로 자유광장이다. 젊은이들의 만남도 이곳에서 이루어지는 듯하다.

돌아오는 길에 마트에 들려 무화과, 복숭아 등 과일과 맥주를 산다. 코카서스는 과일이 싸고 맛도 일품이다. 마트에서 만난 D시에서 왔다는 부부는 코카서

성 그리고르 루사보치리 대성당

스를 18일 동안 여행했다면서 한국인을 만났다고 반가워 한다. 고국을 떠나 디아스포라가 되어 봐야 동포가 반가운 법이다. 한국 사람이면 무조건 반가운 동포애!

제노사이드 추모기념관, 예나부니 고성터

제노사이드 추모 기념관

어느덧 여행의 마지막 날이다. 택시로 제노사이드 추모 공원으로 간다. 아라랏트산이 보이는 언덕에 있다. 지상에는 추모탑, 지하에 박물관이 있다. 오늘이 무슨 행사날인지 각국에서 온 많은 아르메니아 단체들이 추모 행사를 하고 있다. 우측에 뾰족한 첨탑이 있고 좌측에는 꺼지지 않는 추모 성화가 타고 있다. 하얀 옷을 입은 젊은 여성들이 추모탑 앞에 도열해 하얀 국화를 들고 있다. 아라랏트산이 손에 잡힐 듯 가까이 보인다. 아라랏트산에 조금이라도 더 가까운 곳으로 모여 몸에 깃발을 두르고 사진을 찍고 있다. 지하 박물관으로 내려간다. 약 150만 명이 학살된 잔혹한 현장 사진과 기사, 지도, 영상이 상영되고 있다. 가이드 설명을 들으면서 앞에 가는 연세 드신 분은 연신 눈물을 닦으면서 걸어간다. '에치미아진 성당에서는 하루에 700~1,000명이 죽어가고 있다', '미치지 않는 게 이상하다', '배고픈 절규', '어린 아이들도 아르메니아와 함께 없어져야 한다'는 당시의 상황을 전하는 인용문 글귀들도 보인다.

아르메니아 제노사이드 Armenian genocide

아르메니아의 인종학살은 19세기 말부터 몇 차례 일어났으나 1차 세계대전 중 1915~1916년 사이에 집중적으로 일어났다. 오스만 제국과 젊은 터키Young Truks의 분파인 CUPCommittee of Union and Progress에 의해 자행된 사건으로, 오스만 제국에 거주하는 아르메니아인 150만 명(희생자 숫자는 자료마다 다르다)을 학살했다. 1912년 발칸 전쟁 패배로 오스만 제국은 발칸 유럽의 영토를 빼앗기고 무슬림들의 추방에 복수를 다짐한다. 중추국의 일원으로 1차 세계대전에 참가한 오스만 제국은 1915년 1월 겨울, 러시아와 대결한 카르스Kars 근처의 사리카미쉬 전투에서 군인 6만 명이 희생되는 궤멸을 당하였다. 수뇌부는 패배 원인을 '아르메니아인들이 러시아 편을 든 배신 때문'이라고 선전하고 대대적인 탄압을 시작했다.

제노사이드 추모관

제노사이드 추모관

CUP 수뇌부 탈라트 파샤Talat Pasha는 오스만 제국 내에 있는 아르메니아인 공무원을 해고하고, 군인들은 무장해제했으며 지식인과 지역 지도자들을 체포하고 처형했다. 아르메니아 마을을 습격하여 젊은이는 노동 부대로 데려가고 여자와 아이, 노인은 고된 행군 끝에 시리아 사막으로 데려가 추방했다. 결국은 제국의 미래와 국가 안보에 위협이 되는 아르메니아 기독교인들의 자치나 독립을 사전에 제거하고 이슬람 인구를 증강하려는 이슬람화 정책 의도였다. 살아남기 위해 이슬람으로 개종도 하고 무슬림과 결혼한 여성도 많았다. 현재 세계 30개국이 아르메니아 제노사이드를 인정하고 있다.

반면, 터키 정부는 당시 아르메니아인들의 사망이 내전과 기아, 질병에 기인한 것으로 아르메니아인들뿐 아니라 터키인도 다수 사망했다면서 집단학살 사실 자체를 부정하고 있다.

탈라트 파샤 암살

1921년 아르메니아의 혁명연합 비밀 암살단체 '오퍼레이션 네메시스'(그리스 신화에 나오는 복수의 여신 네메시스에서 따옴)의 요원 소호몬 테힐리안Soghomon Tehlirian이 1921년 베를린에서 CUP의 수뇌이자 제노사이드의 원흉인 탈라트 파샤를 암살했다. 베를린 법정은 무죄를 선고하여 그는 무사히 풀려 나왔다. 테힐리안은 아르메니아인들의 영웅이 되었고 미국으로 이민 가서 샌프란시스코에서 생을 마감했다. 그의 사진도 제노사이드 박물관에 전시되어 있다.

아르메니아 역사 박물관

공화국 광장 분수대 중앙에 있다. 고대 유물부터 다양하게 많이 전시되어 있다. 발굴된 조각부터 마차, 무기, 털모자, 신발, 풍요와 다산을 기원하는 돌 조각, 맷돌, 항아리 등이다. 내부 사진 촬영은 금지다.

에레부니 고고학 박물관과 고성터 Erebuni Historical&Archaeological Museum-Reserve

예레반 성채는 로마보다 30년이나 앞선 기원전 782년에 우라르투Urartu 왕국의 아르기쉬티 1세가 세운 유서 깊은 도시다. 옛 성터는 1950년대부터 발굴되었다. 걸어서 언덕의 성터로 올라간다. 예레반 시내가 잘 보인다. 돌담 성채를 돌아간다. 돌담 옆의 큼직한 둥근 바위가 카치카르 돌비석을 만드는 그 붉은색이다. 뒤쪽은 나즈막한 야산들이다. 길가 성터 처마 밑에 햇빛을 피할 수 있는 공터에서 늘씬한 미녀 둘이서 노래를 하고 있다. 관객은 간이 의자에 앉은 엄마와 어린 아들이고, 아버지는 그 모습을 비디오로 찍고 있다. 하얀 옷에 붉은 석류가 그려진 옷을 입고 있는 것을 보니 누가 봐도 아르메니아 여인들이다. 어린이를 위한 노래 앨범을 판매하고 있다. 앨범이 20달러인데 구입하는 대신 조금만 기부하겠다고 하니 안 된다고 거절한다. 자존감이 대단하다. 성채 안으로 들어가니 여기저기 관광객들이 발굴된 담 위에 돌아 다닌다. 2800년의 세월에 남아 있는 것은 옛날 이곳에 '왕이 살던 궁궐이 있었다'는 흔적 뿐이다.

저녁식사를 위해 공화국 광장을 지나 일식당에 가서 김밥과 맥주로 마지막 식사를 맛있게 마친다. 길거리에 나오니 현지 모녀가 나랑 사진 좀 같이 찍자고 한다. 번화가 가게 앞에서 벙거지 모자를 쓴 익살스런 표정의 남자 청동상과 함께 유쾌한 사진을 한 장 남겼다.

늦은 시각에도 광장에는 사람들이 여전히 많다.

자정에 호텔을 출발하여 공항으로 가서 새벽 2시 45분 비행기에 탑승하면서 코카서스 여행을 마친다. 사고 없이 무사히 여행을 마칠 수 있어 모두에게 너무

에레부니 고성 터

고성에서 노래하는 여인들 / 공화국 광장

감사하다.

모스크바에서 환승하고 인천 오는 비행기 옆자리에 앉은 남자 대학생과 얘기를 나눈다. 영국 어학연수를 6개월 동안 마치고, 이탈리아에서 보름간 여행하고 귀국하는 중이란다. '모든 것, 특히 부모님께 감사드리고 행운을 비네요' 하니 '고맙습니다' 한다. 마지막까지 즐거운 여행길이다.

내 마음에 세상을 담다

초판 1쇄 인쇄 2022년 1월 25일
초판 1쇄 발행 2022년 2월 7일

지은이 후암
발행인 김우진

발행처 이야기가있는집
등록 2014년 2월 13일 제2013-000365호
주소 서울시 마포구 월드컵북로 402, 16
전화 02-6215-1245 | 팩스 02-6215-1246
전자우편 editor@thestoryhouse.kr

ISBN 979-11-86761-37-3 03810